初夜

唐颖

The First Night

浙江出版联合集团
浙江文艺出版社

英俊的红桃侍从和黑桃皇后
正阴沉地诉说着逝去的爱情。
　　　　　　　　——波德莱尔《恶之花》

目录

初夜	1
第一部	1
第二部	67
第三部	129
第四部	265
跋	339

第一部

她的记忆屏幕上，青春期是在立秋后的那场大游行时拉开帷幕的。她成长的年代有过许多场游行，但蝶来难以忘怀的是这个即将结束的夏天在它最后一号台风袭来前夕的一场游行。那是一场非同寻常的游行，游行队伍前的敞篷车上站立着某国亲王和公主，亲王的微笑比女性还柔润，而公主美艳惊人，因为她，铿锵激昂的红色集会转瞬间成了华丽的嘉年华会，那是蝶来生命中的重要片断，她十三岁了，秋天正在到来。

　　其实，对于季节转换蝶来是没有概念的，只因为那天晚上突然降温，风凉得萧瑟，裸露了一夏天的胳膊起了鸡皮疙瘩，树叶子飒飒响着就干枯起来，飘落了几片，就像从地上飞起的传单。绵绵无尽的酷暑刹那间结束，喧闹的大街因为夏末第一阵凉风更加骚乱，这风更像是大游行的序曲，它扫荡了夏日的窒息和昏朦，天空更加清澈，情绪更加飞扬。人越来越多，但是被等距离站着的戴红袖章的纠察阻隔在人行道上，被阻隔的行人就像岸边的植物，茂盛得互相簇拥，而马路空空荡荡地蜿蜒着，像不通船只的河流，兀自安静着。

柏油马路已禁止车辆通行，站在街边视线毫无阻隔，可以一路看到两公里之外的淮海东路的八仙桥，游行队伍将从东头的外滩过来，必然经过八仙桥。

现在那里还毫无动静，但人群和快乐一道聚集着，越来越稠密，对于将要到来的游行，人们也以非同寻常的热情和快乐迎候着，迎候一对落难亲王和公主，他们被本国右翼政府驱逐，逃亡到中国。让蝶来们更感兴趣的却是，亚洲亲王的夫人莫尼克公主是法国血统，据说美得富有异国情调，她将使革命年代的一次游行突然变质转向。

有关亲王和公主的故事，徐爱丽似乎拥有比报纸更多的信息，人们把这称为小道消息，徐爱丽简直就是弄堂里小道消息的源头。她就住在蝶来家楼上，是个不用上班被人们称为"家庭妇女"的三十岁女子，但徐爱丽似乎并不在乎人们对她的各种评价，她总是津津有味满怀热情向蝶来传递着诸如此类色彩缤纷的小道消息。

在徐爱丽的渲染下，蝶来简直迫不及待想见到那一对小国王室情侣，他们与革命的错综关系增加了其背景的神秘和复杂。有意味的是，蝶来和拥挤在周围的行人一道，不敢相信在他们的时代居然会出现王子和公主，这类只在已经撕成碎片的童话书里出现的人物，将从革命洪流中浮现出来，并且即刻出现在咫尺之遥，这到底是现实还是一出戏呢？

蝶来带几分屈尊的神态挤坐在她的邻居那些小市民中间，确切地说，就坐在徐爱丽身边。她虽然这么称呼她和她们，其实心里高兴坏了，她和她们沿着上街沿的边缘坐成长长的一排，就像戏台下的第一排。虽然人行道挤成一锅粥，但都是身背后的混乱，她们的弄堂通到淮海路，近水楼台先得月，遇上大游行，她们便早早搬来矮凳或小竹椅，还自备茶水零食。事实上，七十年代任何一场游行在她们都成了娱乐，在她的成长岁月里，革命是生活方式，也是娱乐方式。

今天的蝶来还暗藏得意，她把五岁的小弟都带出来了，此刻他就坐在她的膝盖上。身旁是小她两岁的妹妹，大家喊她蝶来妹妹，喊着喊着变成了蝶妹，就像蝶来，她真正的名字叫叶心蝶，仅仅因为附近有间照相馆叫"蝶来"，她和妹妹的照片在他们的橱窗里摆放过，于是"蝶来"便移花接木成了她的常用名。为此蝶来一直想着把自己的名字改掉，但是，没有谁理她的茬，母亲从来没有耐心听她的心愿，父亲是聋耳朵，对于某些话题，他就怎么也听不见。蝶来决心耐心等待，等长大的某一天，拿着户口簿去派出所改一个响亮的毫不俗气的让人家没法起绰号的名字。关于这个新名字她想了很久，改名字并不容易。

她一手搂住弟弟，一手搂住妹妹，她很享受这样的感觉，拖儿带女的，好像他们是她生出的孩子。可是蝶妹并不合作，她好几次扭动身体试图甩掉揽着她胳膊的那条手臂，手臂细弱却蛮横，不由分说地拽住同缘异体一样细弱的肩膀。妹妹瞥一眼姐姐，这个善于施行微暴力的比她年长的女孩脸上的表情却是快乐期待的，和她身处的环境一致，其目光在徐爱丽的指点下，和众人的目光一起聚集，朝向淮海东路八仙桥的方向。她眼梢上翘的一对凤眼亮闪闪的，只有与她血脉相连并且是年龄相仿的亲人才能感知积聚在这个十三岁的细长的身体里的不同寻常的能量，蝶妹并不知能量为何物，她只是凭本能感知它对身边人以及周围世界的藐视。

"妈妈知道我们这么晚了还在外面，要打的！"她在姐姐耳边嘀咕着，算作微弱的抗拒。

"妈妈在乡下劳动接受再教育，怎么会知道？"蝶来大声问道。

蝶来说到"再教育"三个字还那么铿锵有力，一点都不怕难为情，蝶妹简直想找个地缝钻进去。

"是啊，你们不讲她怎么知道？"徐爱丽在一边帮腔。

这一来，蝶妹更不安了，她俯在姐姐的肩膀上轻声但并不退让地说道："我会告诉她，我们坐在马路上，天黑了也不回家，还带着弟弟，他现在已经睡着了，他会着凉的，而且天下起了雨，等着吧，哮喘就要发了。"

对于蝶来，妹妹的最后一句话才是真正令人气馁的警告，她畏惧弟弟的哮喘病，那高分贝的刺耳的哮鸣音在小男孩的气管里回响时，也是家里的灾难日。

于是她才意识到有零零星星的雨滴，可也不太确定，因为后面站了几排人，嘈杂地谈论着。"说不定是他们的唾沫星子。"

蝶来恶作剧的推断让妹妹差点哭起来,她有洁癖,又胆小,挤在人群里有着深深的不安全感。

"好吧,就算是下雨,你看好小弟,我回家拿衣服拿伞。"

蝶来讨厌不如说是害怕妹妹的哭泣,她最终是会做些妥协的,她欲起身,却细眉一挑,挑出两支眉峰,这张将会变得圆润明媚眼下仍是线条愚钝的脸蛋,立刻充满挑衅生气盎然,"要是你告诉妈妈,我可不会给你好日子过!"

她已经起身,但是妹妹扯住她,已带上哭腔,"你不要走嘛,他们挤过来了,我抱不住小弟……"

又是妹妹比姐姐先感应开始涌动的人潮,后面的人像波澜一般朝前推来又退回,蝶来朝东面的远处看去,仍然什么都没有看到,然而,似乎隐约有口号声传来,不如说这似有若无的口号是通过妹妹的感应而听到。

此时蝶来才发现坐在一旁的徐爱丽已经手提小板凳在十米之外的地方,正口沫横飞地向一圈妇孺进行演讲,无疑的,是关于公主的话题。徐爱丽生活的大半时间是在寻找她的听众,所以她到哪里都有办法找到属于她的社交圈子,哪怕在街上。你永远也别指望徐爱丽这样的人会帮上真正的忙。蝶来对自己说。

"那么你去拿东西,伞、衣服或者毛巾毯,对了,毛巾毯好,可以把小弟包起来。"蝶来看着蜷缩在她怀里的小男孩,无法掩饰刚刚苏醒的母性获得满足的欣喜,"跑着去跑着来,五分钟够了。"她用着母亲经常用的命令的口吻。

妹妹离开姐姐便灵活得像条鱼,迅速隐没于后面几排人丛里,蝶来却又担心起来,喊着:"可不能耽搁呀!游行说来就来,看不到公主,你会后悔一辈子!"

蝶妹听到姐姐毫无顾忌的喊叫声更是恨不得潜到人海深处远远避开她的厚脸皮无所畏惧的姐姐,好在人潮已把她们隔开。

然而,蝶来的担心成真。妹妹果然耽搁了,游行果然说来便来。当蝶来随着突然高涨的欢呼声朝东面看去时,游行队伍已红彤彤沉甸甸地涌过来,就像不可阻挡的涨潮的海浪。

坐在第一排的人们呼啦啦站起来,抱着弟弟的蝶来急了,想要徐爱丽帮忙,但徐爱丽做完演讲再也不见人影。她抱着五岁的男孩站不起身,便把他放在妹妹的凳子上,跟着慌慌张张踮起脚尖伸长脖颈把自己拉得比谁都长。可小男孩还在睡梦中,坐不稳凳子头一歪便掉到地上,哇哇大哭,同时后两排的人吆喝着前排人坐回凳子,她的这块周围世界瞬时乱得像被狂风袭击的集市。来了几个戴红袖章的纠察吹响哨子,很快,就恢复了秩序,第一排的人坐回小凳子,蝶来也恢复先前的状态,但不无焦虑。

眼看游行队伍一米一米地接近,开道的摩托车已从她的面前经过,已经看得到队伍前的敞篷车了,车上站着亲王和公主,他们似乎在招手,他们身影模糊,因为还远,但车轮在转,在朝蝶来接近。伴随着游行队伍的合唱声,连歌声都是异样的温柔,那是亲王亲自作的词曲,歌颂与中国的友谊,虽然听起来更像一首软绵绵的情歌,像黄色歌曲,革命时代,情歌就是黄色歌曲。

歌声越来越响,亲王柔润的微笑、公主标致的脸形开始清晰,蝶来紧张地屏住呼吸,眼睛一眨不眨地紧紧盯住正在接近的如同梦境中的人物,同时她在等妹妹,因她的姗姗来迟急得坐立不宁,这个慢郎中,她怎么还不来呢?她怎么可以失去亲眼目睹公主的机会?

公主正在朝她接近,其光芒已辐射开来,观看的人群因之而安静。蝶来越发焦虑,她不时地转开头渴望从后面拥挤的人群中看到妹妹的影子,可是人群宛如墙壁挡住她的目光,她又一次把小弟放到旁边的凳子上,脚踩上自己的凳子瞬时间比别人高了半截,还没有来得及放眼望去,已引起一片"嘘"声,紧接着竖直的身体便被后面的人按下去。

在这几十秒钟的动荡后,亲王和公主已近在咫尺,然后便从蝶来的视野里流过去,流到远处。蝶来就是在这个片刻触摸到瞬间的强烈,它的短暂和不可磨灭,它将是她空茫的青春期第一抹色彩,那色彩如此浓烈奇幻,令她目眩头晕。

"莫尼克,莫尼克,"躺在床上的蝶来歌唱般地吟诵着公主的名字,"莫尼克笑起来的时候,好像嘴角上亮着灯。"

"因为她涂了口红,因为她的牙齿很白,因为她是公主,我觉得她像妖怪。"与她头脚倒错躺在另一头的妹妹回答。

"因为她太好看了,你们就骂她妖怪,我宁愿长得好看被人家骂妖怪。"

"你想做妖怪？神经搭错了吗？"

"你才搭错……"蝶来顺脚一踢差点踢到蝶妹的下巴，她们虽然头脚倒错却是睡在一个被窝。床的里端睡着小弟，因为有哮喘病，他成了家里重点保护对象，质地最优良的丝绵被子给他盖，他本应该睡在长沙发上，却因为是礼拜天，便挤到床上与姐姐们一起睡个欢乐觉。他与蝶妹睡一头，蝶来睡中间，左边是小弟的脚，右边是妹妹的脚，她宁愿与两双脚为邻，也不要左转身是脸，右转身还是脸。在两双脚之间辗转的蝶来，觉得天地相对宽阔，她可以东想西想，任自己思绪飞出去，飞出家，飞出城市。

这是星期天的早晨，其实已近中午，但他们三个还赖在床上，只要蝶来不起床，不对他们发威，两个小的也绝不会从被子里出来。如果他们的父母尤其是母亲，知道他们的周末上午是这样虚度——林雯瑛经常用"虚度"这两字鞭策她的子女，她会拿来洗衣搓板，让领头的蝶来跪上去。蝶来受到的所有的严惩，都会转嫁到弟妹身上去，所以，爱告状的蝶妹不到忍无可忍是不敢向妈妈泄密的。

"如果你亲眼看到她，你就不会说她像妖怪，她就是公主，我想象中的公主就是这么漂亮。"

"我也看到她了，我还跟着车子跑了一阵。她的眼睫毛好长，就像假的，要是你的眼睛装上长长的睫毛，就会显得凹下去，会变得大一些会漂亮许多，不过你的眼睛太细太长了。可是，我想象中的公主是不化妆的。"蝶妹用一种世故的态度分析和表态。

蝶来脸对着天花板发了一阵呆,是的,公主的眼睛绿得那般浓郁,就像热带雨林,在雨林深处,藏着无数的奇禽珍鸟,它们斑斓的羽毛,衬托着深深浅浅的绿,在更深的深处,绿在下沉,浓得化不开。

公主就是从雨林深处来的,蝶妹的感觉没有错,的确很妖怪,但是,具有蛊惑力的美都是妖怪的,"妖怪"这个词让蝶来有一种特殊的激动。蝶来也迷恋"热带雨林"这个词,它有着湿雾腾腾的妖艳感,这和她刚刚看过的《美丽的西双版纳》这部彩色纪录片有关。

游行的次日,她带着蝶妹和小弟去医院探望父亲,对美丽公主的憧憬使两姐妹热切地想了解与亲王和公主有关的一切,于是便被父亲顺便补了一堂地理课,他给女儿们描绘了亲王和公主所来自的那个国家的地貌气候以及整个亚热带的地理环境。只要抓到机会,父亲就会给他们补课,他的严重的美尼尔氏症损坏了他的耳神经,但比之更为让他担忧的是儿女们的成长,对于他们增长飞快的身体他只有焦虑。

探病的次日上午,蝶来遵照父亲嘱咐带着弟妹去附近的国泰电影院看了一场学生场的名叫《美丽的西双版纳》的有关中国西南部大自然的彩色纪录片,据父亲说,那个动物出没其间的丛林与亲王和公主来自的国家的自然环境有些相似。电影中,这一个神秘的蕴藉了自然丰厚物质的热带雨林衬托了野兽珍禽的生猛活力,它也成了蝶来思念公主时的背景。

"没良心，游行队伍过来时我急死了，怕你来晚了，我到处用眼睛找，害得我没心思仔细看公主，你倒好，居然跟着车子跑。"蝶来的思绪终究被现实阻挠，妹妹的话在虚空中转了几圈才被蝶来捕捉到，她陡然沮丧，便迁怒于妹妹。

蝶妹不响，蝶来更来气，脚在被窝里踹了两下，被窝里掀起一阵小风暴。

蝶妹依然不吭一声，却爬出被窝，拿了自己的一大捧衣服，朝房间外的浴间去。直到这时姐妹俩才一起发现他们的小弟一直坐在放在房门旁的痰盂上，她们想起他至少已坐了半个时辰，他大便完后要她们帮着擦屁股，但是她们在讨论莫尼克，完全无视弟弟的请求。他渐渐放弃请求，把从不离手的香烟牌摊放在地上，一张张地欣赏着，自娱自乐，等着擦干净的屁股高高地翘在痰盂上，就像一只打足气却已被遗忘的皮球。

有多少次，姐妹俩无视弟弟的要求，让他沾着粪便的屁股晾在痰盂上，在弟弟的带哭的要求声中为谁去给弟弟擦屁股而争吵半天，蝶来绝不会因为自己是姐姐而让步，这也是她向人们习以为常的准则发出挑战的时候，让步的经常是妹妹。现在为了平息蝶来的怒气，蝶妹不声不响过去照料小弟，蝶来也从被窝里坐起来，"我这辈子最恨的就是礼拜天。"蝶来一件一件检视着自己的一堆衣服，那是一条印花人造棉裙子和一件白色短袖汗衫。

"我也恨！"弟弟咕哝。

"你恨什么？"蝶妹好奇地看着小弟。

"恨你们！"他的漂亮的大眼睛却是瞪着蝶来。

蝶来却盯视着蝶妹手里的衣服，那是一套和她的一模一样的花裙配白汗衫的童装，"我们以后不能穿得一样，错开来懂不懂？比如说，我穿白汗衫的时候，你就穿衬衫。"

"为什么？"

"我不要和你一样，下个月我就是中学生了，我以后去哪儿不要你跟，我最恨有人跟我一样。为什么你不是我姐姐，为什么这个讨厌的男小人不是我哥哥，为什么没有哥哥姐姐带我坐火车，我也要去大串联，去黑龙江去内蒙古去云南，我想去边疆，想去离上海最远的地方。为什么礼拜天要和你们这帮什么都不懂的小人一起过！我恨你们，恨这个家，恨！恨！恨！"

蝶妹嘴一咧，眼圈立刻红了。

"碰哭精！"蝶来狠狠骂一声，砰地关上房门，抢先妹妹一步进了浴间。

吃午饭的时候，蝶来穿了一套妈妈的衣服出现在厨房的饭桌旁，令蝶妹和小弟大吃一惊。那是妈妈的一件紫色丝绒旗袍改制的夹袄，妈妈过去的旗袍差不多都改成了这一类衣服，或者变成两个女孩子冬天棉袄的罩面。这件紫色丝绒夹袄是妈妈节日穿的衣服，虽然真正上身时外面还要罩上蓝布罩衣。它成了常年挂在家中衣橱里最奢华的一件衣服，现在这紫色的奢华令蝶来陡然有了小女人的妩媚。

事实上，这件古典派的夹袄穿在蝶来在红色时代发育的身体上并不合身，或者说十分突兀，夹袄的细腰身紧紧卡在蝶来从未得到约束的腰上，既不和谐又紧张，其窄肩窄袖于蝶来苗壮的肩膀手臂更是捉襟见肘。总之，这妩媚是带着不协调的怪诞色彩，让从未见过世面的蝶妹和小弟像见到怪物一般好不惊慌失措。

饭桌静了片刻，蝶妹尖叫起来："不公平，好衣服都给你穿去，这是妈妈的衣服，我也要穿，你不给我穿，我就要告诉妈妈！"眼泪跟着掉下。

"我也要告诉妈妈……"小弟向来人云亦云，尤其喜欢跟哭，因为还留存刚才坐在痰盂上的委屈，因此哭得比蝶妹还伤心。

厨房的哭闹声把徐爱丽从楼上吸引下来，于是她也看到了蝶来的崭新形象，或者说，旧时代的形象，这似乎勾起了她的一些回忆，她深深地叹气了。

徐爱丽十年前嫁给比她年长十岁家境富裕的资本家儿子，才过了三五年的舒适生活，便被革命运动席卷抛入一无所有的社会底层，好在徐爱丽天性乐观，似乎乐观得过分，而被邻居们包括蝶来母亲林雯瑛称为"十三点"。弄堂里的人是势利眼，过去轻视她现在更不搭理她，愿意接受她搭讪的就是一个蝶来了。虽然林雯瑛不准蝶来与她交往，声称她会带坏蝶来，可是这种阻挠只会激起蝶来接近徐爱丽的愿望，况且，在白天的公用厨房，上班或被派去农村劳动的林雯瑛又如何阻止蝶来与徐爱丽的各种交谈？

"我有过十几箱子这样的衣服，你妈妈这件衣服在当时也不算很摩登，现在看看已经很好看了。蝶来，你们这一代比我还可怜，因为连个边都没有挨到。"

也许是徐爱丽的口吻，抑或话语后蕴含的悲叹，总之，不仅小弟的哭声更响，蝶妹也哽咽了。

"真是个碰哭精，谁惹你了，我不过是把妈妈的衣服穿一穿，为什么我做什么事你都要轧一脚？"蝶来既生气又无奈，求助地朝徐爱丽看去，"徐爱丽，你说是不是，她还没有到穿妈妈衣服的年龄？"

"是呀是呀，蝶妹，"徐爱丽有些讨好蝶来，"你还没发育，身体没有线条，穿这样的衣服显不出来。"

"线条是什么呢？"蝶妹含着眼泪问道。

"喏，莫尼克，记得吗？"徐爱丽问。

"当然记得！"姐妹俩齐声答，就是因为莫尼克的话题，才让蝶来翻箱倒柜，找起妈妈的衣服。

"她就是有身体线条的女人。"徐爱丽用食指在虚空中画出一条曲线，姐妹俩对着看不见的曲线怔了半晌。

有人敲后门，并喊着徐爱丽的名字，几乎每天都有人来找徐爱丽，她简直就是弄堂里菜市场的交际花，因为她连排队买菜时都会搭讪来新朋友，不过此时她却是有几分遗憾地扔开这个她最热衷的话题去开后门迎接她的朋友。

姐妹俩一起朝着厨房的窗外看去，不如说朝着记忆中的那个美丽形象看去，蝶妹的眼泪已经干了，但小弟还哼哼唧唧地呻吟着。

"你先叫他停下来！"蝶来手指小弟眼瞪妹妹命令道，旋即放缓声调，"不要吵了，我想出一个游戏，你玩不玩？"

所谓游戏，是蝶来和妹妹互相化妆玩。蝶来说，趁徐爱丽接待客人，赶快回自己房间把门锁起来，"我不要她在旁边多嘴多舌的。"

于是妹妹和弟弟彻底安静下来，跟在姐姐屁股后面，轻轻地进房并锁上房门，似乎刻意地躲开徐爱丽的这个行为，无端地使游戏有趣起来。为此姐弟仨莫名地窃笑了一阵。

蝶来用毛笔蘸着墨汁在妹妹的眼皮上画眼线，虽然毛笔很粗，墨汁又有味，间中还流到嘴里，蝶妹都忍了，看见自己的眼睛像熊猫眼一样又圆又黑，竟很满意。蝶来居然又找出一管遗留在抽屉角落里的用残的唇膏给她上口红，这唇膏被扔弃在抽屉里至少五六年了。一九六六年开始了另一个时代，似乎革命是先通过颜色展示出来，到处是红，红旗红袖章红标语，书的红封套，这是大的红，是革命时代的底色；之外的红都是小红，小红是亵渎，口红的红，脂粉的红，女人衣服上的红。

蝶来母亲是个谨慎的女人，革命刚到来，她便处理了所有与新时代相悖的物什，当然首先是女性用物，最个性的东西总是最危险，她销毁了她的爱物，包括她的时装首饰照片和化妆品，但似乎处理得并不干净，仍有一些东西遗留下来，比如结婚照，结婚戒指，出客穿的一两件特别珍爱的旗袍，以及用剩的化妆品。说到底，她仍然无法超越女性的脆弱，对于爱物不可救药的依恋,即便它们已经蜕变成有毒的物质。于是便有了抽屉里的口红,有了星期日下午的化妆,有了一个女孩生命历程中擦不去的印痕,只是蝶妹的上嘴唇太薄,积年的口红已干涩,涂在唇上太浓太厚,满满地溢出唇线,就像刚刚拔过牙,牙血从嘴里渗出来,血腥气的嘴。

虽然这妆化得不尽如人意,事实上,与她那五官生动的原生态的脸相比,这张脸已经变成面具,但蝶妹并没有太多抱怨,甚至还有几分得意,无论如何这张脸更有色彩,更强烈。因为妹妹难得的合作,更是为了凸现自己亲手绘制的作品,蝶来把妈妈的紫色丝绒夹袄借给妹妹穿上那么一会儿,然而这身夹袄刚上妹妹身,便引来弟弟的狂喊:"妖怪!妖怪!"的确,蝶妹一张重彩的脸在紫色奢华衬托下妖气十足,她细弱的身体温柔的气质和鲜明的五官似乎更适合这件窄腰窄袖的古董衣,两姐妹一起对着镜中这个妖艳的、已从现实中跳跃出来的形象发了一阵呆,厌恶、疑惑、艳羡、憧憬?

这一次化妆带来的强烈震撼,甚至改变了蝶妹的人生,她后来拜师学唱戏,瞒着家人报考邻近小城戏曲团,就是为了可以名正言顺带着一张化浓妆的脸上舞台。

那天下午蝶妹花了更多的时间给蝶来化妆,比较起来,擅长画画的蝶妹的手势要娴熟得多,因此蝶来的脸远比妹妹生动。蝶妹也把蝶来的眼睛放大,但,是美化地放大。她画眼睛不像蝶来一笔重重抹上,而是一层一层渲染上去,同样散发着发酵臭味的墨汁,在她笔下却变得克制而蕴藉了馨香。蝶来的眼睛从现实的平淡中强烈出来，一些莫可名状的情绪浓缩凸现，这双眼睛显得愤懑迷惘，蝶来在自己变得陌生的眼睛里看到另一个"我"，可怜的没有着落的将无处安置自己青春的女孩子。

然而，乐极生悲，当姐妹俩并肩站在镜子前，对着她们自身令人激动的陌生形象，或者说，对着给她们带来无限想象的亲手绘制的画面，就在她们享受和沉浸的时刻，妈妈回来了。她以看病的名义从郊区农村提前回来，怀着强烈的恐惧奔向家，在她的想象中，长女正带着老二老三干着什么荒唐事在这个无所事事不需要去学校的礼拜天。如果有一天孩子们头脑发昏做出什么傻事朝着堕落的深渊坠下，一定是在礼拜天。她不知道，她跟她的长女一样不喜欢甚至害怕礼拜天，患上了礼拜天恐惧症。

她的担忧向来就带有某种预兆，而现实往往比她的想象还要没有边际，她把钥匙插进后门锁眼时便听到女孩们肆无忌惮的疯笑声，然后便是两张放肆着所有荒唐梦的脸，还有头发，这两个女孩竟把辫子拆开，长长的头发披在肩上。林雯瑛简直是受到了惊骇，就像真的撞上了妖怪，然而她是个不受蛊惑也没有任何幽默感被唯物主义世界观洗过脑的女子，拒绝从中感受女儿们正竭力从一个灰暗的没有希望的人生中跳将出来，试图在她们的还没有开发的虚构世界耕耘，林雯瑛并不认为向往美丽是女孩的权利。

林雯瑛从突如其来的惊骇和迷惑中挣扎出来，恢复了一张在日常中总是在生气的呆板表情,她找出用来裁剪衣服的竹尺,在铺着玻璃台面的方桌上"啪啪啪"地拍打着,与她的千篇一律的长篇大论、任何一块墙上都可以读到的大批判专栏上的语言相比较,这"啪啪啪"声更加可怕,尖厉盲目刺耳得令人抓狂。

竹尺很快就疲惫了,没完没了的陈词滥调的训斥本是冲着蝶来,所以蝶妹在经过最初的担惊受怕后便安之若素很快又昏昏欲睡,而蝶来的耳朵早就学会向所有她讨厌的信息关闭,她正在做自己的梦,计划着某一天带着这张已经弃自己的平淡而发出异彩的脸去哪里做一番事业。能去哪里呢?她在妈妈焦虑的声音里奋力思索着,宛如要从这片焦虑的海洋里游出来似的,也许到家门口蝶来照相馆拍一张照作为永久的纪念是个不错的主意,现在想到自己的绰号来自于这个地方已不觉得可恨而是觉得有缘分,脸上随之有了笑意。

未料妈妈的竹尺"啪"的一声响,就像说书里的惊堂木,把她和妹妹从浑浑噩噩中拍醒。她向妹妹做了一下鬼脸,蝶妹立刻给予回应,她们互相挤眉弄眼,在现实的荒谬和装腔作势面前,强烈感受着共患难的幸福,尤其是在妈妈气得疯狂的时候,居然还能腾出空间去彼此欣赏对方那张被自己的手重彩绘制的失去真实感的脸,她们都在暗暗吃惊游戏给予现实的惊人影响。

所以当妈妈让她们用画过脸的羊毫笔在毛边纸上写检讨书,并张贴在自己的床头,以这样一种流行的惩罚让她们反省时,她们也并没有把这看成羞辱,也许,这更接近游戏的一部分。向来,在她们的记忆里,游戏的尾声总是令人扫兴的,而蝶来天性里便是个寻欢作乐的行家里手,就像蝴蝶在荒漠的戈壁滩采花蕊一样,每一小朵野花都不放弃地去寻找属于她的乐子,对于随时到来的阻力挫折有本能的感应和准备,所以一有时机便急急忙忙制造自己的娱乐,直等又一个恶劣尾声来结束那些个转瞬即逝的快乐。她的乐天性格像阳光照暖了妹妹的蜷缩起来的慧脉,是的,蝶妹更像一盆娇贵的盆栽,需要温暖的不强烈的却是持久的光照。蝶来从来不曾知道,她是她的美丽娇柔聪明过人的妹妹的不可或缺的光照,虽然同时,她的蛮横霸道让她的妹妹又恨又怕。

由于检讨书上那些"蟹爬字"让妈妈看了来气,丑字出自于蝶来天生笨拙的手,因此她被勒令每天练写一百个毛笔字,蝶妹陪练五十个。

这个叠加上去的惩罚同样为难不了蝶来,或者说,比起将一张化妆后的艳脸洗去,以一张平淡的没人愿意多看一眼的脸重新面对生活的乏味和毫无意义,妈妈的惩罚差不多成了拯救。她终究可以集中心思去做一件事,铺开毛边纸,将洗得干干净净的柔软的羊毫毛笔饱蘸墨汁,在砚台上细致地舔笔,直到把笔舔尖,然后亦步亦趋将颜正卿方正平稳的汉字临在比草纸还粗黄的毛边纸上。

在这一横一竖一撇一捺的过程中,蝶来体味到令人闷得发慌的一丝不苟、毫无趣味的重复、无法逾越雷池的强迫症,以及伴随着这种种艰辛感的自虐的快意。好像,她在帮助妈妈惩治那头藏匿在她身体里的野兽,那头叛逆强壮无法无天,在藩篱内四处突奔着寻找洞口,渴念往辽阔的远处驰骋的野兽,那头永远无法预料它会给自己的生活添上多少乱子的野兽。

重要的是,这所有的努力是为了迎接将要到来的中学生涯,"我要做中学生了呀!"蝶来居然在梦中被自己口号般的梦呓唤醒。中学就像一条去向掩藏着秘密快乐的伊甸园的通道,何况,她将进的这所申江中学是名校,曾经是全市的重点中学。她仍记得在小学一年级时,老师就给了他们奋斗目标,那就是考进申江,但是,革命突然席卷而来,老师的叮咛成了上一世纪的模糊回响。然而隔着陈年往事,申江的光环虽然微弱却更有吸引力,她与蝶来未来道路上的光芒重叠,一并闪烁着。

蝶来只要想到中学大门就在眼前,所有的小灾小难都能快乐承受,她已经朦朦胧胧意识到,人生该是先苦后甜的,她只是为后面的美丽遭遇吃些小苦而已,她兴致勃勃地安慰自己。

字帖和毛边纸是林雯瑛特地去福州路上海仅此一家的艺术商店买来的,她是行动能力很强的女人,说要练书法,便通过同事找了颇有名气的书法家。虽然在革命年代老师不便于向学生收费,但林雯瑛为老师准备了厚礼,一条大前门香烟两瓶中国名酒,差不多是一家人一礼拜的菜金。但付出也是得到,至少可以让在医院空自担忧孩子们无东西可学的蝶来父亲安心下来。

然而关于蝶来,父亲在医院里所担忧的学业则是远虑,林雯瑛考虑的都是近在咫尺的危险，做母亲的最害怕的是年轻女孩学坏，革命年代的大街小巷造反派和打手混杂，就像潜伏着野兽的丛林，她得想办法把女孩子稳住在家。因而对于林雯瑛，能不能写一手好字还在其次，学书法至少把女儿们尤其是蝶来锁在桌旁若干小时。现在，那些不堪想象的有关女儿们在某个礼拜天堕落的画面，被字帖上一丝不苟中规中矩的笔画替代，那令人心安的正楷汉字象征着她期盼的周正正派的人生。

让林雯瑛意外的是，每天一百字的功课，蝶来不仅按时完成还超额，在进中学前的一个月，每天写出两百到三百个字。这样的勤奋和努力已经不是母亲的压力可以催发出来的，林雯瑛不知道她的长篇累牍的陈词滥调的训斥中仍有那么一两句责问起了醍醐灌顶的作用："难道你要带着这么难看的字进中学吗？去看看你们中学的宣传栏，那些毛笔字漂漂亮亮。蝶来，什么时候你的字能上大批判专栏，让你自己让妈妈脸上有光？"这正是蝶来的心病，她可是个处处都想出风头的女孩子，还有什么比在校园的政宣组工作，在大批判专栏前写写画画的学生风头更健呢？

正是在提起毛笔的一刹那，蝶来瞥见了目标，她的人生本像雾天里的没有任何标识的巨大空旷的广场，没有比这种无标识的灰蒙蒙的巨大空旷更无聊更郁闷更迷惘的了，现在标识出现了，即便很渺小不值一提，蝶来仍为之振奋。

那些日子，蝶来的手上脸上衣服上毛巾上家具上，总之她染指过的任何东西都沾上墨渍，更毋庸说，整个家整幢楼的空气已被墨臭污染。徐爱丽上上下下手捏鼻子，甚至隔壁人家都在追寻臭味的出处，大瓶装的零售墨汁比整瓶卖的曹素功墨汁便宜，但质劣，在炎热还未褪尽的初秋，迅速发酵，气味接近腐烂的树叶。蝶来爽死了，这墨臭可是帮她发泄了几多对成人世界的不耐烦，包括对徐爱丽在大游行夜晚偷偷溜去别处的不满。

蝶来的用功让徐爱丽陡然寂寞，同时，邻居抱怨墨太臭而使妈妈责成蝶来用墨块，墨块磨出的墨汁香喷喷的，况且其中还有个意义问题。妈妈在革命运动中学会在任何事情上寻找意义，她问女儿，难道忘了，从写描红簿开始，书法老师不就教导学生如何磨墨？写字前磨一阵墨，起到凝神和养性的作用，这个意义是妈妈想出来的，或者说，是她自己的学堂老师告诉她的。她想了想，觉得能总结的意义还有许多，但是天很热，有那么多家务要处理，突然就有些意兴阑珊。

可磨墨这件好事只坚持了一天，在当晚的饭桌上，蝶妹向妈妈抱怨她的肩膀手肘酸痛到端不起一碗饭。原来蝶来让妹妹帮助磨墨，或者说，是互相给写字的一方磨墨。这是蝶来制定的规则，显而易见的不合理在于，蝶来写的字比妹妹多两三倍，她要求先写，妹妹便磨了一整天墨，蝶来的字还没有写完，蝶妹的手肘与肩膀就用力过度出现劳损症状。

蝶来在饭桌上表示愿意夜晚加班给妹妹磨墨，被妈妈制止了，她觉得蝶来在胡闹，但从道理上讲似乎并没有错，做母亲的倒也不好欲加之罪,只是把她们的墨块收去了。还了得,才一天,这一段新墨已用去五分之一,蝶来妈妈不知是该高兴还是烦恼,显而易见女孩子们练字很刻苦,但墨也消耗得太快了,一块好墨是半斤猪肉的价格,似乎代价太高;而且让她郁闷的是,每一次惩罚长女,到头来吃苦头的却是最疼爱的幼女。

于是蝶来又用回墨汁,考虑到妈妈对于物质消耗过快的担忧,以及墨汁快见底时很稠厚,蝶来加了自来水重新调匀。这样一来,墨汁的味道变得更难闻,持续地弥漫在她们家,弥漫在整幢楼,这发酵的腐烂气味已经如此远离她们当初寻求美丽的初衷。

然而徐爱丽突然不嫌墨臭了,因为蝶来已经搬到公用厨房的餐桌上练字,这样,在练字的间隙,互相聊天,蝶来觉得心安理得,徐爱丽干脆拿了毛线搬来竹椅坐到厨房打毛衣。而蝶妹坐在姐姐的对面,和她共用一瓶墨汁,她练的是柳公权的字帖。姐妹俩一边练字一边听徐爱丽传播小道消息,并互相评说,一时厨房间有声有色吸引隔壁邻居一起参与,徐爱丽得意地总结说,我们的厨房越来越像沙龙。

"沙龙是什么意思?"女孩们问道。

"喏,沙龙是外来词,就像司别灵(锁)、水门汀(水泥),是英语的译音,就是社交聚会的地方。"于是,蝶来在徐爱丽的教导下,知道了"沙龙"这个词。

同时,蝶来以她的方式在努力,如果做得到,她也憧憬自我修炼成一个提着毛笔端坐桌前的淑女,每当她欺负蝶妹和小弟后，会深恶痛绝自己的野蛮行径，而在十三岁夏末台风袭来前夕的那场大游行之后，蝶来的自我憎恨又多了一层忧伤。礼拜天早晨她躲在被子里眼泪汪汪，在妹妹和弟弟的两双脚之间，感伤地思念着公主的美丽，恨不得把自己的肉体毁了，重新塑造一个至少是让自己喜欢的形象。

陡然，在放大了好几倍的中学校园里，蝶来孤零零地站着。

她不是独自一个，操场满满的，她站在自己班级的队列里，班级队列分成两行横排，横排一分为二，男生在头，女生在尾。

蝶来个子高，她和另一名叫罗英男的女生双双站在女生排头，或者说，排在男生队伍的尾端，与她紧邻而站的男生几乎比她矮半头，而与她并肩站着的女生英男如同她的名字，削着男孩头穿着改良过的男式旧军装，个子比蝶来还高。

蝶来有一种插队在男生队伍的错觉，这正是令蝶来孤独沮丧的缘由。

首先她讨厌男生比自己矮，或者说，讨厌自己比男生高，干脆说，她歧视自己的高和比她更高的罗英男，对自己参与其间的画面厌恶透顶：高女生和矮男生比肩站。

更气馁的是，进校第一天，她还未看清身旁男生的脸，便与他建立了被人嘲笑的关系。

男生姓俞叫海嵩，当老师第一次点名时，把最后一个字读成"崇"，他做了纠正，但普通话很差的他，把"嵩"读成"参"，于是蝶来嘴快地问出声："'海参'吗？还有蹄筋呢！"

在全班哄堂大笑中，俞海嵩便获得了"海参"的绰号。

但是接下来老师就念到叶心蝶的名字，未料这个叫海参的男生立刻把她的绰号也叫出来："蝶来！"还添上注解："蝶来照相馆！"当然这一次笑声更持久，他得意地朝蝶来看去，蝶来简直气昏了，坐在后排的她看到的是好几排的脸转过来朝着她笑！是啊，连他的脸都未看清便让他给卖了。

她的气愤可用咬牙切齿形容，蝶来本来以为自己已经可以摆脱这个绰号，因为按照地段进中学，她小学同学多半住马路对面，因此他们都被分在另一所不知名的过去是民办学校的中学。蝶来刚刚在小学同窗面前得意自己将来去于名校校园，却未料到进"名校"第一天便被人喊出绰号，最冤的是此人她并不认识。

"蝶来，海参来了，蝶来，海参来了……"当天回家路上，她听见有少年在她背后唱出了熟悉的小调，那是"阿三，老英来了"的调头，早在一九四九年以前就在上海租界街头流行的小调。"阿三"是指当年在上海英租界做警察的印度人，他们的头上缠着红布，对着英国人上司毕恭毕敬称"Sir"，音同"瑟"，当时上海市民便喊印度警察为"红头阿瑟"，街头小痞子捉弄常与他们作对的印度警察，看见他们便喊："阿瑟，老英来了！""英"，当然是指英国人。

到了蝶来这一代，小调居然还在流行，只是在他们嘴里，这"老英"听起来像天上飞的"老鹰"，"阿瑟"变成"阿三"。上海弄堂里有多少"阿三"啊！似乎小调中的"老鹰"是"阿三"

的克星,因此对着某人喊"阿三,老鹰来了!"就很嘲弄了。

把"阿三,老鹰来了!"的调头改成"蝶来,海参来了!"可想而知蝶来有多么窝囊,她停住脚步转过身去狠狠瞪视唱小调的某男生,男生也是矮个子,左肩扛着瘪瘪的书包,右肩挑着他自己的外套,满头大汗。此刻这男生停下脚步不甘示弱地迎住她的目光,他的眸子黑而大而明亮,透着让她讨厌的机敏,她用力瞪大她的细长的眸子,试图使自己的目光像两根通上电源的金属线闪闪烁烁地发射着冰冷的强光朝她憎恶的对象弹去。

果然,男生黑亮的眸子转开去,紧接着转身,嗖地蹿进身旁的弄堂,蝶来应该乘胜追击把他教训一下,弄堂门口的墙上正写着"宜将剩勇追穷寇"之类的标语呢!但今天她忍了,这是中学第一天,她可是痛下决心要成为一个淑女。

她慢慢地转回身继续着回家的脚步,风拂过脸颊,是黄昏时的轻风,树叶富于感染力的沙沙声里,她的汗津津的脖子顿时清爽起来,一丝莫名的柔情从脖颈处朝胸口和四肢像涟漪一般荡漾开去。然而,只要蝶来试图让自己变得可爱,学着淑女轻盈款款行走在街上,她的脚和手的摆动立刻会变得无法协调,如同傀儡一般四肢被看不见的线牵动着,笨拙而毫无生气。

这条街很窄,站在人行道两边的梧桐树树枝顶端的叶子已互相纠葛,即便是在酷暑,这条街的阳光仍是疏淡的,在下午近晚的黄昏中更显得暗沉沉的。当风力较大时,树叶翻掀开来,小街的光线突然透亮,就像郁闷的心头被拨动,有着夹带轻微的疼痛的快意。

是的，无论第一天有多么不尽人意，蝶来在回家路上这一刻怀揣的感受已截然不同。她每天走来走去的小街好像更窄了，光线更暗了，她熟悉的那个世界似乎更加窒息，然而同时巨大的憧憬把她刚刚发育的胸脯挤得满满的，中学这个地方虽然空旷得让人寂寞，但她隐隐感悟到，这只是个过渡，过渡到那个她憧憬过许多次的未来。未来是什么呢？在她脑中是个更加抽象却又纷繁的新世界，她急急忙忙成长着，不就是要去向那里吗？

之后的几天，日子也并不好过，每天站在操场走队列是最寂寞的时光，领操台上站着魁梧高大的中年男人，人们称他工宣队长，他正威风凛凛地吹着哨子，喊着"稍息"、"立正"，就像军队训练。蝶来对此并不陌生，小学的整个六年级，还有七年级的一半时间是在操场上练操度过的，只是这"稍息"、"立正"的命令从他那里吼出来杀气腾腾，蝶来不仅寂寞着，还忧心忡忡，是否整个中学是以这样的方式度过？

在她冥想的这一刻，叫海参的男生侧过半张脸给她斜斜的一瞥，让蝶来很不爽，接着又给了一瞥，带着些嘲弄？好奇？欣赏？爱慕？谁知道呢，蕴含的意味之复杂连男生本人都分辨不清。

海参意味复杂的一瞥又一瞥令蝶来更加心烦意乱，她似乎又听到了可怕的调头，"蝶来，海参来了。"它隐约飘荡在队列里，飘荡在满满一操场的队列上空，蝶来还担忧自己的中学岁月将被这首低级趣味的街头小调葬送。

到中学报到后，新生们第一天进大礼堂参加入学典礼，之后便来到操场，进行抗大式训练。虽然节气上是进入了秋天，白天仍然骄阳似火，街上的人还穿着夏装，但在操场上晒一整天太阳的学生却一律在淡色夏装外套着深色外套，似乎这黑或藏青的深色比较适合这严厉的军训气氛。

蝶来的藏蓝外套已洗得发白，那是一件妈妈年轻时流行过的革命时代的时装，一种有双排扣被称为列宁装的女式上装，它和革命运动最初两年流行的女式军装在风格上接近，英武中暗藏性感，因为这两种服装都有制服的特点，收腰，明线，线条挺拔却又贴身，凸现了女性的体态。

这件旧衣服和妈妈其他过时的衣服一道被压在箱子底下很多年，却被蝶来找出来，她开始时出于好奇往身上套，之后便不肯脱下了。

这一年蝶来在蹿个子，竟和妈妈一般高，身体虽未丰满但女性所有的特征已呼之欲出。她和她的同龄人被革命运动耽搁在小学整一年，读完七年级才毕业，革命年代的教育体制刚改革，小学七年制，中学四年，包含了初中和高中。

按照农历算法，蝶来过了年便是虚岁十五岁，实足年龄十四岁还未到，她的同龄女生不少人来了月经。蝶来好像注定是晚熟的女孩，甚至还不清楚有月经这回事，但她已经在经历胸脯胀痛乳头有个硬块像发酵一样鼓起来的发育阶段，心情竟像乳房一样敏感并蕴含着隐约的痛感。

蝶来能感觉妈妈的列宁装让她有了几分窈窕和成熟的韵味，却不能容忍身边的男生对她的觊觎，这个叫海参的比她矮半头的男生不时微偏着头，她发现他在偷看她。

"有什么好看的？"蝶来凶巴巴地朝他白一眼。

他收回视线，十秒钟后，他说话了："你不看我又怎么知道我在看你呢？"语调不紧不慢，有着与他矮小的个子不相称的从容，在蝶来耳朵听来就有几分玩世的味道。蝶来反感地转脸去瞪他，领操台上的工宣队员在喊口令："立正，向右转。"整操场一千多名学生转过身，这样，他名正言顺用后背对着她。

到了下午，蝶来中学的军事化训练变成抗大式学习班的形式，学习内容是听拉线广播，收听市革命委员会召开的全市批判大会。又有一场运动要开始，革命运动就像盒子连环套，大运动套着层层叠叠的小运动。

这类批判会千篇一律，不仅是蝶来，几乎全操场的同学都在昏昏欲睡，可中间穿插的口号却很令人兴奋。虽然大会上有人领喊口号，但中学校园的领操台上也设置了领口号台，一男一女两个学生坐在领操台上领口号，通常是在广播里的口号声结束后，在工宣队长的指挥下再添上几句与本校现状有关的口号，不外乎"打倒"几个已在学校监督劳动的前校长、教导主任以及模范教师之类的人物。

对于蝶来，喊什么并不重要，过瘾的是可以振臂高呼，在人群里呼喊，就像如今的年轻人在摇滚音乐会喊叫一样，终究是可以抒发在日常生活中积聚的郁闷。这是在革命后期,天安门前的红海洋回流到山川平原变成湖泊和小溪,街上墨汁淋漓的大标语大字报也经不住风吹雨打渐渐飘零,惊涛骇浪后的后悔后怕,成人和青春期的少男少女一起压抑的时代。

跟着群体的口号声,毫无风险地抒发了自己多余的精力被压抑的热能是件多么爽的事啊!瞧瞧蝶来,用力举起手臂把自己的声量放到极限,简直是在尖叫。

口号的间隙,坐在她前一排的海参回过头朝她笑着揶揄:"轻一点,你把我的耳膜都震破了,用得着这样积极吗?"

这不是找上门讨骂吗?蝶来对他惹来的怒气还没找到出口发泄呢!他倒好,居然还来挑衅。蝶来凤眼上的一双眉毛高高扬起,锋芒毕露,"有几只苍蝇嗡嗡叫!……不须放屁!"

用毛泽东诗词作为骂人武器很流行,蝶来虽然压低了嗓子,但她清亮的嗓音仍然富于穿透力地让整块人群,差不多一个班级的人都听到,大家笑了,海参也笑,笑眯对着她,好像被这个伶俐的女孩奚落是件快意的事。未料班级的骚动和喧哗声引来工宣队领队的注意,正背着手满场巡逻的工宣队队长走到他们面前板着脸问道:"谁在起哄?"

大伙又笑,眼睛看着蝶来和海参,工宣队长便轮流打量蝶来和海参,最后,目光是落在蝶来身上。不知为什么,这个三十岁的男人单眼皮里的眸子亮闪闪地罩住蝶来时,她一阵惊慌,忙不迭地朝海参一指,似要把那灼人的目光引向对手,"是他先惹我,我在喊口号,他嫌我声音响!"

"你哪里是喊,你是在尖叫!"海参看着她,眼里含着一丝笑,从她的眼里看过去,是自以为聪明的男孩的嘲笑。

他的回答引来更响亮的哄笑,海参也咧开嘴笑,不乏得意,甚至队长的嘴角也掠过笑意,可他的笑有股寒气,就像阴天的风掠过,他的眸子突然有了冷酷的意味。蝶来一阵发怵,不祥的预感笼罩住她,竟忘了反驳海参。

"你站起来,让我听听你是怎么喊口号的。"工宣队长坚硬冰冷的声音。蝶来的脑袋嗡地响起来,头涨大成两个,但她马上发现他是冲着海参发命令。

笑声戛然而止,海参的脸突然苍白,他的身体像冻僵一般凝固着,有线广播里什么人在义正词严地批判着什么。

"站起来!"这个形象清秀的男人喊出的声音却粗鲁蛮横。

操场的目光都集中过来。

蝶来的身体在微微抖动,她所恐惧的事情正在发生,示众成了现实,人们看着海参,但目光也同时圈住了她。

海参慢慢起身站得笔直。

"你说她喊口号是尖叫?"队长问道,冷笑着,他的目光又罩住蝶来,她的身体一阵哆嗦。

"那么你是怎么喊口号的,喊给我听听!"队长的声音冷酷起来。

蝶来的上唇粘着齿龈,嘴像沙漠一样干燥,不要说喊口号,现在让她说话,大概也是一个字说不出,然后她发现这声冷酷的命令也是对着她讨厌的男生。

"你给我喊啊,喊啊!"队长对着海参大吼。

这时有线广播喊起了口号,操场上的人们竟笑起来。一直没有作声的班主任朝工宣队长瞥了一眼,事实上,众人都在偷看他,蝶来却去看海参,他们目光相撞,他垂下眼帘。

"啪!"比母亲的惊堂木还刺耳,工宣队长巨大的巴掌朝海参甩去,近旁的蝶来本能地抬起脸欲朝后仰,她瞥见海参半边脸肿胀起来,上面印着队长的五根手指,这张变形的脸同时反射着刺目的阳光,蝶来只觉得一阵眩晕眼睛发黑,身体失去重心般地朝罗英男身上靠去。

"老师,老师,蝶来昏过去了。"罗英男喊叫起来。

我昏过去就好了!她对自己说,身体趁势横下来。

蝶来紧紧闭着眼睛,任凭罗英男和班主任以及一拨女生半扶半抬地把她送进学校卫生室。蝶来被扎了针灸,在难耐的酸痛中,她觉得下身一阵热流涌出,她以为自己尿出来了,惊慌地睁开眼睛抬起身体,却看到卫生室雪白的检查床上有一小摊血迹。她下意识地用手去摸,那新鲜的还浮在被单上的血迹立刻沾到手上,她哭了。

那天多亏床边只留下罗英男,罗英男自告奋勇回了一趟家,她的家就在学校隔壁弄堂里,她拿来她的干净罩裤给蝶来换,卫生室老师的白色药橱里居然储藏着月经草纸和卫生带。所谓卫生带,是一条宽六七公分长一尺两端有细带的两三层厚的棉布条。没有比这件物什更丑陋的东西了!以前,蝶来曾看见它挂在某些人家的天井里晒太阳,弄堂里的男生称它为"咸带鱼"。现在她得把这条丑陋的"咸带鱼"系到自己身上,她心里的羞愧是双倍的,因为经血,因为月经带,因为自己对所有这一切的无知。

卫生老师成了她的启蒙人,她在教蝶来使用这些月经用物时,同时给她上了一堂女子生理卫生课,一旁的罗英男乘机告诉蝶来,她一年前就来了月经。

这突如其来的初潮令蝶来几乎忘却先前操场发生的一切,她怀着羞愧,不是对海参,而是对突然流血的自己。离开卫生室她便直接回家了,书包里塞着换下的裤子。

从学校回家的路上,必然经过淮海路这条繁华大街。那时候称不上繁华,但行人密度仍是相当高的,在这条街上行走常有被行人掩蔽的感觉。背着书包的蝶来怀着难以名状的羞愧、兴奋和压抑,接二连三的突发事件令她身体虚弱,神经却处于亢奋状,胸膛被各种情绪塞得满满的。而垫着厚厚消毒草纸的卫生带夹在两腿之间十分难受,似乎下身挤着大件东西。

蝶来现在最担心的是行人们是否会通过自己臀部的拥挤发现她裤子里的秘密,虽然这条罗英男的罩裤比她自己的裤子宽大得多。于是蝶来当即放长书包带子,把书包斜背在肩,将书包袋按在臀部后,虽然走起路来包袋一拍一拍敲打着臀部有点蠢,但阻挡了人们的视线。

正当蝶来觉得自己很聪明,有效地遮盖了自己身体的秘密时,忽然下身一阵潮涌,她紧紧夹住两腿,那血会不会从裤子里涌出来呢?蝶来几乎不敢挪步,短短的回家路程突然长得看不到希望,她着急得想哭。这时,一部顶上挂着几长条"辫子"的电车停在她的面前,才发现自己正站在学校附近的车站上。下午的电车空空荡荡,她不假思索地跳上电车,找了空位子便坐下,至少这个姿势可以控制经血不从裤子里漏出来。

她并不晓得这电车会把她载到哪里。

口袋尚有几分钱,刚够她买一张四分钱的车票。蝶来在日常生活里很少有机会坐电车,除了节日走亲戚,但那时车子变得挤了,乘车是受罪。更小的时候走亲戚,父母总是叫一部三轮车坐一家人,夫妇俩并排坐在位子上,妹妹和小弟坐他们膝上,蝶来只能蹲坐在父母脚前的那一小块空间。可怜的蝶来,忍受了多少次蹲坐的屈辱,只因为节日的电车他们挤不上去,不过那也是革命前的往事了,革命运动开始后,三轮车没有了,亲戚之间也很少走动。

蝶来坐在电车上看着窗外的市景,一时忘记自己身上刚刚发生的生理巨变以及校园的暴力,沉浸在睁着眼睛享受梦境的愉悦中,就这样一路跟着电车去了终点站。

蝶来接着便发现去向终点站的上海与市中心的上海越来越不同,先是经过几条有台硌路的小马路,旁边是矮平房,每家门口都搁着马桶,那是上海的老城区,但蝶来竟从未来过。之后便是尘土飞扬的马路,两旁是厂房,她听到了轮船的汽笛声,然后就看到黄浦江在一条窄街的顶端。

这里已经不是外滩的黄浦江了,而是工厂边的黄浦江。江边烟囱高耸,许多的起重机,和钢铁被敲弹的巨大声响,这里与她熟悉的上海如此迥异,蝶来宛如被流放到异地,立刻思念起家了。她牢牢地坐在自己的位子上,手里捏住已快被她捏烂的电车票,又跟着车子坐回市中心。

这时候,天开始暗了,车站上的乘客拥挤起来,到了家附近的那一站,其实就是她上车的那一站,她猛地起身,只觉得下身一阵热潮涌来,她骇得紧紧夹紧双腿,脸涨得通红,血流出来也顾不上了,她总要回家的呀!急着回家的蝶来只能夹着腿拼命从人堆里挤出来,紧要关头竟然有人把手放到她的臀部,她歇斯底里地尖叫起来,人们惊骇地脸转向她,然后她面前被迅速地让出一条通道。

她跳下车听到后面有人骂了一句:"小神经病啊!"这种时候蝶来居然还不肯示弱地转身回骂:"你才是神经病,你是花痴!下流胚!"车门上还夹着乘客身体的电车载着七零八落的笑声摇摇晃晃地开走了,蝶来斜背着书包,一只手将包袋按在后臀部上,在行走时才突然意识到系在身上的卫生巾其实像闸门一样挡住从身体里流出来的血,但两腿内侧被折成厚厚一条的消毒草纸摩擦着十分不适,走到家门口时已经疼痛难忍。

她刚踏进家门,蝶妹迎向她,还未说话,便流眼泪,她的哭,不是号啕大哭,而是抽泣,简直是泣不成声,那是她最伤心的哭泣方式。蝶来的心立刻下沉,自己曾有的恐惧和耻辱也一起涌上来。

"怎么啦,谁欺负你了?"她带着哭音问道。

蝶妹一愣，几乎是失望，这可是姐姐很少有的反应，平时的她虽蛮横霸道却又自信满满倒是令妹妹有了依靠。

蝶来已经看到妹妹肩膀上白乎乎的一片，她把她拉过来，看清是墙灰，岂止是肩膀，整个脊背都沾满了墙灰。"怎么回事啊？"她大声问，复又变得气势汹汹，愤怒使蝶来的能量重新燃烧起来，蝶妹熟悉的那个姐姐回来了。

"他们推我……"蝶妹又哭开了。

"是谁？"蝶来细长的眼梢扬起时，有一股凌厉的气势，欺负妹妹比欺负她本人还要让她怒不可遏。"别哭，告诉我是谁推你，推在哪里？"她提高声调，用海参的话来形容，是不折不扣的一次尖叫，看起来似在朝妹妹发火。但蝶妹反而平静下来，她已经从姐姐的怒气中获得力量，至少她现在能停止哭泣向蝶来叙述遭遇。

"是阿三，我从学校回来在弄堂口碰到他和两个男生，他们就一路跟过来，一定要进来……"说到这里，蝶妹又想哭。

"他们要进我们家吗？"

蝶妹哭着点头，"我开门进来后要关门，阿三不让关，他，还有两个男生后来就推门，把我挤在门后边的墙上，我痛得哭起来，他们还不放手。"

蝶来怒气冲天："好的，阿三，你等着吧！"

正因为阿三是弄堂里唯一打动过蝶来的英俊少年，才让蝶来格外气愤。

蝶来可能忘了，一两年前，她和阿三还经常在自家后门口打打闹闹,玩着开门关门的游戏,那时阿三要是想进蝶来家玩,总要在门口被蝶来关进关出后门多次,才能真正进入。

这一年里他们之间突然疏远,阿三几乎不去她家后门而是常出现在弄堂口,和一帮无所事事的男生扎堆闲站,蝶来和妹妹进进出出时,他会搭讪她们姐妹,心情好时,蝶来应和他几句,但也是你来我去的斗嘴,蝶来很少对同龄男生和颜悦色,更毋庸说让她春心萌动的男生。

然而,闹着玩和把妹妹弄哭,这之间有根本的差别,况且正因为对阿三有感觉,蝶来才把阿三的行为放大。此时此刻,她怔了几十秒钟,心里被愤怒撑得满满的,都是暴力的冲动。以牙还牙,这是革命时代道德标准,蝶来此时只恨自己是个女孩子,因此而有几分茫然。她气哼哼地一把将妹妹拉到天井帮她拍打身上的灰尘,却又停手改变主意。"阿三怕他娘,我不跟他说找他娘说,这身灰留给他娘看,她可是党员干部,不会包庇自己的孩子!"虽然这么做有点懦弱,但留着妹妹的一身灰做证据,蝶来觉得自己很有创意,气就平了一些。

阿三的娘是里弄支部书记,算是弄堂里的名女人,寒暑假居委会有时召集孩子们开会,她会来演讲几句。

蝶来看看暗下来的天,说:"这时候他娘应该回来了,走,去跟他娘评理。"说着,拉起蝶妹就走。

走到门口的蝶来又退回来,直接进了浴间,进了浴间锁上门不久又大叫蝶妹,让她把留在厨房的书包递给她,书包里有卫生老师给她的一大包折成条的月经纸,然后又叫唤妹妹帮她从家里的医药箱里拿一卷消毒棉花。原来,蝶来的大腿内侧稚嫩的皮肉已被磨出泡来,她无师自通地将一卷消毒棉花垫在月经带的两侧,总之整了老半天才把自己弄熨帖了。

妹妹在浴间外一遍遍地问蝶来发生了什么事,现在蝶妹已把自己的委屈忘记,姐姐把自己关在浴间迟迟不出来这件事令她十分好奇。蝶来终于出来了,她告诉蝶妹马桶阻塞了,必须先通马桶再去阿三家。但想了想又改变主意,她总是要先做最渴望做的事。已经很久没见阿三了,不知为何,去阿三家告状已转换成去见见阿三的冲动,于是蝶来拉了蝶妹直奔阿三家。

阿三来开门,这是个比蝶来年长一岁眉清目秀的男生,看见他,蝶来立刻换上怒气冲冲的表情。噢,她是来告状的,她对自己说,并扯了妹妹一下,蝶妹立刻和姐姐呼应,已经干了的眼睛马上汪上一泡泪水。阿三见状十分慌张,便想把门关上,但蝶来的一只脚已伸进门内,一边用手指按着他家的门铃,一边迭声喊着"阿三妈、阿三妈……",扎着围裙的阿三妈应声从厨房出来。

蝶来拉着身上沾满了灰的妹妹告状,因而这状告得有证有据,蝶来一开始还尽量注意礼貌,但一说到阿三他们把妹妹挤在门后,就难抑气愤,谁欺负妹妹都不可以,更何况是阿三。她转过脸声讨阿三般地责问道:"你的心也太狠了,她比你小,你带两个男生欺负一个小姑娘,是男子汉干的事吗?"这最后一句话是用普通话说的,有点像哪里听来的台词,倒是被她念得字正腔圆,令妹妹和阿三都有些意外,阿三的眼里有几分嘲笑。

"阿三,是你干的吗?"阿三妈厉声问道。阿三慌张了,略略转过脸,似乎要回避母亲的目光。

"啪"的一声又响又脆,阿三妈的巴掌已甩到阿三脸上,在黄昏幽暗的厨房过道,只见阿三的脸上留下一片红手印。

"向两个妹妹道歉!"阿三妈高声喝道,又转脸对蝶来,声调立刻转成温和,"对不起你们了,"她摸摸蝶妹的脸,"也帮我向你妈妈道歉,改天我去看望她。"

"不用,不用……"蝶来慌慌张张摆着手,逃也似的拉着妹妹离去,阿三母亲一掌便打去了她刚才还撑满了胸的气势,这记耳光同样响亮、突兀、凶猛和不可理喻。此时的蝶来只觉得原先热气腾腾的胸膛一阵空虚,脸色苍白,眼冒金星,心脏"嘭嘭嘭"地竟然跳出响亮的声音,小腹跟着抽搐,身体下面一阵热潮,她紧紧地夹住腿,似乎这样就能阻止血从身体里涌出来。

是的,这多事的一天,蝶来竟遭遇来自外部和身体内部两种异常力量的侵袭,这给予蝶来的刺激非常尖锐。

这个晚上,蝶来没有吃饭便去睡到床上,仿佛不堪两记耳光的重压,以及突如其来让她几乎休克的初潮。妈妈找出体温表和酒精棉花,在蝶来量体温时,她坐在床边像开展秘密活动一般在蝶来耳边窃窃私语,不过就是进行一些必要的女性青春期卫生知识补课。这个黄昏,母亲从阻塞的马桶里发现了女儿的身体变化,可是迟来的教育竟激起蝶来的反感和羞耻,她拿开体温表对母亲嚷道:"晓得了,晓得了,卫生老师跟我说过了。"

"不要把卫生纸扔在抽水马桶里老师大概不会跟你说。"

蝶来赌气地把身体转向墙不理母亲,把那根量到一半的体温表交还母亲,体温表上的数字让林雯瑛吓了一跳,已经升到三十九度了,林雯瑛赶紧拿出医药箱,蝶来的父亲是药剂师,虽然住在医院,家里的药却很齐全。母亲让蝶来服退烧药,又去煮了姜汤,姜汤里放了红糖,让蝶来喝。

蝶来这一天内遭受的惊骇羞辱内疚,宛如伤口裸露在身,她需要遮蔽,需要在隐秘的地方舔自己的伤口。但这个城市对于蝶来是敞开的,无处躲藏的,于是这场莫名的发烧于蝶来几乎是一次救赎,她的好像被摄去魂魄的肉体终于可以名正言顺地躲藏到某个地方——虽然只是自己的被窝,并且因为脑袋太热而昏昏然,所有那些让自己感到难堪的感觉可以暂时休眠。

夜晚十点以后,蝶妹和小弟已完全睡熟,母亲林雯瑛还在忙,她先给蝶来烫洗换下的内外裤,接着在缝纫机上为她制作卫生带。卫生带内层用的是柔软又吸附力强的毛巾,完工后又在煤气上烧煮进行消毒,关于经期的卫生她专门列了十几条写在纸上放在蝶来的书包里。

林雯瑛是个细心并有几分洁癖的女人,她做这一切的时候,心里怀着疼惜内疚和不安。无论如何这女孩子的人生第一课应该母亲给予,但她给迟了,或者说,她在逃避,她自己都不知道怎么开始这令她和女儿都尴尬的第一课,在这个禁忌颇多的社会,似乎每一种话题都会引来意想不到的后果。而内心深处,她仍把这个看起来无心无肺无遮无拦的女孩子看成离发育还有很长一段路的小姑娘。

林雯瑛忙完这一切睡下时已近十二点,之后万籁俱寂,早早睡下的蝶来突然醒来,是伴随着惊悸的清醒,宛如是什么东西将她拍醒,最初化成疲倦的压力又清晰地压过来。阿三妈和工宣队长一样,出手又快又狠,这两记耳光怎么竟在同一天里发生?这可怕的一天为何又成了自己的初潮纪念日?其中有什么玄机呢?

下身的血还在涌出,这血会不会从此就不肯停了呢?

蝶来的头缩进被窝深处,她在默默地流泪,忧郁如黑夜悄无声息地一层一层裹住这个曾经是无心无肺的女孩子,先是眉眼、脸、颈部,而后是胸、胳膊、身体、下肢,直到每一根脚趾。

就在这一刻,当蝶来缩进被窝深处,当白天的惊骇恐惧羞耻内疚都被深深地吸进这忧郁的黑雾,当蝶来开始去感受这令人流泪的宁静时,一声尖利的硬物撞击声刺开这个刚刚安静下来的家。

有人用弹皮弓弹石子,把她家的窗玻璃弹碎了,无疑的,这天最后的也是振聋发聩的"乓"的声响——石子弹碎玻璃的声音,令蝶来崩溃。

她先是放声尖叫,然后蜷缩在自己床上整整一周,如果可能,她恨不得蜷缩整个四年。她害怕,怕离开家,怕去学校,她被恐惧笼罩。

她相信，这袭窗事件是冲着她来的，是对她的告发的报复，或者阿三或者海参，比较起来，海参的可能性更大。到目前为止，她还来不及分析自己的心情，仅仅是被恐惧笼罩，还有，"都已经结束"的绝望感。

是的，绝望！恐惧之外另一种清晰的感觉，中学生活，她兴奋的、近乎于幸福的等待着的生活，还没开始就结束了？

这是她进中学的第二周，有关她的去向未来的令人向往的富于魅力的通道，在这一天刹那阴暗下来。

白天，家里没人时，她从被窝里出来，刷牙洗脸吃早饭，然后放声大哭。可是，哭声只让自己听见有些无聊，再说哭泣还很累人，她很快就停了，洗了脸，觉得眼睛又酸又涩，便去躺到床上，刚闭上眼便睡着了。

再起床时，妹妹就回家了，她是小学生，去学校半天，中午放学。蝶来很寂寞，她需要和什么人谈谈，身边愿意倾听的人就是一个妹妹了。

关于家里的窗玻璃受袭这件事，当晚，母亲就与她们讨论过，当然不是平等的，而是以查询的方式调查姐妹俩是否在外边冒犯什么人，蝶来及时阻止了妹妹把阿三的事讲出来。

"阿三妈真凶哦！我好佩服她，我以后也要这样管儿子……"妹妹居然发出这样的评论。

要是在平时，她们之间会有一场关于如何管教未来儿子的有趣讨论，但现在，蝶来忧心忡忡，"阿三妈不应该当着我们的面教训阿三，让他在我们面前丢尽面子，阿三现在恨死我们了！"

"不过，其实，动手推我的是另外两个男生……"

蝶来的眼睛都睁圆了："你不是说阿三和他们一起？"

"是在一起，但是他没有推……"

"你……怎么不讲清楚？"蝶来沮丧极了，朝妹妹发脾气的力气都没了。她想了想，"反正这两个男生是他带来的，他也有份"。似为自己开脱。

"那么，为什么不告诉妈妈？我看，弹窗的事就是阿三干的！他觉得冤枉，所以要报复。"

妹妹有几分兴奋地指着碎成一朵花、但玻璃仍然留在窗框上的破窗子评论道，仿佛这是别家的窗。

这时候的蝶来才觉得自己有多孤独，她所有的恐惧，以及遗憾，以及初潮，妹妹竟毫无感知。"要是不是他弹的呢？怎么说得清？妈妈扯进来，事情只会越弄越大。"蝶来这才模糊意识到她与妈妈的相像，不苟且，太较真，眼里容不得沙，而给自己惹来的麻烦总比别人多。

"再说了，他妈妈当着我们的面打他耳光，是很羞辱他的，所以用石头弹我们家的玻璃也是正常的。"蝶来内心的确有一种甘受报复的自虐心态，无论如何来自于他俩中任何一个的报复至少部分地抵消了她的愧疚，尤其是阿三的报复，她为何那么轻率地便做下了让自己后悔不已的事？

"总之，那两个男生是阿三带过来的，他们推你他不阻止，我是不会原谅他的，不过他已经为这事受到惩罚，我们以后还是朋友。"蝶来啰啰唆唆地在平衡自己的心情，"如果玻璃窗是他弹的,那么他妈妈再打他耳光也活该,我们和他也扯平了,不过以后我不会再理他。"她其实是遗憾他也许不再理她。

这样的话,与海参那头就扯不平了,蝶来一盘算又心烦意乱起来。

"那么,你在担心什么呢?"妹妹问道,小小的人儿,大眼睛漂亮还有洞察力,"玻璃窗已经打碎了,不会再发生这种事了,妈妈说过的,这个星期天让工人在窗玻璃外加装一层铁丝网。"

"我担心他们今天弹玻璃窗,明天会做其他坏事。"

"为什么?"妹妹咧咧嘴角,有点想哭。

她看到姐姐的眼圈也红了,自己的眼泪便争先恐后扑落落地从脸颊扑到衣襟,她不是害怕,而是失望,不过是碎了一块玻璃,姐姐,这个总是无畏的勇者竟也害怕了?妹妹是为姐姐的害怕而害怕。

弹窗的事,住在二楼的徐爱丽在同一时间也知道了,白天,她敲门进来在蝶来的床边坐了一会儿,她跟蝶妹一样,有几分兴奋,甚至是幸灾乐祸的。弄堂里每每有事端发生,她都是分外神清气爽,至少这个白天她有理由进到蝶来的家来,这幢两层楼的旧洋楼虽然只住了他们两家人,但彼此却是紧闭大门,几乎不串门。

蝶来对徐爱丽的心情很矛盾,既讨厌她小市民习性——飞短流长无事生非,烦闷的生活中却又少不了她传播的流言带来的悬念和兴奋,与徐爱丽交往更迫切的理由还有,她经常借一

45

些禁书给蝶来看。

现在她上门问长问短的同时还带了一本手抄本《塔里的女人》作为获得他人隐私的交换条件,她要蝶来把昨天发生的所有新情况向她汇报,包括蝶来母亲对于弹窗事件的态度。

蝶来讲了阿三的事,接着又把操场发生的事也说出来了,虽然她其实并不想把这件发生在学校的事拿到弄堂来说,无疑的,说给徐爱丽听等于说给全弄堂人听。想好不说的话,却常常禁不住徐爱丽的东问西问,不可思议的是,她居然把自己初潮的事也说出来了。蝶来说到这件事的时候是"咬"着徐爱丽的耳朵说的,很有几分兴奋,蝶妹在一边干着急。其实她更愿意和徐爱丽交谈这件事,可是徐爱丽的反应让蝶来又立刻后悔。

"你妈不就更操心了吗?"她把手抄本藏到身背后,"你已经发育了,有些书不能看的!"

蝶来一急便要去抢她的书,徐爱丽开心地笑了。"好了,好了,你现在是大姑娘了,不可以这么武头劈啪,书可以借给你,'中毒'我不管。"书还捏在手里,"你还没有告诉我,这个男生住在哪里,叫什么名字?"真是爱管闲事,蝶来总算明白妈妈为何讨厌她。"你要调查一下,他们两人是不是认识,会不会串通好一起干的?"

"你很像居委会主任。"蝶来嘲笑她。

徐爱丽却越说越来劲:"我看这是试探,如果你们家就这么'吃'进去,他们会得寸进尺……"

"怎么得寸进尺法呢?"蝶妹好奇地愉快地问道,简直和徐爱丽一个立场。

"现在用弹皮弓弹窗,以后直接弹你们的头,你们每天进进出出怎么办?"

"那,我也不去学校了,我跟姐姐一起待在家。"想到可以不去学校,蝶妹竟很开心。

"待在家里干什么?"蝶来朝妹妹瞪一眼,徐爱丽的唯恐天下不乱的危言耸听令她觉得荒唐却也不无惧怕,昨天发生的一连串事件产生了整体性的神秘威慑力量,她的活力,无法发泄的能量,突然像被刺破的气球,一下子都泄了。

"必须把昨晚的事让派出所和居委会知道……"

这种馊主意,蝶来简直不想去接徐爱丽的活,她冷不防伸出手从徐爱丽手里抢过那本《塔里的女人》。一时间,昨天的事件立刻被这一个魅惑人的书名又推远了,她再一次庆幸和徐爱丽为邻,如果这个女人不是这么爱无事生非,她们可以成为忘年交。

最近"忘年交"这个词在青少年读物中很流行,比如毛泽东和他的老师徐特立就是忘年交,蝶来却在暗暗窃笑,如果母亲知道她希望和徐爱丽成为忘年交,会不会七窍冒烟?

既然蝶来已经告诉徐爱丽这么多故事,徐也不好意思捏着这本珍贵的手抄本不放。而蝶来书已拿到手,也要敷衍这个女人几句,这时候她才注意到今天的徐爱丽穿了一件白底彩色金丝菊花的的确良衬衣,最抓她眼球的是,徐爱丽的花衬衣前胸又高又尖,似乎她的乳房装着两个锥子。如此高耸的胸部应该很夸张,但让十三岁的蝶来非常向往,心里刚刚有问题嘴巴已经冒出来了:"今天你的胸部怎么突然高了许多,而且很尖!"

这种问题哪有人好意思问,尤其是出自十三岁女孩的口,蝶妹为姐姐感到难为情,便捂住耳朵以示不堪入耳。徐爱丽却在发笑,她的生活中没有这个莽撞的女孩为邻,一定要烦闷许多。

"我用衬衫零头布自己做了新胸罩,也是花的。"徐爱丽居然把衬衣纽扣解开,给蝶来看她的胸罩,蝶妹吓得把眼睛都闭起来。

"你去天井跳绳去!"蝶来心不在焉地把妹妹打发走,对着徐爱丽的花胸罩发了一阵呆,虽然徐已经立刻又把纽扣扣上。但是这件颜色鲜艳的内衣却给了蝶来强烈冲击,她一时愣在那里。

"里面垫了两层棉布,然后用棉线在缝纫机上一圈一圈踩出硬壳子的效果,"徐爱丽向发呆的蝶来解释道,再一次解开衬衣纽扣给她看胸罩,"这样就显得很挺。"

"是谁教你的呢?"蝶来羡慕地发问,在她看来,徐爱丽作为女人其天赋很高,有着无穷无尽的聪明点子。

"胸罩样子是朋友从'三八'弄来的。"徐爱丽告知。

"三八"是淮海路上一家专售女人胸罩的商店,全名就叫三八胸罩店,奇怪的是,在禁欲的革命年代居然能保留这么一家富于性意识的内衣商店。

"蝶来,你不是来例假了吗?胸部发了吧?"徐爱丽居然用手去摸蝶来的胸部,蝶来下意识地推开她。"越早用胸罩越好。"徐爱丽胸有成竹地说道,蝶来听见妹妹一声怪笑,她又躲在门边听壁脚了,蝶来也顾不得管她,悄声问徐爱丽:"为什么?"

"胸罩戴得早乳房就会发育得很好看,不会下垂,这个道理你妈妈应该知道。"

"她好像不知道,她从来没有叫我用胸罩。"

"你妈这个人,哼。"徐爱丽鼻子哼哼摇着头,"你来例假前,她也不晓得告诉你一些常识,她到底在操什么心,她怎么这么古板,我看她年轻时的照片还蛮摩登的,跟现在比,就像两个人。"

蝶来不响,心里立刻又多了件心事。抬起头看见妹妹拿着绳子站在天井门内朝她做鬼脸。

蝶来的热度在两天后已完全退去,但她称头痛肚痛,因为是长女的初潮期,林雯瑛也愿意给女儿几天时间让身体和心理适应,同意她在家里休息几天。

这天下午,蝶来正坐在浴间的抽水马桶上读《塔里的女人》。她的例假三天就结束了,害怕血流不停的不安感顿然消失,奇怪的是,先前那两记耳光给予她的强烈的恐惧和内疚,也随着例假的结束而淡然,人是这么容易健忘吗?

蝶来已经不做反省,一头栽进书里。

由于书名有一股神秘暧昧气息,蝶来便以为书中藏有见不得人的东西,读书的心情就很紧张很亢奋,便很忌讳旁边有人干扰或窥视,虽然下午的家中只有一个妹妹,但也不得不防妈妈突然回家。也许家这个地方，只有进行个人卫生的浴间是最隐秘的，所以每每读这一类手抄本，蝶来便要把自己关进浴间。

这时听到家中门铃响，蝶来隔着浴间门吩咐妹妹去开门，妹妹去了一趟后门，回来报告说，门外站着个男生叫俞海嵩，海参的名字立时让蝶来神经紧张，她让妹妹回到后门口去问他找她有何事。

"他要你到门口去，他会亲口跟你说。"妹妹再次从后门进来汇报。那时家宛如圣地，甚至非常接近的同学往来也只限于到家门口，何况男生，更何况海参这个男生。

"我不去门口，他不说拉倒。"蝶来仍然坐在抽水马桶的桶盖上，手里还拿着书，书中故事并不像题目那般吸引人，但对于饥渴各种书籍的蝶来仍非常解渴。故事的氛围虽然是阴郁的，却有一种虚构世界带来的魅惑人的气氛，蝶来此时此刻最不愿意做的事便是回到现实，尤其憎恨海参携带来的那个现实，她想象不出他来干什么，难道他是为他打破的窗子来道歉吗？她现在心里认定是他弹的窗玻璃，她才不要接受他的道歉，这样他们之间才能扯平。

于是，蝶妹第三次去了门口，这一次去了很长时间，蝶来虽然还把自己关在浴间，但心思已从书里出来，她很奇怪为什么妹妹在后门口逗留这么长时间，按照她的急性子，恨不得冲出去把妹妹扯回来。

听到妹妹关上后门回进来，蝶来走出浴间："你在干什么，这么长时间？"

只见妹妹两腮红红的,好像很兴奋。蝶来就有些火。

"你们班这个男生很好玩,说我跟他妹妹长得很像,都是翘鼻子圆眼睛,是 baby face,他教了我一句英语,因为他妈妈是英语老师。"

"哼,他妈妈是英语老师你都知道了?"蝶来反感地哼着鼻子,讥讽道,"我看你快成'百搭'了。"

"我怎么会跟他妹妹像呢?不过真的很巧,他妹妹跟我是一个学校一个年级,但不是一个班,我在二班,她在三班,我要去找他妹妹看看,到底像不像!"蝶妹完全不去回应蝶来的恶劣情绪,继续她的话题,那是她对付蝶来的办法。

果然蝶来便顺着她的话题走:"他在瞎说,你怎么会跟他妹妹像?他还不是没话找话,想讨好你。"

"他为什么要讨好我?"妹妹问,蝶来倒是一愣。

楼梯拖鞋一阵响,徐爱丽下来了,站在楼梯半当中问蝶来:"刚才那个小男生就是你说起的给工宣队吃过耳光的那个?"她简直像长了狗鼻子,嗅觉也太灵了!

"工宣队给他吃耳光了?"这边,妹妹吃惊地问道。

"你不要管我们学校发生的事,以后这个男生跟你说话,你不要理他,这个人我最讨厌了。"蝶来严厉地关照妹妹。

但是吃耳光的说法特别刺耳地在蝶来的耳畔响了一阵,蝶来又一次感受到某种愧疚,在读手抄本时已经全然忘记的种种不愉快又变得鲜明起来。蝶来先把妹妹赶去天井跳绳,然后她走上两格楼梯向仍停留在楼梯半当中的徐爱丽倾诉:"他叫我出去跟他说几句话,我没有理他。"

"你应该听听他说什么,可能就是为弹窗的事,他说不定后悔了,来道歉了。"

"我才不要他道歉。"蝶来嘀咕着,心里陡然轻松下来。

徐爱丽从楼梯上下来一格,凑近蝶来,用"咬耳朵"一般的窃窃私语的腔调问蝶来:"我看他和蝶妹说了不少话,这个男生个子不高但是看起来很聪明脑子很好用,你叫你妹妹当心点,不要随便跟不认识的人讲话,要吃亏的。"

吃什么亏?蝶来不悦地皱起眉头,觉得徐爱丽这个人俗不可耐,但是手里还握着她弄来的手抄本,只能装作没听见,心里却窝囊得要命,不由得恨起可能会让妹妹"吃亏"的那个人来,虽然这是个莫须有的"吃亏"。是的,现在她更讨厌海参,而之前的愧疚并没有减轻她对他的讨厌。

又隔了两天,班主任来家访,并非是因为蝶来的缺课,他是为前些日子蝶来家窗玻璃被弹一事而上门,顺便也是来探望她,老师似乎很同情她因家里受到袭击而害怕去学校。因为他上门的第一句话便是:"事情已经水落石出,你不用害怕了。"

原来蝶来家窗玻璃被弹既不是海参也不是阿三所为,是同班另一男生绰号"斜头"干的。他也是个小个子,就排在海参边上,绰号来源是因为他的颈椎有问题致使头部倾斜着。"斜头"酷爱玩弹皮弓,最近的弹弓目标是同班女生家的窗玻璃。

"斜头"有张黑名单,名单上有八个女生家的窗玻璃遭到或将遭到袭击。"斜头"是根据什么标准来制订黑名单一时还不清楚,但蝶来的名次在第三,目前的受害者是五名,在蝶来之前已有两家遭到袭击,但因为种种原因,比如住得高,比如路灯不够亮,总之前两家的窗玻璃都没有被击中,击碎第一块玻璃是从蝶来家开始。这使"斜头"很兴奋,后面连着三天都进行夜间弹窗活动,但在第三天被抓,在派出所写了交待。

老师所带来的真相,至少廓清了这个行动背后的迷雾,总之没有任何阴暗动机,仅仅是一个精力过剩的男孩做出的不可理喻的行为;至少那个晚上四面楚歌的危机感变得淡薄了,可蝶来不无遗憾,她需要的某种平衡没有获得,也就是说,她仍然欠了海参。在家的这几天,她来来回回想着那天发生的一切,操场上,她和海参发生争执的过程,过程其实很短,不断回想之后,竟有些虚幻起来。

现在她又在想,那天下午,海参突然上门到底是为了什么?她就这件事和徐爱丽讨论了一阵,听到的是非常荒谬的结论。

"我看他是关心你,见你几天不去学校。"

"他恨也恨死我了,我向工宣队长告他状,他吃到耳光,在全校开大会的操场,真是丢尽脸面。"

"那是两码事,本来是小事,只怪那个队长喜欢打人,我跟你讲,要打人的人,总会找碴子去打,所以你以后在学校少跟人啰唆,女孩子不要出头露面,危险!我惹不起还躲不起吗?"徐爱丽引用了当时样板戏中反角人物的台词,这使得蝶来对她的话半信半疑。

"我看他是不是看上你了。"见蝶来不响,徐爱丽突然像发现新大陆一般兴奋,"他一定对你有意思,在操场上和你争来争去还不是找话题接近你……"

"你太无聊了!"蝶来生气地阻止徐爱丽,她年长蝶来近二十岁,但蝶来从不把她当作长辈,"我不要跟你说了,你的思想很复杂的!""思想复杂"的说法曾在女学生中很流行,意指思想不健康,影射其内心肮脏,算是严厉指责。蝶来说着,扭转身拖鞋噼噼啪啪响着下楼梯进了自家房间,发脾气地"砰"地关上房门之后就把海参上门的事扔在脑后。

不知为何,老师和妈妈对于某些现象并不作直接讨论,比如耳光事件,从他们的交谈中蝶来发现妈妈已获知了操场事件,然而她和老师之间已达成默契,对此不作评论。妈妈只是向老师出示了蝶来的那些书法练习,婉转地告诉老师,蝶来并非一无是处,虽然目前出师不利。她提醒老师,这是个精力过分充沛,不让她担起责任就会闯祸的女孩子,也许去政宣组抄抄大字报的工作可以让她做。

蝶来再去学校已是一星期后,工宣队要给新生建立红卫兵组织,选举红卫兵干部,让新生们先回班级,抗大式训练告一段落。虽然一星期前她遭遇打击而对中学校园产生幻灭,但是幻灭的修复也很快,因为蝶来的注意力已经转移。或者说,她找到了忘记恐惧改变自我形象的方式,当她第一次戴上胸罩时,觉得自己是成年女子了,校园的暴力也已不在话下。她自己也不甚明白，胸罩并非盔甲，为何她戴上它的瞬间，便有了勇气和安慰？

之前，徐爱丽的花胸罩以及她的关于胸罩对乳房的好处曾给予她激动启示，蝶来无法安之若素于母亲对她正在发育的乳房的无动于衷。是的，面对她的初潮，母亲更关心的是怎么消毒内裤和卫生带，不要把一厚叠草纸直接扔进抽水马桶之类的琐事，她并没有告知将如何处置日益胀大的胸部。

关于女性的常识问题，蝶来更愿意听从徐爱丽的劝告。蝶来在讨厌徐爱丽的庸俗的小市民气时，却又被她的带几分放荡的性感吸引，似乎她比自己的母亲更有女人味。

蝶来在五斗柜和樟木箱里翻腾了一阵，竟然找出妈妈的旧胸罩，旧胸罩罩在蝶来初初发育的乳房上并不合身，乳罩偏大，蝶来便在乳罩里垫上棉花，整个胸部陡然丰满起来，她套上衬衣，发现自己的身材曲线有致，胸部丰满后腰身便显现了。蝶妹见了很羡慕，吵着要姐姐把垫棉花的胸罩也让她戴一下。就这样，两姐妹戴着假胸对着穿衣镜左右顾盼，无师自通地在房间里走着模特儿的台步，虽然当时她们对于这个行当毫无所知。

终究，蝶来没有勇气戴假胸，便去找徐爱丽帮她改小胸罩。徐爱丽告诉她旧胸罩是无法改动的，她愿意帮她重做一个，如果她家里有做衣服用剩的白色府绸棉。

在买布要凭布票的年代，林雯瑛舍不得扔掉裁缝改制或做新衣服用剩的零头布。零头布渐渐累积成一只枕头大的包裹，蝶来在零头布包裹里翻腾了一阵，发现白府绸布倒是有不少，但零零碎碎，尺寸远不够做胸罩。而这些零头布竟让蝶来情绪恶劣，这不就像她正在度过的日常人生，琐碎得不足挂齿？

徐爱丽拿着整块足够做胸罩的白府绸就像举着一面白旗帜从楼上下来，这面"白旗"立刻把蝶来从恶劣情绪中救了出来，尺寸大小正是她要求蝶来准备的。也许徐爱丽就是按照这块布的尺寸要求蝶来准备布材也说不定，反正这类小心机蝶来搞不清，也不想搞清，她现在的心思在自己刚刚发育的乳房是否能幸运地戴上诱人的胸罩上。

这天下午，徐爱丽只花了两小时便在缝纫机上给蝶来踩出一只新胸罩，虽然不如她自己的花胸罩那般考究——没有镶蕾丝花边中间罩子部位也没有踩出密密的线脚让它显得硬挺，但比妈妈的旧胸罩要合适多了。为了让徐爱丽量尺寸，蝶来的乳房不得不让徐爱丽再摸几次。

徐爱丽这么个精明的斤斤计较的女人，当然不肯白白送一个胸罩给蝶来，她以三八胸罩店的价码卖给蝶来。因为包含了布票费，虽然也就几元钱，但蝶来却拿不出这些钱，她的零花钱数额太小，而且她从来没有耐心储蓄，每月钱到手不过一星期就用完了。

徐爱丽等不及蝶来下个月的零花钱，干脆直接问她母亲拿，林雯瑛当然会不悦，背过身还会责骂蝶来。但徐爱丽很会游说，她向林雯瑛指出，女孩子的胸部在发育，需要小心保护，目前女孩中流行的紧身小马甲会使乳房发育畸形啦，将来生了孩子还有个喂奶问题啦，让林雯瑛也是担心的，所以便按照徐爱丽提出的价格再加了些钱买下她为蝶来做的胸罩,林雯瑛绝不肯欠徐爱丽的情。

回转身林雯瑛还是把蝶来骂了一顿,她生气蝶来和徐爱丽竟讨论到胸部发育的事,女孩子家至少要懂一点害羞是不是?妈妈的责问倒是更像羞辱,蝶来气得要命,但又不得不按照妈妈的嘱托在胸罩外再加一件小马甲。

虽然戴个胸罩都不那么顺利,但第一次戴上它却让蝶来无端的兴奋,她看着自己突然变得稍有线条的身材,便联想到莫尼克线条分明到令人脸红的魅人身姿,她隐约看到离向往的美丽已近了一步。而胸罩带给她的憧憬和快乐抵消了她对校园的惧怕和厌恶,现在她有了重新去学校的动力。

蝶来重新回到中学的这个星期正逢新生坐回教室参加班干部和校干部的选举,这时候气温不仅没有下降,还回升了几度,一心要在选举时出风头的蝶来经过酝酿和挑选,穿了一件妈妈搁置不穿仍有六七成新的彩色条子尖领长袖衬衫,戴了胸罩的蝶来穿上这件衬衣,竟有几分性感,或者用当时的说法竟有些风骚。

她自我感觉良好地走进教室,听见有男生发出"嘘"声,一大片目光涌过来伴着奚落的笑声。

"喔哟,扎台型(出风头)!"

"穿得像'拉山'(不正派女孩)!"

可喧闹声里她最先撞上的是坐在第一排的海参的目光,他无声地给她一瞥，没有笑意的目光有些阴郁，这比那些谩骂声更令她发虚。经过他身边时，她便故意满不在乎地昂着头，如果现在挺不住，这四年她都将抬不起头。

这天选举班干部，蝶来的名字居然也进了候选人名单，她才得意了几分钟便落到失望的谷底。她落选了，落选得很丢脸，稀稀拉拉的几条手臂，候选人中她的名次最低。

班主任把她留下来，告诉她，就是因为这件条子衬衣让她失利。"给人留下良好的印象，首先是艰苦朴素。"这位男教师这么告诫她。

"不要特殊，跟大家一样，这样你才安全，如果要当班干部，要比别人更朴素才对。"

可是，蝶来向往的就是特殊，就是跟他人不同。然而她同时意识到，要特殊得受人尊敬，先要在班级里出人头地。

第二天，她把妈妈的条子衬衣衬在里面，外面套上那件灰色列宁装，衬衣领子翻在列宁装外面，无论如何这也算是对外部世界的一次妥协。

这天，每人交一篇歌颂国庆的文章，蝶来有了用武之地，从某种角度是要扳回失利的局面，她在文章里堆砌了一大堆华丽辞藻，用于歌颂的体裁倒是很热烈，班主任把她的文章作为范文让她自己朗读了一遍。穿回列宁装的蝶来站到讲台前理直气壮了许多，可是海参的座位正好对着讲台，每每抬头便先撞上他的目光。这些日子，他的目光总有些阴郁，令蝶来不爽，它让她想起自己做过的蠢事，蝶来的朗读竟有几分不自信。

她隐隐觉得，海参的存在就像一根鱼刺，在她得意忘形时突然就被这根刺鲠住了。

她从讲台前回到自己的位置时故意不看他，她坐在教室的最后一排位子。谢天谢地，至少在教室，她和他天涯海角。

无论如何，蝶来因为这篇高调文章晋身班级政宣组，她要么成为班级领先人物，要么被众人唾弃，当然，蝶来无法容忍后一种结果，她用直觉选择了自己的位置。

她一进政宣组便遇上迎接国庆的宣传活动，于是放学后便泡在教室用毛笔抄写一批歌功颂德的文章到白报纸上，其中也包括她自己的那篇。做这类事不仅能满足自己出风头的欲望，还能摆脱妹妹伴随左右的无聊沉闷没有任何成就感的日常生活。除此之外，政宣组活动对她更像娱乐，一群自以为是的孩子，在教室用写写画画的方式——无心无肺操练时代的流行，就像观看大游行取乐。那场亲王和公主引领的游行，已经很遥远，蝶来觉得自己已长大许多，不屑一顾那么小儿科那么小市民的乐趣。

可蝶来怎能预料，这样的自贬还为时过早，即便她已成为革命运动的一分子，她视为无聊的需求仍然一触即发。

国庆这天市里将有一场庆祝大游行，据说在载歌载舞的游行队伍中可看到正当红的样板戏的主角，以及革命前就走红的文艺界明星，从市民角度，似乎他们这批明日黄花更有魅力，当年的光环通过传说而愈加灿烂。

每每到这种时刻,蝶来就很烦恼,首先她绝对不肯放弃任何欢乐场面;其次,作为家中长女,她有着让弟妹分享欢乐的责任,她必须带上妹妹和年幼的小弟。问题是,如何说服父母让她带着弟妹去挑战可怕的拥挤。但这次,蝶妹却胸有成竹告诉蝶来,有个地方既能看到游行又免受拥挤。

"我有个同学,她家就在淮海药房楼上,她请我们去她家看。"

"你以前怎么没有说起过?"

"我刚认识,她不是我们班的,我们很谈得来。"

"真的吗?她叫什么名字?"蝶来不太相信地问道。

"她叫胡海星。"

"哦,姓胡吗?"她也不知为何有一种放下心来的感觉。

"她……"妹妹张张嘴还想说什么,蝶来已经用强调的口吻打断她,急着确认这件事的牢靠程度,"那就说好了,我们有三个人,到时候我们带些小礼物去,妈妈总要买些吃的给我们过节,我们不吃,送给你同学吃。"蝶来已经讨论到细节。那天是阴天,她发愁地看着窗外,"还有两天就是国庆节了,要是下雨怎么办?"

"气象预报说后面三天都是晴天。"蝶妹报告说。蝶来即刻喜笑颜开,从书包里翻腾出一本连环画《茶花女》作为奖励借给妹妹看一天,但这本书到了晚上便被妈妈没收了。

国庆那天早晨,蝶来和她的弟妹穿着妈妈为他们赶制的节日新行头,那是两套一模一样的上装和裤子都是灯芯绒的服装,弟弟也穿灯芯绒,却是姐姐早年的红灯芯衣裤被妈妈染成咖啡色。染色一事全家瞒着弟弟，因此他还以为是新衣服呢。

两姐妹手里捧着糖果饼干各一包，那是经过包装的食品礼物，每包各有四块万年青饼干两粒大白兔奶糖，这已是当年档次最高的饼干和糖果了。蝶妹在食品纸袋外精心地扎了一朵缎带蝴蝶结——曾扎在幼年蝶来姐妹辫梢上之后又被蝶妹小心收藏起来的蝴蝶结，蝶妹在这些生活细节上富于创意的小举动总是让姐姐望洋兴叹。

那栋站立在淮海路转角上的房子呈三角形状，其尖角凸出端的窗子处正好是妹妹同学家的客厅，七十年代的上海旧洋房，能有一间房专门用来做起居室是少见的奢侈空间。是的，这间房没有安床，有三人沙发和书橱，面墙的梳妆台上三面镜子就像三扇门可以开开合合，房间中央有一张铺着玻璃台板，台板下衬着镂空白棉纱钩花台布的长台子，长台子是西洋餐桌风格，四面围着六把有弹簧的软椅子，软椅子上套着与褐色柚木家具配色的咖啡和赭黄格子布套，铺在长台上的镂空棉纱钩花台布也覆盖在沙发扶手和梳妆台上。总之这是一间洋里洋气的房间，飘荡着一缕与时代相悖的浪漫温馨的气息，在七十年代，有点触目惊心。

为了让他们看游行，这家女主人把窗台上的盆栽移到长台上，使这张铺着镂空花台布的餐桌更显标致和富于情调，无疑的，蝶来觉得这个家比她自己的家更理想。

妹妹同学的母亲出来招呼他们，拿来比他们送去的礼物更为精致的饼干和糖果，她是个气质妖娆的女子，虽然衣着远比徐爱丽朴素，你能想象这样的女子要是打扮好将非常夺目。

蝶来觉得，她想象中的母亲该是这个形象，她想起好些年前她告诉妹妹，她相信自己真正的父母在别处，为此而受到跪搓衣板的惩罚。蝶来在这间陌生的客厅再一次失落地发现，某种愿望已成了别人的现实。

她和妹妹加上妹妹同学三个女孩以及弟弟站成一排正好把窗子铺满，因为是在拐弯角度，没有树阻挡，有个相对开阔的视野，看游行无遮无挡，蝶来一厢情愿地希望每年游行都站在这个窗口。

游行队伍出现之后，女孩子们尖叫着，挥着手，甚至把手里的糖果扔出去，就像二十年后的新潮观众。她们的欢乐感染着那家的家长——母亲，那个妖娆的女子，她丈夫，貌不惊人的中年男子，一起趿着拖鞋从卧室出来，站在她们身后加入观看的行列。于是，女孩们叫嚷得更起劲，她们看见了唱李铁梅的演员，那个年轻花旦是革命年代的美的偶像。突然，蝶来瞥见一个熟悉的身影从客厅外进来，竟是海参，他冷漠地朝窗外瞥了一眼，似乎听而不闻那里喧天的锣鼓声。

蝶来很奇怪海参怎么会出现在这个家庭，或者是自己的眼睛出了问题？她禁不住回头去正视这个多少有些荒谬的事实，于是他们两人的视线便越过这家男女主人的肩膀相遇。没错，这个人的确是海参，穿的衣服都是上学时穿的藏青色上海衫，那种上海男人最爱穿的前襟是拉链的春秋季外套，在少年的个子矮小的海参身上，显得落拓和老气。

每每与海参视线相遇,蝶来的反应都是一样的,便是还他一个白眼。其实海参很少与她正面相视,仅仅是在某些片刻,他们的视线突然相撞,通常是在她自得自满自我感觉良好的时候,她会瞥见海参的目光,那目光仍然含着一丝阴郁,她的心立刻发虚,继而转为悻悻然。

因为中间隔着一对成人,蝶来的白眼即刻被自己的眼睑盖住,好像她朝他眨了眨眼,他朝她一笑,是明快的笑,显得有点热情。蝶来有些吃惊,最大的惊讶是为何他也出现在这里,也许他是他们家的邻居,这栋看起来体积超大的公寓楼,住上个把同学一点不稀奇。

她这么自问自答时,"白毛女,白毛女来了……"两个女孩的尖叫掠去了蝶来的疑问,那个饰演深山里的白毛女的芭蕾演员走在舞剧团行列的第一排,她有一对凹陷的覆盖着浓郁睫毛的大眼睛和高高翘起的美丽臀部,蝶来和她的妹妹们一声声地惊叹着,无疑的,她携带着一个比她们的现实更要生动鲜活的世界。那时,跟着游行队伍一起行进的喇叭里响起了《白毛女》插曲,游行队伍和观众跟着乐曲合唱起来,窗口的女孩们更是忘乎所以,仿佛窗口的高度给了她们尖叫的特权。

游行队伍一走走了两三个小时,好像一时还走不完,身背后响起摆放饭碗的声音。"吃饭吧,一边吃一边看。"女主人轻轻拍拍蝶来的肩膀,温柔地招呼着。

蝶来回过头再一次吃惊地看到,海参站在长台子边上正盛着一碗碗饭,蝶来拍拍妹妹轻声问:"他怎么在这里?"其实声音并不轻。

"他是我哥哥!"妹妹同学回答道。

蝶来狠狠地白一眼妹妹,不甘心地问这家女孩子:"你不是姓胡吗?"

"我跟我爸姓,我哥哥跟我妈姓,他叫俞海嵩。"女孩答。

"我们家是男女平等的模范家庭。"海参笑嘻嘻地说道,带着些嘲笑,从蝶来的视角看过去,是油腔滑调。

蝶来怔了片刻,之后,毫不掩饰她受骗的气愤,拉起妹妹和小弟欲朝门外走,那时小弟正扑在窗上看游行看得起劲,现在却莫名其妙被姐姐拉走,嘴一瘪就要哭了。

"不急,看完游行再走吧!"女主人,也就是海参妈挽留道。

但是蝶妹已看出蝶来压抑住的脾气随时有爆发的可能,便俯身在小弟耳边说着什么,也许已经许诺了什么,小弟小嘴一瘪一瘪竟也忍住了,虽然眼泪汪汪倒也没有放声大嚎,跟着两个姐姐不情不愿地离开了窗口,那个宛如是一场戏看到一半的观众席。

蝶来胡乱地朝海参的父母道别后,扯着弟妹飞速离开了他们的家,下了楼拐进通向自己家的小马路,蝶来便朝妹妹发作了:"你明明知道他是我的同学,是不是?"

妹妹胆怯地把脸转开。

"为什么不告诉我,你不知道这样做我很没有面子吗?"她的身体跟着妹妹的脸转,大声责问道。

"为什么没有面子?"妹妹问。

"为什么不看游行了?"弟弟问。

"我讨厌这个叫海参的小男人!"她向他们喊。

"小男人?"妹妹和小弟一起惊问,突然都笑起来。

"小男人,小男人!"他们好玩地学舌着。

蝶来狠狠推了妹妹一把,转身飞快地朝自己家走去。妹妹拉着弟弟奔跑着追赶她。

这时,游行队伍已经结束,观众们,也就是市民们朝他们行走的小马路拥来,很快,他们三条稚嫩的身影被游行散去后的人潮淹没了。

第二部

"最近阿三好像在交女朋友。"

蝶妹说道,她和蝶来走在家门口的小街上,朝着自家的弄堂去,远远便看到阿三伴着一女子从弄堂里走出来。

"听说这女的和阿三一个厂,比阿三大两岁,但人家是团支部副书记,他妈喜欢的那一型。"

尚有一段距离,蝶妹向姐姐飞快地输送着情报,蝶来默默倾听,自从去了农场,她突然变得沉静。她已离家去郊区崇明岛一年,虽然一年中可回家休假两三次,但蝶来却对家、对妹妹、对弄堂、对整个城市有一种疏离态度。

阿三和女子近前,十九岁的阿三高高的个子,却长着一张稚气远未脱尽的脸,他轻快的脚步一颠一颠,额前一缕头发有节奏地跳动,走在小街上俨然是个英气勃勃的小伙子了。旁边的女子脸容端正,短发不过耳,穿一身蓝,朴素得过分,也许是团干部的缘故,神情还有些冷峻,带着些好为人师的味道,但也不乏厚道。

突然，蝶来眯起细长的眼睛朝着近前的阿三嫣然一笑，很妩媚。阿三一怔，脸有些红，但马上笑开来，脸颊上是深深的酒窝，将浓郁的孩子气漾开来。"回来了？怎么样，还好吗？"他几乎是快活地问道。四肢身体雀跃着年轻男子的活力。

"不怎么样！你看上去不错嘛！"

她笑嘻嘻地横他一眼，长长的眼梢撩人的，于是他怔怔的，然后还她一瞥渴望的笑眸。"你也不错嘛！"

他打量着她，她的笑靥像吸铁石吸住他的目光。

旁边的女友倒像个不相干的路人。似乎为了冲淡身体语言的过于活跃，蝶来便顾左右而言他："你妈好吗？向她问好，改天去看她。"

两双人擦臂过去后，蝶妹笑着揶揄："哟，去了崇明，人反而有礼貌了！"

蝶来不响，突然的沉寂与刚才的活跃形成反差。

蝶妹便去看姐姐的表情。

她细长的眼睛朝妹妹一瞥，声音清亮："撬掉她！"

"你说什么？"蝶妹吃惊，她不是不明白，而是需要证实。

"撬掉阿三女朋友呀！"蝶来笑了，媚人的眼梢勾画出一抹蝶来特有的魅惑和凌厉，这是她要做"坏事"的表情，这表情只有蝶妹懂。

"怎么撬啊？"妹妹来了精神。

蝶来想了想，"后天是礼拜天，把阿三叫出来。"看看妹妹疑惑的表情，"我会写纸条给他，你帮我送过去。"

蝶妹似笑非笑，待要说什么，已进弄堂，两人互睒一眼便喏声。

已是仲春，家家户户都打开窗户，弄堂的每家后门也打开了，你甚至闻得到粽叶的香味，快到端午节了吗？已经有人家在包粽子了。

蝶来怔了半晌，这粽叶香让她惆怅不已，春天眼看就要去了，而她可以待在上海的日子只有七天。已经用掉两天了，她想到。

"阿三，星期日下午农展馆有个书画展览，有我的书法作品，你不是有照相机吗？帮我拍几张照，我要做纪念！"

蝶来给阿三的纸条也是带着几分颐指气使的命令语气，蝶妹把纸条送过去时还是黄昏，阿三的女朋友要留在他家吃晚饭，所以那时还没有走，这天是他们俩的厂休日。

阿三一口答应，岂止是一口答应，还有些受宠若惊。礼拜天是他的工作日，阿三将要想办法弄到病假之类才能离开厂，当然这是阿三的事，蝶来才不为这其中的细节操心。

重要的是，她仍能指挥阿三，自然，到这一天她仍指挥得动阿三，但之后就不知道了，如果阿三的恋爱关系稳定之后，不知为何，蝶来有预感，无论阿三跟哪个女人好，他都会去顺遂对方的心意，因为阿三太喜欢女人了。

她不要阿三将对一个她不认识的女人言听计从，因为，"阿三是我的"。今天,在小街上遇到阿三和他的女友,蝶来嫉妒地意识到。

"撬掉阿三女朋友的前提是你必须做她的女朋友。"蝶妹警告地提醒道。

"做就做,有什么关系?目前,我也没有碰到比阿三更好的人。"蝶来无所谓地耸耸肩。

两姐妹沿着复兴公园的河浜兜圈子一边说着话,为了避开家人耳目尤其是喜欢管她们事并把她们的"事"汇报给妈妈听的十岁的小弟,以及喜欢管一切人闲事并把"闲事"传播给全弄堂人听的徐爱丽,她们便来到家附近的公园说话。

黄昏时的公园跟早晨一样突然就热闹起来,附近的居民都有公园月票,早晚两头要来此,散步锻炼,或者说是接受抚慰,如果说在这个商店货物架空空、大街上灰蓝一片的时代,还有什么能够让正在枯萎的感官得到润泽的话。

这个季节的公园花期正盛,更何况复兴公园有着独特的欧洲情调,草坪四周镶着绿漆新鲜的低矮铁栅,两端是修剪得极低矮与草坪呼应的花圃,公园的中心部分是大棵大棵的梧桐树,每一棵树干围绕着一圈漆成绿色的长条椅,椅上挤满了老弱病残人,他们齐齐有一种获得赦免的侥幸的休闲状态。

而林荫道两旁,隐匿在树林边缘的长椅上坐着情侣,黄昏后情侣多时,一条长凳要挤上两对人,天暗后,他们的举止可以更放开一些,但那时会有戴红袖章的治保人员拿着大号手电筒照来照去,到处干扰正在宣泄着荷尔蒙的情侣们。

转到这样一条夜来时便挣扎有声的林荫道,刚送了纸条并得到阿三允诺的蝶妹却有了几分不安,虽然她忍不住要去参与姐姐的恶作剧。

"他以前要跟你好,你不要,现在人家有人了,你却又要他了。"

"那当然,抢来的东西有味道。"

脱口而出,这是蝶来的真理,蝶妹伸伸舌头:"好恐怖的女人。"

"你说谁?"

"我说你!"

蝶妹笑起来人已蹿出老远,蝶来便去追她,两人绕着林荫道一阵狂奔,并发出阵阵尖叫。这晚回家时,蝶来和妹妹汗流满面,你拍我打地一路笑闹着。蝶来感受着将要去实现一个愿望时让内心变得热烈的期待,她又有了将期待变成现实的决心和动力,这使蝶来沉寂的活力苏醒并激昂起来,这也是她自从去农场之后,少有的好情绪。为了她的重新高涨的情绪,蝶妹觉得自己可以为姐姐做所有的事。

礼拜天,蝶来和妹妹从家里出发去看她的农展馆的书画展,阿三则从他的工厂过去,他走进展馆时颈上挂着他的海鸥牌照相机。"就像真的一样。"蝶来对着阿三奚落道,仿佛她前天写的纸条只是个玩笑。

那时候,海参早已到场。已经举着相机从展馆各个角度拍了两卷胶卷，海参是农场场部的摄影师，在农展馆拍来拍去是名正言顺。蝶来和海参毕业的这一年，至少有一半同学去了农场，假如他们是长子长女，家中还没有人务农。比他们俩早毕业一年的阿三，因老大老二两个姐姐都去了农村，按照当时的分配政策他便可以留上海。

海参看见阿三到场稍稍有些意外，他们俩在同一所中学，因为一起参加学校举办的集体摄影活动而结识并成为朋友，可是蝶来完全疏忽了他们俩有这层关系。

因此把阿三请来为她拍照在海参看来全然是个借口，在海参已完成的两卷胶卷里，至少有一卷里有蝶来的身影，虽然蝶来对他爱理不理不肯对着他的镜头摆姿势。海参坏笑着的目光一目了然地看看阿三的照相机接着拍拍阿三的肩，说："现在开始人会越来越多，拍照不容易了。"

阿三到得晚，正遇上展馆高峰，人挤人，不少人是参展者，跟蝶来一样，这些人好像都带了自己的照相师，他们四人一堆站着似乎目标太大，不断被拍照人央求着让开。

这是个水准不高但革命调子很高的展览，展品是来自郊区各农场青年职工，也就是刚离开城里的中学生在农场政宣组所做的内容与大批判有关的书画作品。谢天谢地，到哪里都有政宣组之类的地方，现在的蝶来已没有了中学时参与大批判的狂热，她越来越把它变成自己的书法练习场所，同时也是逃避农场体罚性劳动的地方。

所以她并不把这类展览太当回事，参展的最大好处是她可以拿到几天假期来上海，眼前还可以拿它来做自己的故事场景，然而有个海参在旁让她觉得有几分扫兴，他的似乎可以洞察一切的含讥带讽的目光让她觉得如芒刺在背。

　　好在阿三并不觉得扫兴，他已被站在眼前的蝶来的风采迷住。今天的蝶来用心打扮过，虽然只是一件简单的长袖白衬衣配一条藏蓝色人造棉裙子，但这条裙子的裙边手绣了一圈茉莉花，那是蝶来在农场夜晚的宿舍绣成，那些茉莉花的花样是从徐爱丽收藏的花样书里印来的。蝶来练习绣了几十朵茉莉花之后，才绣到裙边上，仔细看，那些绣花针脚仍是非常粗糙，但无论如何，绣花裙边令这条本来是普普通通的裙子变得非同寻常，给了蝶来一些温婉的气质。

　　裙子的样式也是蝶来自己设计，比一般的裙子更长裙裥也更密，这样式当然也不是她凭空想出来，早几年她曾从徐爱丽借来的外国画报上看到后牢牢记住，有机会便让裁缝裁出来的。这裙腰比寻常裙子宽而挺因为镶嵌了一条塑料薄膜，这又是徐爱丽的创意，裙子束在白衬衣外，令蝶来更显出腰细胸高的窈窕身材。

　　这天蝶来把辫子散开来，让长发直接披在肩上，她既然已经离开管头管脚的中学校园，也不在农场的氛围里，虽然这是农垦局所属的展馆，但毕竟是公共场所，没人可以阻挠她把辫子变为披肩长发。蝶来甚至在唇上抹了一点点口红，这口红还是多年前她和妹妹玩化妆游戏时玩过的那支早已过期干裂的口红，用手指沾一点干枯的红色在湿润的唇上慢慢地抹开来，竟也赋予嘴唇夺目的色彩。

现在不仅是阿三,海参也定定地朝她看,蝶来不理海参却朝阿三眯起眼睛笑,阿三也回应她的笑,两人眉来眼去的,蝶妹倒是被他们弄得不好意思,转身去看别人的作品。海参的目光里便有了坏笑,待要说什么,却被人叫去拍照。

他一走,蝶来便拉着妹妹把阿三带到她的书法作品前,那是一张唐代李白绝句"床前明月光"的行书,其笔划帅气洒脱像出自男孩的手。自从多年前的下午和妹妹互相化妆玩,而给妈妈惩罚练毛笔字,至今,蝶来没有中断过书法的练习。阿三并不关心蝶来的书法,却笑望着她,好像她是他从什么地方找回来的爱物。

蝶来从阿三的颈上拿下照相机交给蝶妹:"给我和阿三拍一张。"

阿三让蝶来先站到她的行书作品前仔细对好焦距才把相机给蝶妹,然后阿三站到她的身边,平时坐立不定肢体特别活跃的阿三与蝶来并肩一站时立刻就沉静下来了,手脚凝固起来就像雪天里冻僵的身体。蝶来的手臂若即若离有意无意地触碰到阿三的胳膊,阿三的呼吸就重了起来,然后,完全是突如其来的,阿三伸出手臂揽住蝶来的肩膀,甚至连他自己都意想不到。他们两个因猛然出现的引力而紧紧依偎在一起脸上却呈现着被什么东西骇到了的表情的这一刻,被蝶妹的镜头抓住了。

这张照片不久便给他们带来了麻烦。

当时在展馆逗留了一小时不到,蝶来就提出离开。

"可是,阿三的照相机还没怎么发挥作用呢!"蝶妹考虑到阿三是特地拿了事假来给蝶来拍照。

"这么多人挤来挤去,我嘴干……"

"我去买冷饮,请你们吃冰砖。"阿三赶紧接口,欲朝门口挤。

"我更喜欢坐在冷饮店吃冰砖。"即便被周围的人流推来搡去蝶来仍是这么自我中心,指手画脚以自己的意愿安排着他人的行动,似乎阿三请客阿三服务都是应该的。"我们不如到对面的西郊公园去,阿三要给我们两人拍些特写是不是?"

这不是约会吗?而且还是女方主动,可是这一切出自于蝶来却如此自然,甚至若无其事。蝶妹两分愕然三分佩服地看着她,只有姐姐做得到想干什么就干什么。

"我们现在就去,乘着上午的太阳不是顶光,拍完照就是中午了,西郊公园里面有饭馆,午饭我请客。"阿三似乎很有请客意识,吃午饭说请,吃冰砖也说请,蝶来并不以为然。

"公园饭馆会好吗?"她联想到的是家门口复兴公园的廉价茶室,几分钱一玻璃杯茶水,褐黄色的劣质茶水总是将藤桌藤椅和地上淋得湿湿的,还混着茶叶末,很邋遢的地方,客人都很老,是些退休的公园常客。

"据了解,在公园里头,西郊的那家饭馆算是比较正规的,如果是星期天还排长队。"阿三兴致勃勃的。他身背后是展馆的天窗,天气晴朗,光线刺目,令人愉悦的刺目,好像有万千根金属线朝你闪烁,而薄薄的云彩在天窗的上空缓缓地游过去,宛如在一池被阳光穿透被灿烂包裹的水上游弋,突然就有一股春游在即的芳香，蝶来的心飞扬了，她朝阿三眯起眼笑，也许只是对着心中某个抽象的偶像笑，她的长长的眼梢勾画出特有的魅惑。阿三对着这双笑眸有些发怔，蝶妹也笑了，是被阿三的反应逗笑。

西郊公园是这座大城市唯一的动物园，小学一年级的第一个春游便是来这里。之后父亲也带蝶来姐妹来过几次，因为靠近郊区，公园面积大，每一次来都有远足的感觉。然而远足应该跟恋人一起，十六岁的蝶来就有过这样的期待，那是两年前中学毕业前一年，那时候的蝶来就已经有也许一辈子都无法让恋情实现的忧愁。

现在，此刻，这一个远足有阿三相伴，可阿三算不算心中的恋人呢？蝶来无法确认，她认为她的恋人该是她暗恋过的人，可是她暗恋过的人都是虚幻的。进中学的第一学期，她暗恋过她的班主任，恋情只持续了半年就结束了，随着他结婚，随着她对他的了解。之后是校园里某条身影，只能称身影，因为连名字都不知，等恋情消失，这条身影离开校园融入市井中，她甚至都无法相认。

无论如何，出展馆朝西郊公园去的路上，蝶来不由得松了一口气，是甩了海参的轻松。可是阿三刚买好公园门票，三人正依序通过公园进口的小挡板，便听到海参的叫唤，三人齐齐回头，看到海参颈上挂着相机从宽阔的公园前的马路对面飞奔过来。

蝶来和妹妹快速地交换了一下眼色，蝶妹看到笑容从蝶来的眼梢收去。

阿三已退到公园门外朝着海参挥手应答。

"当心车子。"蝶妹转身朝海参喊道,似乎为了遮挡姐姐不悦的脸色,又跨前一步站到姐姐面前,"我们以为你要忙下去,所以就先走一步。"蝶妹对着已过到马路这边来的海参解释地说道。蝶来不满意地横了妹妹一眼,但蝶妹侧脸对她,没有接受到她的眼波,或者说故意装作没有看见。

"现在那里不需要我了,领导早晨都讲过话了。"近前的海参额上渗出大量汗珠,他从口袋里掏出一块干干净净的男用格子手帕擦着汗,目光却是对着蝶来,"再说很少机会和你们一起玩。"

但蝶来把目光转开了,就像没有听见。

阿三调皮地一笑:"晚到一步你就要后悔莫及,因为我们马上要消失在动物中。"

蝶妹"咯咯咯"地捂着嘴笑,蝶来便也笑起来,眼梢长长的,仰着脸甩甩头让风把自己过肩的黑发拂向颈后,率性中有了风情,让两个男生屏住了气息。蝶来的手指点到阿三的额头:"我看你又瘦又高顶多是头长颈鹿。"

"你是狐狸。"阿三反击,海参和蝶妹笑着大力点头。

"她呢?"蝶来指着妹妹来了精神。

"蝶妹是鹤,丹顶鹤,假如头上再戴顶红帽子,哇,漂亮!优雅!"海参居然提起一只脚,单腿立,张开双臂学着鹤拍拍翅膀的姿态。蝶来姐妹和阿三"哗哗哗"地笑成一团。

"你是猴子,鬼聪明呢!"蝶来对海参道,这是今天第一句对海参说的话。

"我正好属猴。"海参一本正经答道。

三人又笑,笑声中,蝶来问道:"我是小月生,已经晚读一年了,为什么你比我还大一岁呢?"

"我也是小月生晚读一年,再加上发育得晚,脑子不开窍,所以再晚一年,本来倒是可以和阿三一起毕业,多工作一年。"他朝阿三挤挤眼显然比刚才轻松。

于是在一阵阵笑声中,四只"动物"已经漫步在西郊的开阔的树林中。如今的海参已比当年长高了十公分,站在蝶来身边两人已差不多高,甚至可能比她高一二公分,但女孩子显得颀长,不并肩站,海参仍然显矮。由于有了刚才这段对话,蝶来认同了海参的同行,他们现在在讨论先去看动物还是先拍照,海参认为,太阳已经在头顶,拍照是顶光,不如先看动物,等太阳西斜再拍,那时还能拍几张逆光照。

谈到摄影,海参似乎更资深一些,于是他自然而然成了这西郊一日游的主策划。阿三显然很佩服他,海参的每句话都让他频频点头。

"是根据什么判断你开窍晚,让你晚读书一年?"蝶来还在寻根究底的。

"只有你会相信,蝶来,要骗你还是容易的。"阿三大笑,"属猴的是我,他比我小一岁跟你同年。"

"我说呢,你说谁脑子笨晚开窍都有可能,唯独海参,只怕你太聪明了。"蝶来白了海参一眼,不过这次是含着笑,海参倒是有些难为情似的,脸红起来。

在忙着看动物拍风景照的过程中,蝶来总是更投入,似乎忘了今天把阿三约出来的目的,可是蝶妹却记着,在下午某一刻,她故意拉着海参去远处的小卖部排队买冷饮,为了留给蝶来和阿三空间。

蝶妹和海参离开后这一刻,先前的四人的喧闹变成了两人的寂静,蝶来好像刚刚想起她为何来此。她朝阿三一瞥,未料到阿三的目光已灼热地罩住她,蝶来微微一笑横了他一眼,她自己并未意识到的这一横是最勾人的,阿三抵挡不住地要去拉她的手,但蝶来闪身走开到一棵玉兰树下。

"乘他们回来之前,给我拍几张特写,就用这棵树做背景。"她说着,便双臂抱在胸前,斜着肩学着画报上成年女人的姿态摆开了pose。

阿三拿起相机,镜头里的蝶来眯起眼睛朝他笑得温柔,这笑容在静态中是做作的,但对于年轻的阿三仍富于摧毁力,阿三的相机好像拿不住似的。

蝶妹和海参拿着雪糕回过来时,阿三已经给蝶来拍了好几张大头照,并且还在继续拍,蝶妹询问地看向姐姐,她却没有给她任何信息,但很明显,蝶来很快乐,阿三却有些失落,宛如他们之间有过一场她赢他输的游戏。

"你跟他说了什么,我们去买冷饮时?"在弄堂里和阿三分手后,蝶妹立即问道。

"没说什么。"蝶来的手搭在妹妹的肩膀上,这是她心情轻快时的举止。

"我看阿三失魂落魄的。"蝶妹说。

"他有吗?"蝶来问着,心里却在惊叹妹妹的洞察力。刚才在林中,与阿三瞬间的相处中所感受的张力,让她本能地感知,他对她的向往,只要她给予他同样的反应,他将做出令他和他家人吃惊的选择。是的,她已经明白,"撬掉她"这件事马上可以成为现实,但她反而有些踟蹰了。

这时,她们已经走到家门口,厨房的灯亮着,蝶来像过去一样,打开门之前踮起脚尖朝厨房窗口望进去,父母和弟弟已围桌吃饭,现在的母亲已经不像过去那样管着她们,每天晚上必须家人到齐才吃饭。她一直盼望能从母亲严厉的目光下解放出来,未想到到了农场,就像进监狱,那里的干部更像监狱看守,不是严厉而是严酷。

"早知道他们已经吃饭,不如和阿三他们在外边吃。"蝶来对妹妹说,但妹妹不发一言用钥匙开了门先进去了。

饭桌上父母问起今天展览和游玩的情况,蝶来兴致勃勃地述说,还讲了四人不同的动物绰号,让弟弟笑了老半天,妹妹也只是敷衍地笑笑,没有吭声。母亲以为蝶妹累了,说:"你们两人节奏不同,蝶来是快节奏,跟着她你当然累,但姐姐在农场吃苦,难得回家,陪陪她是应该的。"蝶妹不理,蝶来妈是急性子,"你要明白,她去了农场你就可以留上海,她是为你吃苦。"

"我宁愿去农场吃苦,也不要一辈子让着她,生活在姐姐的阴影下。"蝶妹突然哇地放声哭了,放下筷子进了房间。

蝶妹不常耍性子,一耍就很激烈,家人虽然对她的突然发作感到吃惊,却也不太当真,只有父亲放下筷子进去安慰。

"大姐,你有时欺负她自己还不知道。"十岁的小弟老练地发表他的看法。

蝶来已经有些意识到妹妹生气的原因,她对刚才那段妹妹不了解的空白不置一词有些不地道,无论怎样这是和妹妹的一场共谋活动,她怎能在中途把她甩了?可是蝶妹也不至于反应这么激烈啊!

夜晚,家人都睡下后,蝶妹一个人在厨房饭桌上练起了书法,陶瓷笔筒石头砚台大号墨汁瓶和一厚叠毛边纸把桌面已经开裂的老式香红木方台挤得满满当当。蝶来已经睡下,但根本睡不着,又重新穿上衣服来到厨房,从笔筒里挑出一支很久不用的羊毫大楷笔坐到妹妹对面,也写起了毛笔字。

这晚两人沉默地对练起书法,在这样的书写中,蝶来觉得时间是静止的,她用的帖仍是颜正卿,妹妹仍是柳公权,墨汁的特殊臭味也没有变。

当初是书法老师拿出不同的字帖让她俩挑选,她中意颜正卿的舒展开阔,而妹妹喜欢欧阳询的飘逸优美,老师笑起来,说:"别说从字体能看出人的个性,选用字帖已基本能看个大概。"但老师觉得欧阳询不适合初学者,说服妹妹先学柳公权。

这两年她已经写王羲之行书，而妹妹也在写她早就喜爱的欧阳询接着是赵孟頫，同时还在拜师学国画花鸟，然而此刻，两人面对面坐在厨房吃饭用的方台子上写字，就像蝶来进中学前夕刚刚开始练书法那些日子，她们不约而同用起最初用过也是用得时间最长的字帖。

蝶来在写完整的字之前，习惯性地先练一纸基本笔画，她总是从最喜爱的笔画开始，最爱写颜体的撇和捺。他的撇多洒脱，一撇就撇掉过往，包含所有的不如意不称心的过往，而那一捺正朝未来迈进，毫不犹豫富于期待。接着是点，饱满醇厚蕴藉着力量犹如藏在身体里的心，而横和竖最难体现，它们决定了字的布局，就像人生的基本构架，首先要平衡……

蝶来看着笔下的字深深地叹了一口气。"已经好久不去书法老师家，这次走之前要去一次。"她对妹妹说。这一段时间宛如静止的书法练习，令她几乎忘了先前的隔阂。

"你还有四天就要走了。"蝶妹说。

这句话在蝶来的耳朵听来很动情，还有些伤感，回农场的日期是早就确定的，但她并不清楚还有几天，在妹妹提醒下，心算一下，真的只剩四天假期了。她没有表示出自己的感动，只是就事论事答她："是啊，有好多事要做呢，我得把去老师家的时间排出来！"

"海参说，今晚就去照相馆冲胶卷，明天就在他家里把照片洗出来，他说如果我们有兴趣，去他家一起印照片，你说，我们去不去？"

"去啊，那一定很好玩。什么时候呢？"

"他说明天下午就开始印，可能比较费时间，他会叫阿三一起来，如果他下午能早点回家。"

"对了，阿三说要请我们俩去看电影。"蝶来说。

没想到下午他们去买冷饮这段时间，两边还有不少情况要交流，蝶来却在自问，这一趟假期还有没有可能发生更有趣的事？

"你和阿三去吧，我不想夹在你们中间像只电灯泡。"蝶妹压低声音说。

"我和阿三会有什么秘密？"蝶来也窃窃的。

"我看你都忘了自己要干什么，你……不是要撬掉那个女人？"蝶妹的声音更轻了，她手上的笔并未停下，蝶来"呵"的一声笑，不太自然，蝶妹并不觉得好笑，她抬起头去看蝶来。

蝶来不响，她的笔墨汁蘸得太饱，虽然在砚台上使劲地舔过，但第一笔落在纸上仍因为汁液太浓而洇开来，蝶来抓起写坏的纸一把揉成团，纸质稀疏的毛边纸又慢慢松散开来，像一只慢慢伸开所有蟹爪的螃蟹。蝶来从一厚叠毛边纸上小心地掀起一张，仔细地铺展在自己面前，在已铺上粗羊毛毡的桌面上，这张薄薄的纸似乎已和毛毡粘在一起。

蝶来铺好纸却放下笔，手肘支在桌上，手掌托住自己的下巴，她看了一会儿妹妹运笔，道："撬掉了又如何呢？我人在崇明，我和他一年都见不到几次，再说……"再说，见多了又如何，阿三能替代她向往的某个恋人吗？或者说，她向往的人生终究会有吗？这个问题谁能解答呢？当然不是和她一起练毛笔字的蝶妹。

墨汁的臭味,蝶来姐妹的说笑声,让已经睡到床上的徐爱丽重新起身,她在睡衣外套了一件薄羊毛衫,拿着一把水壶和正编结的绒线也下来了。这一楼厨房是公用的,徐家在楼下厨房装了煤气灶,虽然在二楼走廊也装了单灶煤气,如果厨房有活动,这就是说当蝶来姐妹在厨房做什么事,徐爱丽便到楼下来做家务。总之,这间公用厨房很有点公用客厅的味道,就像徐爱丽形容的,像个"沙龙"。

现在是十点不到的夜晚,这栋楼里上班的人都已经睡了,徐爱丽下楼的拖鞋声噼噼啪啪响得刺耳,她自己都觉得太突兀不由得收敛了脚步,蹑手蹑脚进厨房,倒是把正低声说话的两姐妹吓了一跳。

"哟,玩了一天还写字,去西郊公园了吗?"

什么事都别想瞒住她。蝶来不想理她,头一低继续写字一声不吭,蝶妹不好意思不理她,便抬头朝她笑笑。徐爱丽放了一壶水在煤气灶上炖着,一屁股靠在水池上,两条腿斜斜地支撑着身体,一边打着毛线。

"还有谁和你们一起去了?"

嘿,真是爱管闲事,蝶来和妹妹交换眼色。

"就我们两个。"仍是由蝶妹敷衍她。

"那有什么意思,好容易去一趟西郊公园,应该让男生陪你们去,可以帮你们拍照。"

就好像她有耳目在外帮着她跟踪她们似的,姐妹俩抬起头微微吃惊地互相看看。

"阿三的娘升官了,做街道党委书记了。"

突然又提起阿三娘,够诡异的,姐妹俩一起看着她,她却低着头,手里的毛线针一上一下动得飞快。

"我是看着她从居民小组长爬到里弄支部书记现在又爬到街道。"徐爱丽难掩鄙视。

"我看她为人还蛮公正,对邻居挺和气的。"

蝶来因为徐爱丽诋毁阿三娘而感到不悦,几年前拉着妹妹去告状,阿三娘不由分说当着她们面抽阿三耳光的事还记忆犹新。

"和气是表面文章,和邻居搞好关系是为她自己做官铺路,这人骨子里是厉害角色,否则,她怎么能一步一步爬上去,我听说她的出身也不怎么样,娘家有人在海外。"

蝶来姐妹互相看看,不响,这不是她们感兴趣的话题。蝶来觉得扫兴,她和妹妹重新融洽的气氛让突然闯入的徐爱丽给搅了,现在她对她们越来越多余,如果她们已经开始了自己的人生。

自从进中学那一年为了看国庆大游行而误入海参家,之后蝶来再也没有去过海参家,她也不准妹妹和海参的胡姓妹妹多往来,将自己的喜好强加于妹妹,这是蝶来的专制。可事实上,蝶妹和胡海星一直来往密切,以致她和她家当然也包括海参的关系都远比蝶来熟稔,这是这一次蝶来去了海参家才发现的。

但此一时彼一时，海参于蝶来，那种讨厌的感觉已经平淡，他们一起从上海的中学毕业，去到生活条件政治气氛严酷十倍的农场，至少是一对同患难的难友。

这天下午阿三直接从他的工厂去海参家，蝶来姐妹还比他晚到一步，是海参妹妹胡海星为她俩开的门，她的身后站着海参母亲。蝶来有些意外，岂止意外还感到些微的不安和尴尬，因为海参母亲很热情很殷勤。

"我已经在煮咖啡，就等你们来了一起喝，不过妹妹，还有蝶妹，你们还是中学生，不宜喝咖啡，我给你们准备了可可。"海参母亲招呼着，蝶来有些不悦地看到蝶妹和海星宛如久别重逢，已勾肩搭背消失在里面的房间。

这边，海参母亲已经去了一趟厨房出来时手里拿着咖啡壶，咖啡香立刻弥漫开来，简直是非现实的香味，蝶来一时发怔。

"现在市面上有卖上海咖啡。"海参母亲似在回答蝶来的疑问，笑眼对着蝶来却有几分打量，"虽然不是上品，但咖啡和绿茶一样讲究新鲜，上海咖啡本地产，就图它新鲜，煮起来一屋子的香味。"说着便叹气了，"这咖啡香对我比什么都重要，这味道一出来，房间里的气氛都不一样了！"突然觉得失口似的，赶快又道，"这话只能在家里说说，在外面应该说，政治正确思想好最重要。"自己先笑了，蝶来也笑，她喜欢这个母亲，她的隐隐约约的妖娆气质，和她的直率。

女人转过脸朝里面喊道："弟弟，阿三，出来喝咖啡，蝶来她们来了。"转回脸对蝶来，"弟弟从早晨开始就弄照片，家里的储物间被他改成暗房。"海参母亲把自己的儿子女儿称为弟弟妹妹，就像在讲隔壁邻居家的孩子似的。

说话间，海参母亲已在长台子上忙开了，蝶来看到，铺着雪白钩花镂空台布的台子今天更显得晶莹透亮一片节日华丽，通常只有节日才出现的透明雕花玻璃果盘摆放出来了，分别放了长生果、五香豆和大白兔奶糖以及橙红色的小蜜橘，以及六套垫着同色瓷碟的细瓷咖啡杯，海参母亲在四只杯里倒上咖啡，两只杯里倒上可可，又拿起与咖啡杯配套的奶杯，去了一趟厨房，端出一杯还在冒热气的热牛奶。很多年后蝶来去店里喝咖啡发现，在那些店喝不到滚烫咖啡的原因是，用来兑咖啡的牛奶是冷的，到哪里都必须提醒服务员把牛奶温热，甚至昂贵的五星级酒店咖啡吧。

海参母亲为六只杯子都倒了热牛奶加了糖，一边继续招呼着蝶来，而蝶来则被海参母亲身上渗透出的与时代气氛相悖的气质吸引。她并非像徐爱丽那般刻意装饰，事实上，她的服装调子还特别低，那天她穿一件水灰色羊毛开衫、合身的深灰色的确良长裤，懂经的人一看就明了这是仔细搭配过的讲究，还有她的莓红绣花拖鞋以及扣在耳后的松软的短发，令她整个形象弥漫着一股优雅的芬芳，假如她不是表现得这般热情，这样的女人会令人感到有些高人一等。

海参和阿三从暗房出来，一边还在谈论洗印照片的话题，不过看到蝶来海参便住了嘴，他垂下眼帘却又迅速瞥她一眼，好像不是在他家，而是在学校操场，与自己母亲的殷勤相比他几乎像是个无关的旁人。

然而,蝶来并不在意他,因为阿三的目光已经热烈地对着她。今天的蝶来又是另外一番风光,她的长发在脑后梳成马尾辫,一般的女孩子在这个时期还没有勇气让这把长发高悬在脑后,多是用橡皮筋扎成一束小心地安放在后脑勺下方,基本上是搁在后背上。蝶来在蝶妹的建议下从邻居那里讨来一些刨花水——那是外婆那一代老邻居用的——把头顶上的碎头发抿得光光滑滑,于是发型的风格便鲜明凸现,不仅她的光滑的额头和蛋型脸被衬托出来,整个形体也都有一股清爽的活力。她今天仍然穿白衬衣,但下面配一条经过修改的军裤,直到革命运动的尾声,收了臀和腰的军裤仍是女孩们最中意的时髦装束,裤装令蝶来显得苗条却又朴素,而这样的朴素有一股意犹未尽的韵味,难怪海参不敢看她而阿三则是目不转睛,也不管从里屋出来的两个女中学生奚落嘲笑的目光,以及海参阴郁的目光。这目光如今蝶来已经不太有机会看到,海参的摄影特长令他经常被借到农场场部工作,所以他和蝶来碰面机会远不如在学校多。

海参在长台旁——现在更像是咖啡桌——只坐了一会儿便又进了暗房,他说他的照片浸在显影药水里。海参在自己过于讲究的家里表现的疏离和漠然让蝶来对他有了好奇。

当蝶来几个喝完咖啡也包括与海参母亲聊完天,海参已有一批照片洗印出来,他吩咐阿三一张一张贴在他家浴间的瓷砖墙上。

这第一批照片是从阿三的胶卷里出来的，阿三用的是120胶卷，一卷只有十六张，部分是蝶来的特写，那是在树林边上，蝶来学着成年女人，两臂抱胸，微斜着肩，做作得可笑，而与做作的成熟女人的姿态相比，蝶来十八岁的脸容却显得分外稚气天真。另一部分是农展馆的背景，画面有些杂乱，其中有两张便是蝶妹为他们照的——在蝶来自己的行书作品前与阿三的合影，当时阿三突如其来伸出胳膊揽住蝶来的肩膀，一刹那两人都有些吃惊的反应，毫无保留地印在照相纸上，并且被海参放大了。

在海参家的浴间——他们几个迫不及待拥到只有五平米的浴间看刚贴到瓷砖墙上的湿淋淋的照片——看到这被放大的惊慌紧张紧紧挨在一起的两张脸，尤其刺目。仿佛，蝶来和妹妹之间的秘密已从照片上泄漏出来，蝶来这时才意识到把这些照片拿到海参这里冲洗是多么不合适。

这两张大照片和另外几张第一批洗印出来的照片已四角翘起快要干了，马上要从瓷砖墙上滑下来，说时迟那时快，急性子的蝶来不管三七二十一揭下其中一张大照片就撕成两片。

"难看死了，是开玩笑拍的，被人家看到怎么办？"

蝶来还要揭另一张，阿三已抢在她之前把那张还未毁掉的照片揭下来，蝶来要去抢他手里的照片，阿三拿着照片逃出浴间跑到客厅，蝶来便去追他，两人竟围着海参家客厅的长台子兜圈子，蝶来先前坐在桌边正襟危坐和海参母亲喝咖啡时伪装的斯文早已扫地。蝶妹对蝶来的放肆很难为情，然而海参兄妹和他们的母亲却哈哈大笑。

蝶来终于抓到阿三，阿三情急之中把照片传给海参，眼见海参把拿照片的手放到身后笑嘻嘻地看着她，蝶来止步了，无论如何她和海参之间有一道看不见的墙，客厅里一时冷场。

"有什么关系，既然阿三喜欢就让他保存，他很看重呢。"他朝阿三笑，带着曾让蝶来讨厌的嘲讽，然而她现在已不那么敏感，作为同窗一起去那个过去只有芦苇和盐碱地的岛上，被以农场的名义将这些城市学生当作囚犯一样围拢看管时，他们之间便有了惺惺相惜的怜悯，至少蝶来已经不再给海参白眼。不过，不肯和海参争来夺去的生分也是房间里的每个人都能感受到的。

海参的微笑在冷场中变得僵硬，但他似乎突然想起浸在药水里的照片，便奔向暗房，于是，这群同龄人都尾随他而去。

照片越洗越多——海参的那两卷是135，每卷有三十六张——它们把先前阿三的那部分照片淹没了，比较起来，海参拍的照片要精彩得多。他们离开公园前海参为蝶来蝶妹拍的逆光照被海参放得很大，照片带来了一个经过修饰美化的世界，蝶来看见照片中的自己和身处的世界要美好快乐很多，那一片明亮令现实中的她也快乐起来，这份快乐，已覆盖住之前的那些复杂情绪。

这天海参的照片一直洗印到晚上，中间他们还去了一趟电影院，这个"他们"是指蝶来阿三和海参，蝶妹和胡海星似乎更乐意留在胡的小卧室里。看电影的建议是海参提出的，在下午将要结束黄昏即将来临时,海参突然掏出两张电影票对蝶来和阿三道:"这是两张朝鲜新电影《金姬银姬的命运》的票子,我们有五个人,谁最应该去看?"

"我想应该让两个快要离开上海的人去看。"胡海星看看哥哥和蝶来突然说道。蝶妹和阿三笑了,但似乎都笑得有点尴尬。

"不要不要。"蝶来忙不迭地推辞,"海参和阿三去看吧,我不要看那种苦兮兮的朝鲜电影。"

"不看你肯定后悔,听说是朝鲜电影里最好看的一个。"海参对蝶来说,又转脸看阿三,"这样好啦,她们两个小姑娘留家里,她们可以在学校操场看露天电影,不如我们三个人去,我再去等张退票就解决了。"

"万一等不到呢?"蝶妹问,她总是最操心。

"肯定等得到,我经常看退票电影。"是啊,国泰电影院和他们家相隔几百米。

"为什么?"蝶来问。

"开场时的退票,很便宜。"海参把两张票子给阿三,一边自嘲,"我喜欢贪便宜,买折价商品让我心里有说不出的舒畅。"众人都被他逗笑,唯有蝶来觉得并不好笑。

在影院门口,已有不少人在等退票,阿三和蝶来担心海参等不到,因此他们俩陪在海参身边不好意思先进影院,一方面也是对他们将并肩坐在黑暗的剧场心有忐忑,但是海参对退票一事胸有成竹。

"我保证退得到票,我有经验,开场时间过了,这些人都走了,票子却来了。"他的轻松和自信让蝶来觉得他不仅是对退票有把握,仿佛他的整个人生都在自己掌心轻轻握着。

阿三和蝶来在海参的催促下先进了影院,他们举着票对着号码,然后从已坐成满满一排的人前挤过去直到属于他们的位子,此时两人才相视一笑不由得舒了一口气,他们从各自的笑眼里看到由衷的快乐,今晚就应该是他们两个人坐在一起,这个愿望贪婪清晰得连海参都看懂了。他们的快乐里便有了一丝不安,然而灯暗了,屏幕上是新闻纪录片,每场故事片放映之前都会有一段新闻片,似乎在等待迟到的观众,这种时候蝶来的心情总是异常快乐,那是等待的快乐,是知道这个等待很短暂的快乐。

阿三的手伸过来,试图抓住蝶来的手,蝶来使坏地把手放到背后。

"除非你答应把那张照片撕了。"她提出要求。

"为什么?我喜欢和你有一张合影。"

"我们两人的表情一点不好。"

"我觉得蛮好的!"

"不要忘记你有女朋友。"

"我没有。"

"不要赖,我和蝶妹都看到了。"

"她不算。"

前面的观众回头警告般地朝他们看。他们便噤声。

阿三又要去抓蝶来的手,她的手仍放在背后,阿三的手便搭到蝶来肩上欲把她往自己这边揽。

"不可以,万一海参退到票就坐在我们后面。"蝶来把阿三的手从她的肩上拨开。

"海参早就回家了,这么满的场子哪里退得到票。"

阿三话音未落,就听到后面有熟悉的声音,回头看到隔着两排海参在一长柱宛如小探照灯的手电筒的光照下正使劲朝中间挤,一边在对不肯挪开腿的观众打招呼。

"你真的退到票?"

阿三朝海参惊问,立刻遭到后一排人的嘘声。

"是半价拿到的。"在嘘声里海参不紧不慢地告知。

这一次蝶来终于被逗笑,她和阿三嘻嘻哈哈笑个不停。

正片开始了。剧场的灯都关了,除了安全门的指示灯。

蝶来的手从背后拿出来,放进阿三的掌心,那掌心滚烫滚烫,就像点燃的炉子的外壳。

从后排看过去,却是两个正襟危坐的背影。

那场电影,两人都处于视而不见的状态,碍于两排后海参的目光,整个电影放映过程,除了紧紧抓住蝶来的手,阿三无法有所作为。

被阻挠的欲望总是更旺盛,不仅阿三受折磨于被阻的欲念,对于蝶来这更是一次十分陌生却又强烈的体验,她第一次通过阿三封闭在身体内的燃烧感染到一种非常生物的需求。这两只十指紧扣的手,替代着被禁锢的身体,指尖变得异常敏感,几乎能感知伸展在指甲尖端每一根末梢神经,那些呈微型枝丫状的神经宛如已从肌肤下赤裸出来,当它们被触摸时,一阵阵的战栗,伴随着针麻般的痛感,这疼痛已经烧灼起来蔓延到四肢身体,全身都在燃烧……

背后有一双眼睛目睹燃烧。

通过这场电影,通过这一个因为克制而体验了渴念和需求的过程,蝶来和阿三的关系突飞猛进。

在电影院,阿三告诉蝶来,他要去结束那个发生在工厂的恋爱。

"只跟你好!"阿三在她耳边说。是的,这正是她第一次看见阿三的女朋友时心中产生的连自己都无法明白的嫉妒,以及由此而起的意愿,这个意愿轻而易举就达到了?蝶来有些不甘心似的,因为不够挑战吗?

那天走出电影院,外面已经天黑掌灯,阿三问他们想吃什么,这两个从农场回来的人竟异口同声说想吃生煎包。影院附近有家小点心店专卖生煎包,终日排长队,店面很小,只有三张桌子,这桌子当然也总是坐得满满的。但这晚他们非常幸运地占到一张桌子,阿三让他俩坐到桌边,自己去排在烟熏火燎的煎锅旁等着新出锅的包子,俨然是个东道主。是的,阿三在上海做工人,虽然每月拿着三十六元的工资,但跟他俩比算有钱人了,所以一买买了一斤包子,让蝶来觉得他挺豪迈的,平时,上海人买生煎包,是论两买的。

这家店除了卖生煎包,堂吃还有冰冻绿豆汤,这碗绿豆汤还挺讲究,汤底有桂花糖浆薄荷水配一小调羹糯米饭。糯米饭是蒸出来的，米粒硬挺柔韧，桂花糖浆和糯米饭以及薄荷水在冰得很透彻的绿豆汤里搅匀，进嘴的第一口总是有一种因甜蜜滑润凉爽配合得如此完美而涌起的惊喜，蝶来全身心沉浸在这一个微小的却给自己带来巨大快感的物质享受中，她不知道这种快乐的强度将随着她的成熟随着越来越丰富的物质出现而渐次减弱。此时此刻的蝶来全心全意喝着她的冰冻糯米绿豆汤时却听见阿三在说："海参，在农场帮我多照顾照顾蝶来。"

她吃惊地看住阿三，什么时候她已经是他的人了，因为一起看了一场电影？

"嘿，为什么要海参照顾？"蝶来好胜地阻止阿三，"听起来你就像我的爸。"还用手肘撞了一把阿三，完全是个不解事没心没肺的女生。她一瞥海参，他笑嘻嘻的眸子微含讥讽，似乎一切都在他的意料中，她有些窘，真是不喜欢他的似乎看透一切的聪明。

"阿三，你不要忘记，蝶来和我同窗四年。"

什么意思？蝶来和阿三互相看一眼又去看海参。

"不是吗，我和你相处的时间肯定多过阿三。"他笑看蝶来，"阿三怎么会担心我对你漠不关心呢？"

他转脸看阿三，阿三却傻乎乎地看着他，不太明白他在说什么。

"开玩笑，不要当真，我明白你的意思，你是要告诉我你和蝶来在这个了？"他举起两手的拇指做着手语里"相好"的动作。阿三脸红了，蝶来却皱皱眉。"我倒是有些吃惊，你什么时候把她追到手,刚才看电影时?"蝶来吓了一跳,他什么都知道?"开玩笑啦,不要当真!"他又说。

也许是多疑或者过敏,蝶来觉得他们之间又出现了冷场。

然而这天之后,即使她和阿三分分秒秒黏在一起,也就只有三天,三天后蝶来将离开上海回到也许是她一辈子都要去憎恨的地方,那个在她内心被视为监狱的农场。

这个即将到来的分离让她和阿三一起痛苦,虽然他们的亲密关系才刚刚开始,但在他们各自的心里,又似乎是一段已经延续了很久的关系,只是它被什么东西遮蔽了?

事实上,这三天的白天阿三是要上班的。阿三已经没有请假的理由,除非他拿到医院的病假。对的,阿三有了请病假的念头,地段医院有他母亲的熟人,阿三通过熟人医生拿到病假,也帮蝶来弄到病假。

蝶来高兴坏了,对于她,这一星期的价值远远大于以往的任何一次假期。似乎,通过阿三拿到病假留在上海这件事本身要快乐过和阿三好,或者说,她贪恋上海胜过其他一切,虽然当时她并未意识到。

蝶来延长上海的逗留时间,不仅让阿三,也让蝶妹和徐爱丽都很高兴,他们的公用厨房必须有蝶来在,蝶来的生龙活虎令厨房人气旺盛,陡然充满了笑声和说话声。那时候弄堂通向厨房的后门敞开了,邻居们被说笑声吸引,进进出出凑热闹,厨房才有了"沙龙"的气氛。

这期间徐爱丽又出花头了，她突然学做起洋娃娃，不是那种给女孩子抱在手里玩的娃娃，而是放在家中玻璃橱里供观赏的类似于商店橱窗的模特儿，造型有点像二十年后从在西方流行进来的芭比娃娃。只是这是个迷你型西洋模特儿，或者说，准芭比娃娃，身高不足一尺，却美丽惊人，她有漂亮的金黄或金红或栗色或褐色头发，高高地盘在头上，或鬈曲成一缕缕披在肩上，身穿维多利亚时代的长裙，这古典西洋曳地长裙里空无所有，娃娃没有腿，娃娃的裙子便是她的身体，跟舞台上被绳子牵来牵去的木偶一样，只有头颅、脖子、手臂。由于她是用来做摆设的，娃娃的连着脖颈的头颅需要安放在一个底座上，这底座可能只是一个简单的硬卡纸做成的空心圆柱，裙子就像帘子遮住了这个可以用任何材料制作的底座，娃娃，或者说迷你型西洋模特儿看起来便亭亭玉立，仪态万方。

这类洋娃娃是因为不同风格的头发和不同款式的裙子而独特，这也是徐爱丽制作娃娃过程中最有创意的部分。徐爱丽通过玩具厂的关系弄来不同颜色的尼龙纤维做娃娃头发，各种尼龙碎布头和零碎的蕾丝花边用来做娃娃的维多利亚古典长裙，以及许多草莓般大小的塑料娃娃脸，这些塑料脸将被徐爱丽整容，通过假睫毛假鼻子而变成西洋结构的脸。徐爱丽原本就心灵手巧做女红很有天赋，只花了两天时间就做出了第一个娃娃。这娃娃一头金红头发高高盘在脑后，两鬓垂下几缕鬈发，配上深凹的大眼长长的睫毛高高的鼻梁，雪白的如同婚纱般的蓬蓬裙凸现她的高高的酥胸和纤细的腰身，完全就是西洋童话里的美丽小公主。

当徐爱丽手托着洋娃娃来到厨房,蝶来和蝶妹发出阵阵惊呼,然后这童话世界的小公主从徐爱丽手上,从布满油烟气的厨房,从这个不爱红装爱武装的时代跳脱出来,她飞速增高膨胀,遮蔽了天空的乌云和乌云下的阴影,这般突兀、耀眼、巨大。两个女孩屏住气息紧紧盯视住她,这个美丽得如此虚假,却又虚假得如此真实的人造女性,她几乎颠覆了她们的现实世界。她俩深深地叹息,奇怪的是,这一对姐妹同时发出叹息声,当然,蝶来的叹息声来得更响亮,那是惊喜之后的惆怅,艳羡的同时感受到的失落,就像那次观看亲王和公主的游行,莫尼克的美丽妖娆曾令她们深深感受某种不公平,为何上苍让某些女人美轮美奂,而只给她们这般简陋的人生?

蝶来的情绪总是更加强烈,她立刻从惊喜的高峰跌到惆怅的谷底,美丽的白色婚纱携带来的梦幻气息只能让蝶来再一次感受眼前处境的令人绝望,她突然丢下徐爱丽和蝶妹转身进房。

徐爱丽似乎马上就读懂了她的心情,她小心捧着娃娃跟着蝶来进到她们房间。"蝶来,你要是喜欢,这个娃娃就是你的。"对着蝶来难以置信的表情徐爱丽有莫名的满足,"不用客气,拿去吧,你去农场时我没有东西送你,这娃娃是我补送的礼物。"

"真的吗?"蝶来惊问,情绪温度立刻上升,简直不敢相信徐爱丽有这般慷慨。她立刻从徐爱丽手里接过娃娃,迫不及待的,鲁莽得像抢过来一般,似乎害怕对方瞬间会改变主意。当娃娃到了她的手里,她才小心翼翼学着徐爱丽把手伸进娃娃裙里,托住娃娃的头颅,就像托住一个珍贵的愿望,无限珍爱地看着手中的奇迹,在她眼里,是美的奇迹。

但是,母亲林雯瑛当晚就把娃娃还给了徐爱丽。

"难道你要把这么资产阶级的洋娃娃带到农场去?"妈妈气愤地责问蝶来。

"我不会带去农场,我在家里玩……"

"家里不能留这种东西。"林雯瑛严厉制止道,好像这不是玩具是病毒,"蝶来,你还有没有脑子,这东西留在家里除了麻烦,不会给我们带来任何好处,你到农场也有一年了,该明白怎么在这个社会做人了……"林雯瑛又要滔滔不绝给长女上政治课,这具过于美艳的娃娃让林雯瑛坐立不宁,它更像一枚包裹着糖衣的炮弹,放在家里不知何时会爆炸。蝶来赶紧捂住肚子称肚子痛,去浴室锁上门躲开母亲的唠叨。蝶来坐在抽水马桶上,痛感在这个家,只有这块方寸之地可以令她不受干扰地遐想。

"我最反对你和徐爱丽你来我去的,她为什么送礼给你,她这人又精明又小气,不会白白送东西给你……"蝶来从浴间出来后,林雯瑛继续唠叨,在她看来来自于徐爱丽的礼物充满不祥之兆,或者说,她不知这件礼物会给女儿带来什么噩运,且不说徐爱丽的礼物背后有什么不可告人的企图。林雯瑛怎么都无法安下心来,不把它清除出去她是不会善罢甘休的。

为了这个刚得到便又给母亲强迫归还的洋娃娃,蝶来竟然哭了一通。第二天阿三获知缘由,二话不说便去找徐爱丽出钱买下了娃娃再送还给蝶来,竟也不顾忌这一来他俩的关系会曝光给徐爱丽,也因为阿三的购买行为启发了徐爱丽,令她找到一条自谋生计的道路,私底下做起了娃娃买卖,因此种下祸根,当然这都是后话。

蝶来虽然重新拥有洋娃娃,却又不想将它带去农场,也不能放在自己家,和阿三讨论半晌,决定还是存放在阿三睡觉的亭子间。是存放而不是摆放,因为即使房间属于阿三,他母亲也有权进进出出,无疑的,这个完全是资产阶级形态的漂亮娃娃同样会给阿三惹来麻烦。他的母亲可是比林雯瑛还要严格守住政治正确的界限。于是,阿三就想了个藏娃娃的办法,他的房间放着一只一尺多高的毛泽东石膏头像,头像里面是空的,娇小的娃娃完全可以躲藏在空心的头像内层。

就这样,神圣伟大的革命领袖头像内层成了妖艳玲珑的西洋娃娃最不受打搅的躲藏空间,这可是比什么都安全都讽刺的隐匿方式。那天收藏好洋娃娃,蝶来和阿三相视大笑,这个行为所包含的荒诞感令他们释放了之前的压抑和郁闷,并因为彼此的幽默笑声,享受着心与心豁然相通的快感。

那天蝶来怀着占有的满足离开阿三家,虽然她把娃娃留在他处,从此见到它并不容易,或者说,她与心爱的玩物相处的时间其实很有限。然而,恰恰是难得相见才衬托了她对它占有的满足,而它还是阿三送的礼物,这礼物就跟他们的恋情一样,因为必须埋在地下而显得弥足珍贵。

一星期很快就过去,假如见好就收事情可能比较简单,然而，年轻的贪婪使他们总是力图阻止好日子的结束。阿三又为他俩各开了一星期的病假。

于是，麻烦来了。

阿三的团支书女友找上门来，在他的卧室看见他和蝶来的合影，她把这张合影拿给阿三娘看，阿三娘拿着照片直接去找蝶来母亲林雯瑛，于是蝶来家掀起轩然大波。这时候蝶来的第二个星期的假期也只剩两天了，有一件事再清楚不过，那就是阿三不可能弄到病假了。

阿三娘当然要插手此事，她怎能允许儿子与一个户口已迁到崇明岛的女孩建立关系，要是最终走向结婚怎么办？但是阿三娘考虑到自己的身份，说法就比较婉转，她告诉林雯瑛，据她了解，农场每年有上调上海的名额，名义上是给表现好的职工，所谓表现好的第一要求便是不能有恋爱关系，无论这关系是在农场还是在上海。

林雯瑛并不想探究阿三娘的潜台词，在她看来不是蝶来配不上阿三而是阿三配不上蝶来，她非常气愤的是，自己的长女怎么可以这么随随便便就和家门口的男孩好呢？蝶来应该嫁给什么样的男子她倒是没有想过，因为太早，因为眼前的一切都是临时的，因为蝶来的未来至少不会平庸到跟原来的里弄支部书记的家庭有任何瓜葛。这一点林雯瑛跟她丈夫看法高度一致。

蝶来是应该做出一番事业的女孩子，这是父亲的期待。

那天父母和蝶来谈话到半夜，主题是关于前途和恋爱哪个重要。蝶来不愿回答这个问题，这些日子，她天天和阿三黏在一起，为了避开邻居目光，他们去遍不同区域的公园，以及下午场的电影院，蝶来和阿三有了肌肤之亲。与阿三相处的时光安慰了她的失落感和对于青春蹉跎的焦虑，然而在蝶来的内心，她并不认为这是在和阿三谈恋爱，恋爱该是一桩激动人心、轰轰烈烈的事件，是一生的高潮，可是面对阿三却找不到这样的感觉，好像连心跳都不曾有过，当蝶来掂量这段关系时，竟心有不甘。

有些白天，乘阿三娘到街道开会的时候，蝶来便溜到阿三家，将心爱的洋娃娃从领袖石膏像里面拿出来，她的手伸进娃娃的裙子里，托住娃娃的颈部，就好像它是站立在她的手上。她对着手上的娃娃久久地观赏着，不如说是对着娃娃做白日梦，这鬈曲的金红头发，这雪白的像睡莲般舒展蓬起的长裙，这细腰这酥胸，她想象中的华美灿烂，所有与美丽有关的画面辞藻都浓缩在了这件玩具上，它简直就是另一种人生的象征。

那时候阿三坐在她身边欲望难抑，他把蝶来揽向自己的怀里试图吻她，但是蝶来把他推开了，她正被绝望委屈的情绪罩住，这情绪正在毒害她对阿三的热情。她告诉自己，她心目中的理想爱情也不该是这样的，是什么样呢？她也不清楚！

所以现在面对父母的责难她感到可笑，她有些不耐烦地告诉父母，她和阿三只是一起玩玩，这张合影也是拍着玩的，不用那么紧张。但父母要她向阿三娘保证与阿三停止交往，蝶来非常反感，做这类保证有羞辱的味道。

见蝶来不肯答应，父母便苦口婆心地教导她，要她给自己设立目标。她去农场时父亲给她买来半导体和广播英语教材，父亲给她的短期目标是学英语，但广播英语选用的是报纸上的大批判文章，十分枯燥。虽然父亲能阅读英语，但他因为耳聋，发音不准，在蝶来的耳朵听来简直是怪诞，所以每次他要教蝶来英语，蝶来开始总是愿意学的，可一听到她父亲读课文便会笑到肚子痛，教课的效果大打折扣。这一次父亲为她弄来一套英国剑桥版的 Essential English（基础英语），要求她在农场先自学，父亲向她许诺，下一次回上海一定帮她找一位发音纯正的英语老师。

上海最后一天假日，蝶来与阿三的相处有了几分悲伤的意味，双方父母对他们交往的阻挠、明天就要回崇明面临分离……他们彼此相视时眼里有了泪花，并且互相被对方的泪花感动。蝶来的悲哀里有一些满足，至少现在的气氛更接近她向往的恋爱。

次日清晨，阿三把她送到十六铺码头。这是外滩的南端，周边是贫困拥挤的棚户区域，加上密度很高的人流在码头外嘈杂着，等船等退票送客乞讨。这里拥挤着底层的人，他们蹲着坐着甚至躺着，吃饭睡觉喂奶把小孩尿都在这里进行，每个人的周围都是大捆行李，那些行李本身便是一堆堆破烂，用塑料布和棉布条胡乱捆扎起来的被褥铺盖，放在粗麻袋里的米、蔬菜，也不知是从上海带去乡下还是从乡下带来上海。拉链锁起来的人造革旅行袋放的就算细软了，无非是毛巾肥皂衣服雨具也许还有云片糕之类的小点心，这一大堆人和行李要多乱就有多乱，而且乱得这般卑微这般琐屑。蝶来再一次痛心地意识到，她的青春就要在这般卑微的乱世中蹉跎而去，她的手不由得去抓住阿三的手，抓得那么紧，手心里都渗出汗来了，好像她将乘上一艘正在沉沦的船，阿三的手臂是她唯一抓得住的支撑。

这段正在使力的手臂终究给了她些许安慰，她的心才不那么凄惶不那么焦虑。是的，与阿三相爱缓解了她那似乎与生俱有的焦虑，她的总是无所依存的心有了抛锚的地方，空虚的生命终于有了意义，虽然这意义那么飘忽模糊。

无论如何，这一段蝶来自认为并不是经典恋爱的交往因为双方父母的干预而有了张力。回农场后，两人开始了书信往来，阿三不善于文字表达，写来的信就像电报，诸如"想你！""要见你！""想看到你对我笑。""你的笑令我的身体都烧起来了！""要你！"直接简短透彻，就像强心针，注入蝶来正在变得冰凉的体内。

于是蝶来的身体也热起来了，四肢感官都是表达的渴望，这一刻都汇集到笔端。夜晚，蝶来坐在农场八人宿舍的床上拉下蚊帐，伏在叠起的被上给阿三写信，信纸和信封都是从上海带来的，那些千篇一律印着红色双横线、纸张薄成半透明的文具店信纸单调乏味到愚蠢，有着和时代一致的风格，但现在竟成了蝶来书写自己美丽人生的载体，她怀着珍惜的心情用笔尖润滑的圆珠笔小心地在又轻又薄的信纸上滑动。文字是蝶来涂抹想象世界的颜料，而现在她终于有了一个抒情对象，所以她的信必定写得很长，投入许多诗意，书写情书比和阿三相处让她觉得更像在谈恋爱，因为写着写着，已经不是对着阿三，而是心中一个抽象的恋人。

在蝶妹临毕业的那个学期，发生一件事情，蝶妹瞒着父母报考苏州的曲艺团学馆，并先斩后奏带上简单行李住到那里。蝶来接到父亲告急信从农场赶回上海，再从上海赶去苏州把妹妹拽回家，那一次出行由阿三相陪。

当然，陪伴是秘密的，对于他们俩这是一次相当于蜜月旅行的甜蜜旅程。那时候他们已经交往一年，除了在黑了灯的电影院和公园的树林深处提心吊胆地接几个吻，就再也没有机会伸展他们的身体爱。事实上，蝶来对此的欲望远没有阿三那般清晰强烈，她更喜欢谈情说爱而不是做爱，十九岁的她还不知道有做爱这个词。

蝶来向父母保证她一定把蝶妹带回家，但她们可能会在苏州过一两晚，既然已去了那里。而她和阿三已迅速做了安排，他们将先去苏州郊区的一个水乡过夜，那里有一个珍贵的佛像泥雕收藏馆，四周景色古典，小桥流水人家，窄窄的河流好像一步就能跨过去，却奢侈地拱起一座座小石桥。

由于那里的河流如织纵横交错，交通不便，长途车需绕远路且班次少，需从苏州坐小船进入。阿三有一批爱好摄影和绘画的朋友，他们中曾有人进去过，据说镇上有一家招待所可以留宿。事实上，水乡之行阿三和蝶来早已有过讨论，只是蝶来每次回上海时间短促匆忙，一直没有动力去那里。

蝶来和阿三坐在那种看上去体积很小但坐进去底部很深，顶上撑有涂过桐油而变黑色的竹篷的小机动船也称小火轮缓缓进到水乡。这天是礼拜天，小船间中在好些个村庄停留，它是乡民们互相走亲访友的唯一交通工具。坐船的多是妇女，脑后一律梳着髻，毛蓝布罩衫外围着四周镶红边的同色半截绣花围单，也许这还是她们的出客衣服，她们的手腕上都挽着个布包裹，完全就是在什么连环画上看到过的水乡女子的打扮。

在小发动机"突突突"左拐右转的突进中，小火轮终于在目的地靠岸，那时已近黄昏，天下起小雨，白墙黑瓦的江南旧屋站立在窄小的河流两边，在雨中醒目而富于风格。

蝶来没有心情欣赏美景和风土人情，她随着阿三寻找招待所时心里十分不安，且将蝶妹的事搁一下，光是想象和阿三同住一晚的景象便给她沉重的犯罪感。当他们两人走进小镇时，几乎受到全镇人的注目，窄小的台硌路两边是一家紧挨一家的小店铺，每家店铺门口都站着人，就像夹道欢迎。透过店铺面向河流的窗口，还看得到对岸的窗口挤着人头也在瞭望，目光惊奇快乐还有些猥亵。这里的河流如此之窄，似乎两边人家开了窗就能讲悄悄话，相信这样的小镇传播流言飞快。

而现在这两个城市年轻男女宛如正进入某种戏剧境遇，全镇人在观看剧情的发展，或者说，蝶来和阿三从进入小镇开始，便是在向全镇人预告今晚他们俩的同居节目。这时候的蝶来只希望阿三找不到招待所，他们可以立刻就离开这么一个无聊猥琐的小镇。

但招待所就在镇街的顶端,蝶来和阿三站在柜台前订房时,才知道一间房有八张床,他们必须把八张床都租下才能拥有整间房,好在每个床位收一元钱,一间房八张床便是八元钱,阿三还能承担。

但是一男一女住一间房要出示结婚证明,于是蝶来又在另一间女子房间租了一张床,算是名义上不在一间房。守柜台的是个老男人,一眼看穿他们的打算,说了一句让蝶来和阿三恐惧了一晚上的话:"晚上派出所可能会来查房。"

"每晚都会来查吗?"阿三问道。蝶来不响,垂着头自感没有颜面了,头抬不起来了。

"不一定,说来查就来查了,预先不通知我们。"说着柔软甜腻的吴侬软语的老男人用似笑非笑甚至是几分幸灾乐祸的眼神打量他俩。

这天晚上阿三付了九元钱租了九个铺位,九元是蝶来农场半个月的工资呢。但如果再贵一倍阿三也是要租的,年轻男子被欲念驱使的执着劲在少女的蝶来看过去,是对爱情的痴迷。

蝶来的这间房其实也没有人住,她在自己的铺位上放了一件外套表示自己是住在这间房的。

招待所的房间是泥地,所谓床连床架也没有,一块木板安放在两条长凳上,深色格子布床单被单是农妇的纺车织出的土布,手感有些粗糙。阴雨天的泥地房,被子摸上去湿漉漉的,深色土布也看不出被子床单是不是干净,就更显邋遢,蝶来站在床边踟蹰着不肯上床。

但是阿三已经欢欢喜喜睡倒在床上，接着把蝶来也一起搂倒在自己怀中，阿三火热的身体立刻驱赶了泥地招待所一床阴湿，蝶来总算把自己的身体安放上去。

但是，夜色深浓的小镇，时时传来狗吠，整个晚上，蝶来就像只惊弓之鸟。她和阿三心惊胆战地抱在一起，听到狗叫声便逃到自己的房间。

这是四月的夜晚，招待所的棉褥被子是为严冬准备的，春天的夜晚盖着这床被褥沉甸甸的不胜其厚，蝶来的肚子上搭着一角被褥，连毛衣都不肯脱，随时准备逃离。可阿三已经迫不及待，不管三七二十一直脱到全裸，男孩的阴茎在蝶来的印象中是只"小鸡鸡"，可猛然出现在面前的阿三勃起的阴茎让蝶来吃了一惊，它竟如此巨大坚硬，简直是一管充满攻击性的武器，蝶来直感畏惧嫌恶，退缩地闭上眼睛，使劲推开阿三近前的身体。

蝶来坚持不让那管"武器"接近她的身体,由于双重恐惧，曾在电影院和公园里升腾起来的欲念也消失得无影无踪。夜深后狗吠声终于安静，但是他们因为之间持久的挣扎以及对于可能到来的查夜的极度惊恐和防备而疲累得先于这片安静进入梦乡。

清晨，蝶来被阿三的进入痛醒，血流在招待所深色细格的土布床单上，他们俩被这个景象弄得惊慌失措，做爱刚开始便结束了。他们像贼一样慌慌张张蹑手蹑脚离开招待所，付的押金也不要了，坐上头班船离开了水乡。

她的初夜就这么草率地结束了，她不知道，她还将用漫长的岁月去修正它，凭吊它。

苏州水乡之行终于完成了一对恋人的结合，但蝶来除了疼痛恐惧没有其他感觉留下，比起这事另一事更为成功，因为蝶来终于把蝶妹拽回家，虽然其中包含了一定的苦肉计。

她和阿三是次日黄昏到达蝶妹的曲艺团，由于前一晚没有睡好，早晨未吃早饭，回来的船上晕得很厉害，蝶来呕吐了好几次，见到妹妹时她的脸色是灰的，倒是把蝶妹吓了一跳。

于是蝶来乘机渲染自己的眩晕，她把妹妹拉到一边告诉她，自己和阿三在苏州乡下过夜，回上海后要妹妹帮着圆谎，她怀疑阿三陪来苏州的事已败露云云。总之，见到妹妹不是问她的状况，而是先讨论她和阿三的那些需要守住的秘密，蝶来的自我中心简直是无处不在，但这一来，妹妹的注意力倒是转移了，也不那么偏执了。不过，蝶妹最终跟着蝶来回上海，海参起了更重要的作用。

当时蝶来收到父亲信时曾心乱如麻。妹妹是什么时候开始学唱戏？为何自己毫无所知？蝶来这才意识到妹妹已经长大，她好像在急着奔向自我独立的道路，蝶来失落极了。

然而当时不是回味失落的时候，父亲要求蝶来先回上海一趟，商量如何去苏州把妹妹带回家，父亲认为全家人中，只有蝶来的话妹妹是最愿意听的。

无论是蝶来父母还是蝶来本人都无法想象妹妹所选择的人

生。她怎么会想到去唱评弹呢？父亲希望自己的子女成为科技人才，而蝶来对于妹妹应该选择什么职业并没有想法，但学唱戏曲有点像胡闹，而且还放弃上海，离开家人视线……

蝶来当天请休假次日回上海，临行前一晚去场部找海参拿主意，她也不知道找他有什么用，也许心烦意乱需要有个人谈谈，同学中只有海参与妹妹熟悉。

海参对蝶妹的举动也是非常意外和不解，但他向来冷静，不做无谓猜测，他建议蝶来和家人要给蝶妹一些具体的帮助，不只是把她领回上海。因为蝶妹将面临中学毕业时的分配，他说："蝶妹好像很担心分进工厂技校，她说她不喜欢工厂，虽然很多人认为进工厂是最好的出路。"

蝶来又一次吃惊，她居然不知道妹妹对自己分配的担心，因为她从来不觉得这是值得担心的。她以为自己去了农场换得妹妹留在上海已经有恩于妹妹，或者有恩于家里所有的人，她要求全家人尤其是妹妹必须百分之一百只关注她所受的苦，她从来不认为妹妹还有什么需要担心的。

现在妹妹的心事由海参道来令蝶来有些酸溜溜的，可当时也顾不得自己的心情，只听得海参在说："蝶妹的书法和国画都很不错，她可以去考嘉定外岗的美术学校，那间学校三年前便开始招生了，我母亲和学校招生老师关系很好，我让我母亲去打通关系，让蝶妹好好准备考试，努力进到她最擅长的美术学校，我知道她希望找个与艺术有关的职业。"

接着海参便立刻写了封简短的信给他母亲，要蝶来把这封信先给蝶妹过目,使她对回上海面对毕业有信心。

这是真的,当蝶来把海参希望她进美术学校的建议转告她并把他给母亲的信递给蝶妹时,蝶妹泪水盈眶。

"对不起,我做姐姐的竟然不知道你的心事,反而海参比我更了解你。"尽管蝶来在道歉但话中却含怨尤,她觉得妹妹在背叛她,于是含在蝶妹眼眶里的泪水便流出来。

阿三见了十分不忍,一个劲地问蝶妹想不想吃白熊牌冰砖,那是一种新出产的优质冰砖,奶油浓度和价格是普通冰砖的两倍,如果她答应回上海,她想吃多少,他都买给她吃。

蝶来对着蝶妹嘲笑阿三:"他是天吃星,只知道吃,吃⋯⋯"

蝶妹破涕为笑,阿三也在笑,一侧脸颊上深深的酒窝令他孩子气十足。蝶来再一次意识到她们是在和眼前这个大男孩一起长大,彼此就像兄弟姐妹,然而昨天晚上他们互相失贞,她的心里没有丝毫悔意,她竟有一种奇怪的心理,她为自己再也没有可能去失贞于另外一个也许是肮脏卑琐的陌生男人而感到庆幸。

回上海后,蝶来带着妹妹和海参的信去了一趟海参的家,之后的事就很顺利,海参母亲通过关系为蝶妹找了美术学校的老师为她做考试辅导,蝶妹的才情终于没有浪费,她的考试成绩优良,分进美术学校最热门的国画班,瞒着家人考入曲艺学馆学唱评弹的经历成了蝶来一家饭桌上的笑话。

因为这件事,蝶来对海参不仅暗存感激,还刮目相看。对于蝶来这样一个自我中心的女孩，感激之类的心情马上会淡漠，而刮目相看是重新建立敬意的过程。

可是，与阿三过夜的事情却在几个月后败露了。

这个秘密到底如何被泄漏一直是个谜，人们是这么说的："若要人不知，除非己莫为。"而蝶来觉得，这类说教真是阴险。总之，流言是从阿三所在的工厂开始流传，很快便传到他的前女友那个团支书的耳里，团支书又传给阿三娘。阿三娘气得要昏过去，因为那次拿着两人合影照向林雯瑛告状后，林雯瑛又去找过她，告诉她，他们夫妻绝不会允许蝶来离开农场之前有任何恋爱关系，这也是蝶来向他们保证的。

因此阿三娘还以为他俩真的就像他们所说的，只是一起玩玩，本来他们就经常一起玩，不是吗？

阿三娘找阿三询问，阿三不仅不否认，还承认得理直气壮，他号称共产党一向赞成恋爱自由，既然妈妈是共产党员。阿三娘一个巴掌抽向阿三，却被阿三的手臂挡住，阿三娘终于明白，儿子已经二十岁，她管不住他了。

她也不想再找林雯瑛，她不相信她了，也许他们家人暗中支持也说不定，阿三是上海户口，她认为林雯瑛的崇明女儿要高攀她的在上海做工人的阿三。

于是阿三娘一信告到蝶来所在的农场连队，蝶来立刻面临写交待、开除出政宣组、下大田劳动等一系列惩罚，蝶来当然不会接受，索性打点行李回上海。

蝶来坐船一路回来就在动脑筋找什么样的借口让父母相信

她因不相干的事得罪连队领导，面临下大田劳动改造的惩罚，所以逃回家。蝶来编了一个冗长的故事，大意是在宿舍传阅毒草书之类的错误，林雯瑛要求蝶来回农场接受惩罚，但父亲不同意，他本来就不赞成蝶来去农场，无奈当时的蝶来很积极，现在既然她要留家里，父亲便带她去英语老师家，要她从此在家好好读书，准备某一天重回学校。

然而蝶来受惩罚的真正原因很快就从农场传到上海，如果不是徐爱丽这般爱打听，也未必传得到林雯瑛耳朵里，还好蝶来父亲是聋耳朵，听不见任何流言了。现在气得发疯的是林雯瑛，可蝶来坚决否认与阿三过夜的事，这也是海参教她的，离开农场时，她只和海参打了招呼，当时海参劝她先不要离开农场，因为所谓"过夜"是没有证据的。"你就写一个交待，不过是否认的交待，记住，没有证据的事坚决不承认。"

"但是，我们真的没有一起过夜！"

蝶来也不知道自己为何毫无必要地在海参面前信誓旦旦地撒着谎。

甚至连否认的交待蝶来也不愿意写，她才逃回上海。如今面对狂怒的母亲她更是死不承认，见女儿否认得这般坚决，林雯瑛的怒气变成疑惑，蝶来眼看母亲情绪转变，对海参的"教诲"简直佩服。

她和阿三被各自的母亲看紧了，蝶妹又住在郊区的美术学校读书，没有她在中间传递信息，约会变得不容易。徐爱丽每天拿着水壶到楼下炖水，她的屁股斜靠在水池边，两腿斜斜地伸出去,一边打着毛衣,看见蝶来出来立刻便向她凑过去:"我说过吧,阿三娘是笑面虎,很厉害的,对不对?"

蝶来不响,在厨房兜了一圈又退回到房间,正是午饭时间,她想给自己下碗面,但为了躲开徐爱丽,只得先忍忍饥。和阿三在外过夜的事到底令她有些心虚,她想避开有关这方面的谈论,虽然她现在恨透了阿三娘,但考虑到阿三的感受,至少不想在徐爱丽面前流露心情。

然而和阿三在一起,空气却变得阴郁紧张,之前的那些轻快和喜悦,那般炽热的欲念都消失了,就像那个惊恐等待派出所查夜的水乡之夜,恐惧逼退了欲望。

这时候的蝶来已经开始明白,与社会与外界巨大的压力相比,即便是父母的保护,其作用也是微乎其微。首先她不知道旷工在家会有怎样的后果等着她,其次,未来的前途到底在哪里?有什么办法能够离开农场?她现在终于把读书视为救赎。每天拿着英语读本到复兴公园大声朗读,然而,阿三是没有这样的急迫感的,他们处在两种状态中。隔阂出现了。

恰恰在这样的时候,高考制度恢复的消息刊出,海参回上海三天收集教科书,期间找蝶来商谈迎考之事,眼看离开农场的道路已在他们面前铺展,两人都处在极度兴奋焦虑之类的激动情绪中,一旁的阿三却事不关己,完全是个局外人。

蝶来学着海参到处收罗来四年中学教科书,并听从他的劝说带着一大捆书回农场,因为连队新来的支部书记让海参带话,如果要从连队拿到准考证尽早回去是上策。阿三送蝶来上船时情绪低落，他说："我的心情很矛盾，我当然希望你考上大学回来，但我有预感，你一旦考进大学就不会理我了，是啊，你现在已经不想理我了。"

"现在是暂时的，问题是，阿三你为什么不参加考试？你在上海找老师辅导比我容易，你总不见得一辈子在你那个模具车间。"

"大学毕业要重新分配，要是分去外地呢？"

"这听起来像你妈妈说的。"蝶来非常不屑，"如果是我，我宁愿到外地当一名工程师，也不要在上海当工人。"

当轮船汽笛鸣响时，蝶来突然难过起来，好像这是一次长别似的，她的眼睛湿了。她想起他们一起坐小火轮"突突突"地左拐右弯如长蛇从曲径滑进偏僻的水乡，接着是战战兢兢的水乡夜晚，她不由得去拉阿三的手，两人的手都是冰凉的。那是一九七七年的十二月，是个潮湿的阴天，江上灰蒙蒙的，好像有一层薄雾，但是蝶来已从迷惘中走出，眼前的目标很清楚，太清楚了，她和阿三挥手告别："我可能没有时间写信给你，等我，考完试我会来找你。阿三，耐心点，等我。"

阿三没有等，他没有耐心，或者说，没有信心等到蝶来考完试，在八个月的复习期间，阿三重新回到团支书身边。蝶来并不知道，或者说，她根本无暇关心和了解阿三在想什么在干什么，那几个月她所有的热情、她生存的意义被焦点化了，就像个精神病患者，她眼前的目标是唯一的，在奔向这个目标的路途上，她毫不犹豫地越过所有的障碍，假如说与阿三的关系是其中一个障碍。

她和海参一起报考一九七八年的高考入学考试，两届考试只相隔了几个月，因此她那一届是过了学校的整个暑假，九月份之后才拿到入学通知。第一批通知下来，她的连队只接到三张入学通知，其中两张是她和海参的，因此他们俩一起拿着入学通知和户口回到上海，他们的行李被扔在农场集体宿舍门口，要过几天才能托运到家，当然，对于离去的人，行李扔了也无所谓。

他们坐的双体客轮停泊在吴淞码头，蝶妹和她父亲到码头去接她，他们三人和海参一路换了三部公共汽车，到淮海路时他们和海参一起下车，但没有走原来的回家路线，而是去了相反的方向。父亲和妹妹把蝶来接到另一条马路另一条弄堂，没错，她的家人在没有与她商量的情况下，把家给搬了。

"因为那些谣言，尽管你否认了，妈妈也没有追究，但你知道徐爱丽，她本来就吃饱了没事干喜欢无事生非，反正她把你和阿三在苏州过夜的事到处传播，妈妈觉得很没有面子，便想到换房。"蝶妹告诉蝶来道。

那是回家当晚，面对着刚刚经历搬家仍然杂乱无章堆满纸箱的新地方，蝶来十分茫然，仿佛，她的注意力还没有真正回到新的现实。这时候她的脑中才充满阿三，深深的缺憾感几乎抵消回到上海的喜悦。

新地方和老地方只相隔了几条马路，不过是从淮海路的南面搬到北面,从一楼搬到二楼,妈妈的另外一个理由是,原来的底楼过于潮湿,令她患上关节炎。可是在这间曾是他人家庭的房间里,看出去的弄堂格局,窗外景象,甚至天空的颜色都是迥异的,蝶来觉得与阿三的距离比在崇明时还要远,有一种无法言说的委屈和惆怅,她想立刻见到他。

她坐到纸箱上给阿三写纸条,约会他仍像过去一样需要蝶妹递送纸条,突然心里就有了忐忑,她从来没有像这一刻,觉得毫无把握,觉得一种超越空间的距离横亘在他们之间。

就像她预感的,阿三已经离她而去了。阿三告诉蝶妹,他好容易才想通他和蝶来是没有将来的,因为,他和蝶来已经是两条路上的人了,他做不到,或者说远不是蝶来期望的那一种人。

"阿三说,我不能忘记那一次当蝶来告诉我高考恢复必须去参加考试时她那一双眼睛,那双眼睛突然亮起来,就像刀锋,亮得很刺眼,很无情。我那时就相信她的决心够大,大到足够让她做成她要做的事,我把我的担心告诉她,我担心她考上大学就会离开我。她说,你也可以去考,你总不见得一直做工人。蝶来很直接,她已经让我知道,她最后会做什么选择……"

蝶妹的转述空虚地结束在没有任何回应的被杂物挤得混乱不堪的房间里,正在整理书籍的蝶来,将手中的书朝地上扔去,然后,便冲出家门。

蝶妹以为她去找阿三,她知道蝶来是不会容忍任何苟且,即便是分手,也得有个仪式。蝶妹拾起被蝶来摔得面目受损的书,并把受损部分补好。

两小时后蝶来回家天已经黑透,家里的饭桌刚刚收起来,现在不再有个厨房可以让姐妹俩在饭桌上写毛笔字说闲话,还可以加入个把徐爱丽这样的人,让厨房有一种"沙龙"气氛。

现在厨房的功能只能在晒台门口实现,那个地方正好可以放煤气灶和一个碗橱,水池和料理台放在晒台上,这就是换房后所失,但蝶来和蝶妹将是周末的匆匆过客,对于家里的变化虽然不满但也不想太认真。

无论如何,她俩可以在睡觉的亭子间说悄悄话,虽然亭子间平时是属于弟弟的,但她们回家的日子,弟弟就睡在前楼父母房间的长沙发上。

"这栋房子没有徐爱丽很寂寞。"

蝶来别扭地坐在床边和妹妹说话,亭子间放了床和写字台书橱五斗橱等,连一张沙发都放不下。

"现在和胡海星见面还要过几条马路。"妹妹抱怨着,心里想,蝶来本来还可以在弄堂碰到阿三,至少有遇见的机会。

"已经不重要了,我们都住在学校,蝶妹,我们要学会认识新的朋友开始新的人生。"蝶来已经躺到床上。

"你没有去找阿三?"蝶妹问。她一点没有睡意,坐在写字台前,她想写毛笔字,但房间里的什物都在纸箱里,她再一次感觉家里少了厨房就像少了一大块空间。

"阿三没有出息,他自甘堕落回到那个团支书身边,我去找他干什么?"

"本来你就是和他玩玩的,是吗?"

"阿三是这么想的吗?"

蝶来猛地从床上坐起来看着蝶妹,她的眉峰高高扬起,有一股凌厉的气势。

蝶妹垂下眼帘。

"阿三是这么想的吗?"

蝶来又问,这一次已带上哭音。

蝶来再见到阿三,已是六年后。

那是一九八四年夏天的某一个下午,阿三拿到美国签证后来找蝶来,她正在准备秋天的婚事,木匠们在她和未婚夫的未来新房打家具,蝶妹把她新房的地址给了阿三,因此他找上门来。恰好那天未婚夫外出去五金店配新房的锁匙。

听说,她进大学第二年时,阿三也去参加考试,却被北方一所大学录取,邻居们都想不通,为何阿三要放弃上海去外地。读书怎么样呢?读书也不至于读到外码头。那时候,上海人称外省地为"外码头",听起来,去外码头就像去流放。

然而,这就是命运,阿三最初不报考大学是担心大学毕业面临分配到外地的可能,没想到却直接考去了外地,就像邻居们说的,阿三可以不去,但阿三去了。

同厂的团支书女朋友已经和阿三谈论婚嫁了,却因为阿三去外地而告吹,有人说阿三是为了躲避这个婚姻才去读大学甚至不惜去外地。那时候蝶来已经升大学二年级,百分之一百地投入到她自己的校园生活,并与同校男生若即若离正要卷入另一段校园的恋爱关系。

这就是说，他们有些年头没见，猛然看到阿三，蝶来竟怦然心跳。夏天的阿三穿着白色T恤衫，高大刚健，却沉静，这是她陌生的气质。那次码头告别后他们就没有再见到，她记得那是个潮湿的阴天，江上灰蒙蒙的，好像有一层薄雾，她去拉他的手，十指相扣的指尖冰凉冰凉，就像互相捏着块生铁。

好像他们的手指比他们的意识更早感受到那一次告别的意味。而现在已是农历七月的大暑天，在满是刨花木料和铁钉简直是家具厂车间的未来新房门口，她和阿三面对面，隔了这么些年，如同隔着宽阔的大洋，她强烈感受着距离产生的吸引。

他们的脸上都是汗，在这个炎热的夏天，在这间暂时变成工场间的未来新房门口，她为无法遏制身体里的那头野兽而绝望。

"我们去外面走走好吗？"阿三拘谨地问道。

在一九八四年夏天黄昏，走出这条挤满旧房子的老弄堂，弄堂外车水马龙，不要说谈话，连正常走路都碰碰撞撞，处处是障碍。真奇怪，偌大的城市竟没有说话散步的地方？那是绝望后的悲伤。

"要不去老大昌坐一会儿？"他提议，那也是她能够想起来的可以进去一坐的地方。整条淮海路只有一个老大昌可以有咖啡喝，并有著名的意大利风味的牛油冰糕，其他西式点心也是以味道纯正扬名，而对年轻人，这栋小楼的幽雅和浪漫充满谈情说爱气氛，是整个城市屈指可数的情调场所。

不过，他们必须步行穿过两条横马路，假如不想挤车。谢天谢地，新房居然也在她熟悉的区域里，未婚夫的父亲评上教授，分到一间房给他们做婚房，是否这也是她在这个夏天结婚的理由？她有时禁不住问自己。

他们已经看到站在马路对面这栋小小的法国风格的小楼房，在等红灯转绿灯的岔路口，他们的身后便是国泰电影院，不由得一起转脸抬头去看当时印象就已经模糊的电影海报，更清晰的记忆是他们一起陪着海参站在海报墙下等退票，手里握着一毛钱在等退票的都是海参这样年龄的男生。

"《金姬银姬的命运》。"他们异口同声。

"海参居然等到退票。"阿三说。

"居然就在我们身后两排。"蝶来笑，还哼了一声，"我觉得他是故意的，是要监视我们。"

还是那么率真、任性，在嘈杂的街上行走中而渐渐摆脱了绝望的蝶来又无拘无束想说什么就说什么，回眸笑瞥一眼阿三，长长的眼梢勾画出蝶来特有的妩媚，阿三怔怔地看着她。

他的目光令更多的回忆涌现，在暗了灯的影院，十指紧扣的手，替代着被禁锢的身体，指尖的神经仿佛裸露在肌肤外面，连触摸都成了最强烈的刺激，一阵阵伴随着痛感的战栗，令他们发现指尖的表达力竟是那么丰富，蝶来第一次有了要阿三拥抱的渴望。而两排之后却坐着海参，欲望在被阻挠时愈加高涨，他们之后的约会便有了身体的渴求，然而偌大的城市，竟然没有让欲望伸展的空间，就像刚才突然发现要找个地方谈话散步也并不容易。

红灯已转绿灯,蝶来转身欲过马路。

"陪我看一场电影吧,就算为我送行。"阿三说,带着恳求。

我们还有勇气走进这一个总是让心悸动却看不见彼此脸的地方吗?蝶来的内心闪过疑问,但她的胳膊已经被阿三的手掌握住,他不由分说把她拉进了电影院。

场子里观众寥寥,他们走到最后一排,还没有在座位坐妥,她已经被他拥在怀里。

阿三特有的气息,那也是她生命中最早获得男性记忆的气息,她深深地呼吸着,是长久的窒息后感官被刺激醒来的呼吸。在温度陡然下降的冷气电影厅,他们的嘴合在一起,两张嘴两片舌互相拼命吮吸,像饥饿的婴儿。

她已经看不到他,她的面前已没有他的形象,她仅仅在感受曾经让自己的身体备受折磨的热能,它后来渐渐沉睡,渐渐地让她忘了它的存在,在那些年,那些春心萌动的岁月,他们用彼此从未玷污过的热情互相点燃、互相安慰、互相给予爱的想象。

她的眼眶蕴满泪水,但她没有让它流下来。

他不也在受煎熬吗?在热吻中,他痛苦地蠕动着身体发出呻吟。那时他们已经从影院转到他的家,他的母亲和家人去饭店吃饭,那是与他离去有关的晚宴,可是他却和她躺在他的从小睡到大的单人床。

好像这是一场没有尽头的做爱,他们的身体被汗水浸透,房间里的小风扇怎能冷却积聚多年的来自两具年轻身体的热能?

"以为你应该和海参走到一起。"

当他们终于安静下来可以说说话,阿三的第一句话竟让蝶来吃了一惊。他们本来并肩躺在窄小的床上,听到这句话她的头朝后一仰,为了看清他的表情。在窄小的床上,这一仰一侧,差一点让她掉下床,他伸出手臂把她搂住。

"那时候你们在一起温课,一起考回来。"

"一起温课又怎么样?"

她声音清亮,他去捂她的嘴,楼上有邻居。

"考回来的凤毛麟角。"

"那又怎么样?我们同班,坐一条船去一条船回来,你觉得这也是可以走到一起的理由?"

她想到海参已经离开中国四年了,完全没有他的音讯,据说他拿到签证到离开有半年之久,但是他没有告诉她。是的,没有告别,现在想起来她仍然有不快的感觉,但仔细想想,他不告别也是正常事,他们只是同过学同过农场而已。

"你要是不提海参,我都快把他忘了。"

阿三不响,因为他和她都明白她说的不是实话,他叹了一口气,突然紧紧抱住她。

雷声隆隆,闪电刹那间照亮暗了灯的屋子,赤裸的身体,扔得乱七八糟的两人的夏衣,也照亮了被他们弃之脑后的现实。然后,在他家人回来之前,她匆忙地简直像逃离般地离开他家。

离去之际虽然匆忙,蝶来仍然瞥见了书桌上的石膏像,革命领袖的石膏像,她走过去小心捧起石膏像,她心爱的洋娃娃还躲藏在此,但雪白的长裙蒙上一层灰,金红头发褪色凌乱,看起来蓬头垢面衣衫褴褛。眼泪立刻汪上睫来的眼睑,她使劲咽了口唾沫,把许许多多的感触咽下去。

他们几乎没有深谈,没有时间,或者说,他们不给彼此深谈的机会,那么多的误会那么多的空白那么多的心情,需要解释需要填充需要讲述,然而没有时间了,命运不再给他们时间,何况之前,他们连最好的岁月都没有抓住。

从阿三家的弄堂底到弄堂口,也就几十米,简直不能相信他们曾经住在一条弄堂里,她很吃惊,她家与他家的距离短得令人吃惊,可是,在这么短的距离之间,长长的青春岁月已经妄自流逝?她心里发空,空得直想哭。

匆忙离开那间暂时变成家具加工场的未来新房后,她没有勇气再回那里,次日她去了妹妹在嘉定外岗任教的美术学校,她在妹妹的宿舍睡了两天,这是她能够找到的最方便的躲避方式。她在宿舍的桌上写了一封不长不短的信给未婚夫,大意是,秋天的婚礼太仓促,她要延期。

当然,延期是缓兵之计,她不得不毁约。与阿三发生的故事改变了她后面的人生,虽然这故事在一个傍晚发生又结束,没有任何延续,但是它折射出将要到来的婚姻的错误。她明白这婚姻与她内心的欲望无关,或者说,这并不是理由,没有什么理由,这个夏天她充满了和阿三做爱的回忆,可是阿三已经远行,而婚礼迫在眉睫。

她后来还是去了那间新房,她必须面对面和未婚夫交谈,那时家具刚做完,只是毛坯,木匠走了,漆匠应该继续工作,可这第二轮施工转瞬之间成了没有期限的等待,就像未婚夫所形容,仅仅是一个黄昏,命运突然转了向。

"你是个可怕的女人!"换了谁都会这么指责。

是可怕:蛮不讲理,无情无义,面对置放良久的欲念并不是所有的人都会变得不可理喻,那个未婚夫恰恰遇上一个不愿讲理的对手。然而从蝶来的立场,她也无法原谅自己,可事实已经无法更改,她不想让还未开始的婚姻蒙上阴影,她现在不是来告诉理由,而是试图把种种感觉告诉他。她开始讲故事,从她站在未来新房为木匠递送她为他们买的西瓜,阿三出现在门口开始。

这发生在夏日黄昏的故事竟是漫长的,她和阿三终于从电影院去到家,从他家经过她自己的旧家,她走在弄堂时的感触,无论如何,这故事走向尾声时她有一种摆脱了的轻松,然而,就在她如释重负的当口,重重的巴掌甩到她的脸上。

她眼冒金星一如当年,当那个有一双单眼皮眼睛脸庞清秀的工宣队长把巴掌甩到海参脸上时,她一阵头晕目眩,就是在这一刻,那些褪色的场景豁然清晰,在耀眼的阳光下,她坐在操场的沙地上,随着巴掌甩在脸上的清脆的声响她朝罗英男的身上靠去。之后,是幽暗的厨房过道,里弄党支部书记的女性巴掌,那一刻的阿三表情,那种甘愿受罚的自虐的释然,与他面容重叠的是海参的红肿的脸颊,那上面有着曾令她难以忘却的惊诧和恐惧。

她终于获得应有的惩罚，是的，甚至惩罚都可用"获得"这个词，否则那些往事就像没有发生过一样，消失得无影无踪，任何背叛都必须得到某种惩罚。当她捧住自己肿痛的脸颊时，她觉得自己罪有应得，同时隐隐意识到她的未来是从过去延伸过来的，一种无法看见的延续性在决定着她的命运。

第三部

装修了半年的商品房终于完工，心蝶一家赶在春节前夕搬入新居。在新居的第三天夜晚，心蝶接到商场电器柜台的电话，次日他们将给她送去一台日立牌全自动洗衣机，是心蝶的朋友送上的乔迁礼物，却未留名字。

接到电话时，心蝶正和丈夫儿子围桌吃饭，现在他们不是在狭小的厨房而是在宽敞的客厅用餐，两米长的樱桃木餐桌配六把椅子在一九九七年售价超过两万。这张餐桌曾放在淮海路昂贵的美美百货的地下楼层，那里只售高价位号称进口的家具，当时红褐色的樱桃木长餐桌安放在布置得如同舞台布景的客厅展示区中央，配上蜡烛台、水晶花瓶和玫瑰花，恍然中，你会以为一套家具，抑或，仅仅是一张餐桌就可以立刻把你从陈旧变质的生活里拯救出来。

房子装修期间，心蝶常常光顾"美美"，在这张长餐桌旁徘徊，豪华餐桌给了心蝶关于未来的遐想。具体的画面是，长餐桌上已铺上彩色格子台布，蓝花瓷瓶里插着一大束郁金香。在她的遐想中，它是一件摆设品而不是用来吃饭的桌子。就在这个瞬间她想起了海参母亲和她的铺着雪白镂空手钩花台布的长台子，她隐约发现人们可以通过家具营造另一种生活，发现自己更渴望那种生活。然而和李成的婚姻令她疏忽了自己的渴望，或者说，在李成的生活方式面前，这渴望再一次变得无足轻重。接着，她想起了某个如上古一般遥远的夜晚，她还是个被人称作"蝶来"的女孩，在一个结束夏天的台风即将来临之夜，她抱着小弟，旁边是蝶妹，她们沿着淮海路的上街沿坐在自己带去的小凳子上，大游行要开始了，她和人们心急火燎地等待着，那不是普通的革命游行，那场游行将把异国的美丽公主带到他们面前，心蝶的青春期似乎是从那个夜晚开始的。

现在这张餐桌似乎也蕴含了某种启迪，从她瞥见它的那一刻起，她的心就开始无法平静。家里的旧餐桌只有七十公分长四十公分宽，是为配合一室户厨房使用的，做工也简易草率，四条木腿上搁着块人造大理石板，这桌虽简易却是长餐台的缩微，当年是根据她的意愿定做的，可见她对长台子的想望从未停止。

在简易餐桌边她给儿子喂了六年饭，儿子就坐在丈夫李成的位子，那么李成坐哪里呢？这几年，他好像几乎不和他们同桌吃饭，自从在外面租了画室，他就像上班族一样早出晚归。那时他已辞去剧团的舞美设计一职，开始去国外办画展，他就是用卖画的钱买了新房子，在一九九七年还是刚刚出现的建在新开发区的独立别墅房。搬到新房后李成就打算退租画室，但是这并不意味着他从此留守在家和妻儿一起用晚餐。李成在北京成立了视觉艺术工作室，他将有一半时间留在北京，他说北京如同纽约，是艺术潮流的风口浪尖，他不肯放弃弄潮儿的角色。

当李成购置房产忙着装修说要给妻儿一个舒适的窝时，心蝶并不领他的情，她看出他因此可以更心安理得忙他的事业，或者说追逐他的功名，这装饰一新的小楼将是她的冷宫。

然而即便早已看清住在新房的前景，心蝶也不会因此放弃上海跟着李成搬到北京，或者说，上海成了她坚守自我的阵地，假如不想夫唱妇随被另一半的强悍个性吞噬。

当她站在长餐桌旁才猛然发现，正在消逝的岁月可能也是虚度的岁月，婚姻，名副其实也好，形同虚设也好，都没有显示出任何非同寻常的意义。她再一次触摸到某种焦虑，在少女时代就折磨着她的那种焦虑。曾经，爱的激情消融了焦虑，然而现在，她却指望通过更换生活品质消解它，没错，她认为新的生活品质就从这张餐桌开始。华美的餐桌将令她的家高朋满座，如果愿意她也可以和丈夫分享另一种人生，点着烛光品尝美酒，尽管彼此的身体已经麻木，但美味将替代性感，这正是大餐桌的意义。

这听起来有些可笑，为何给予她的人生启迪是通过这么庸俗的途径？不顾李成的反对，她把餐桌搬出了商店。那是新居添置的第一件家具，虽然餐桌昂贵得离谱，手头又那么紧，还有更重要的家具需要立刻添置，比如卧室的床和衣柜。

现在一家人围着女主人称心如意的餐桌吃饭却气氛索然，心蝶在给儿子喂饭也是在和六岁孩童挣扎，费尽心机把她调配的各种营养塞进这张挑剔的嘴巴。丈夫对此视若无睹，他一边给自己喂食一边在看报，饭桌上弥漫着疲惫失落意兴阑珊的气氛。此刻礼物将至的电话让这对夫妇面面相觑，心蝶先笑开来。

"还会是谁，这么夸张的举动，只有蝶妹了。"她这么告诉李成。虽然心蝶内心并不真的相信这是妹妹所为，尽管她向妹妹透露买房装修让她把现金用空，家具电器之类只能慢慢添置了。但她太了解，妹妹绝不是出手阔绰送厚礼的人，尤其是去了澳洲经历了离婚，她作为单亲母亲在生活上一直有些自顾不暇。

心蝶的心脏在接到这个电话以后甚至发出了心跳的响声，她的直觉告诉她，这不是普通朋友的礼物，为了掩盖发虚的心情，她把蝶妹当作挡箭牌。

心蝶看见李成释然的笑容，六个月在新居和旧居间奔忙，他晒得黝黑人瘦了一圈还胡子拉碴，而现在这胡子他已经习惯不刮干净似的。心蝶暗暗叹息男人的现实，因为家里正好缺现金，正好需要一台新洗衣机，李成的笑容表示他不仅接受了礼物还接受得心安理得，他好像并不在意是谁的馈赠。

心蝶的心境突然发生变化，她放下筷子去到阳台，那里放着从旧屋搬来的半自动洗衣机，明天全自动洗衣机就要替换它了，心蝶并没有喜悦的感觉，偌大的独立楼房，只有这块室内阳台可以安放洗衣机，但安放机器的地方没有装插座，李成的设计图纸上疏忽的都是心蝶认为不可或缺的重要细节。

想到明天搬来的新机器也将像这台旧机器一样身背后拖着长长的电线连着接线板，重新安装插座需把已贴上瓷砖贴面的阳台墙壁敲开来，这意味着把工程队叫进家再开工，可他们才刚搬完家，已经筋疲力尽没有力气修补这些疏忽了。面对阳台里堆得乱七八糟的杂物，那些装修时用过的工具——螺丝刀榔头钳子钉子，以及用剩的涂料油漆三夹板等，做主妇的要用洗衣机，简直没地方立足，心蝶的火不打一处来，这让她联想到，整个装修过程中，李成根本就对她的愿望置若罔闻。她曾希望把卧室放在顶楼，在斜顶天花板上开个天窗，每天早晨，将有一抹朝阳落在床上她的身上。李成用一句"天窗开得不好要漏雨"就把这个愿望打发了，更将她要把浴缸移到卧室里这个创意看成异想天开。

这一刻所有对丈夫的不满一涌而上，她发脾气地将阳台里的杂物朝院子里扔，听到动静，李成奔到院子把扔出去的东西又拾回来。心蝶不让他拾，于是两人推来搡去，在以前，这样的时候，李成会让一把，但这一次，李成却不肯让，他也是满肚子的愤懑和牢骚，在经过六个月折磨人的装修以后。

当心蝶扯住他手臂欲阻止他拾地上的东西时，李成把她用力推开，心蝶没有防备朝后跟跄几步，一屁股重重跌坐在地上。她立刻痛得叫起来，李成一惊，过去拉她，却被心蝶狠狠推开，失去理智的女人竟拾起地上钳子之类的工具朝李成扔去，李成闪身避开，这扔出去的东西便砸在阳台的玻璃门上，刺耳声中崭新的钢化玻璃立刻飞溅上几条划痕,犹如火上浇油,两人之间的战事急速升级。

"这日子没法过了!"李成声音不高却有分量,就像是一句宣言,他转身冲进房间。

"早就不想过了,你……我再不要看到你。"心蝶冲进房,对着正打开橱门抓衣服的李成喊道,"有种就不要回来了!"

李成没回答,或者说,他的回答是,三把两把将替换衣服之类塞进他的双肩包,狠狠拉上拉链,拎起包便朝门外冲去。

才几分钟,家里又归于平静,客厅里的长餐桌一片狼藉,汤汤水水洒得满桌满地,这是儿子的杰作。此刻他正坐在长餐桌下,就像坐在山洞里,抬头观望着一滴一滴从桌上往下滴的汤水,见母亲虎着脸,便飞快地爬出来。

"你们又吵架了?"每每父母争执儿子本就会非常兴奋,好像那是一出跟他无关的闹剧,而大冬天的,这个喜欢看热闹的六岁男孩却是厚绒裤衫一身湿漉漉的汤水还沾上菜叶。

这时候门铃响了,煤气公司工人上门检查煤气管道,燃气将在春节前夕进小区,接通前先要检查所有的管道接口。心蝶便在小男孩的哭声里把工人带进厨房,她刚回到客厅准备打理儿子,工人便出来了,他告诉心蝶,她家的煤气管道是不通畅的,其原因是,装修时安装进墙壁的管子接口有问题,她或者选择让工人把墙壁敲开找阻塞的管道,或者在墙壁外另装暴露的管子。

心蝶的头立刻涨开来,眩晕中已经看到家里再次成为施工现场。

现实的场景是，光滑的地板上一串灰白色的脚印，那是刚刚离开的煤气公司工人留下的，以及几样零星衣物——李成愤而离去时遗下——延伸到门廊外，与院子里散落满地的装修工具连接，客厅里引人注目的长餐台亮晶晶的流得到处都是的汤水在朝下滴落，在地板形成一面发出亮光的小镜子，身上挂了湿漉漉菜叶子的男孩在汤水上又滑了一跤，开始第二轮的哭闹。

对着这一切心蝶发出歇斯底里的嘶喊。

春节，从澳洲回国探亲的妹妹和她儿子住到心蝶的新房子，看到心蝶毛里毛糙的头发，松松垮垮的旧运动装，尤其是她萎靡的精神状态，这比在节日的新房子看不到李成身影更让蝶妹吃惊。

"吵架又怎么样呢？哪对夫妻不吵架？也不至于把自己搞成这样。"她啧啧有声，似乎心蝶自我疏忽的形象比李成的离家出走更让妹妹不安。

"不是吵架，是守活寡的生活把我搞成这样。"心蝶恨恨道。

蝶妹扑哧笑了。"亏你想得出来，守活寡，呵呵，不过……"蝶妹想想还是好笑，"一点没错，结婚嘛，就是这个意思，就是走向守……活……寡嘛……"蝶妹笑得喘不过气来，把心蝶也逗笑了，那种久违的蝶来蝶妹之间才有的互相逗趣的气氛。立刻，所有的郁闷便在这种气氛里烟消云散。

"你觉得嫁给不是艺术家的，也是这种下场？"心蝶认真地问妹妹，在心智上她们正相反，当妹妹的更像姐姐，早年这个叫蝶来的女孩便是出了名的有勇无谋，年长后妹妹心智的优势更凸现。

"有什么区别呢？半斤对八两，"妹妹又想笑，"当然嫁给艺术家，走向你说的那种下场更快些……"蝶妹笑了又笑，蝶来姐姐到底非同寻常，不时会有惊世骇俗的言论或举止。

"所以你就屏着不结婚？"蝶妹离婚后就宣布不再结婚，虽然在澳洲有个同居多年的男友。

"是的，这张纸绝对不能拿，女人都看重契约，我也是，但我选择不去拿，不轻易拿这张纸。男女之间的安全感也是毒药，一安全就没有热情，就走向那个……守活寡，对不对？"蝶妹又想笑。

"哼，太对了，怎么不早说呢？"心蝶没好气地说，完全是当年蝶来的嘴脸。

"不过，这也不是你自暴自弃的理由！"妹妹笑皱着眉头。

"我有吗？"姐姐惊问。

"照照镜子。"蝶妹把心蝶推到穿衣镜前，"还有腔调吗？什么头发，什么衣服，跟黄脸婆有什么区别呢？"

"特殊时期嘛，刚搬了家还吵架……"心蝶看了镜子一眼立刻转身背对它。

"但愿不要变成你的常态。"蝶妹摇头叹息，"你以前这么臭爱美的，喜欢出风头，光芒四射地活着，我现在想起来还为你可惜，你骨子里是个做明星的料，却生不逢时……"

没错，现在的叶心蝶为他人做嫁衣裳，她最近的职业是为明星打造影视剧本，但这已远远好过之前在国家剧团写命题剧本。再往前追溯，她曾是妹妹的偶像，那是在成长的荒芜岁月。

"你要是松懈我就更泄气了，我们已到了假如泄气真的就不可救药的年龄！"

现在的妹妹是那种即使冬天也坚持穿裙子的女人，健身节食从不敢怠慢，勉力保持着生育前的窈窕，也许与她同居着的年轻七岁的男友是她刻苦自律的动力。

第二天，姐妹俩便去商场买来多功能健身器、时髦的运动装和一台放在卫生间的轻便计重器。蝶妹还把姐姐拉到虹桥的发廊，那里有去海外受过培训的美发师，心蝶烫了直板锔了油，经过修剪，一头半长发重新飘逸，她的凤眼蛋型脸很适合这类发型，穿上瘦身牛仔裤和套头毛衣，就像个清秀的女学生，假如再清瘦一些。

"想回单身，重新恋爱，我总算明白我缺了什么，就是恋爱。"她对着穿衣镜里的自己嘀咕，然后问站在身后的妹妹道，"可是，找谁去恋爱呢？"

"你要恋爱？回到单身，有的你忙！"

"谁？谁？我找谁去？"她问得放肆。

"嘘……"妹妹把食指放在唇边，似乎在提醒她的为人妻身份。

比起健身器，妹妹随身带着的那根用来保持身材的斑马花纹的跳绳对心蝶更具有吸引力，她多么想回到清瘦时代。就像蝶妹传授的,绳子的好处是携带方便,可以被用来在各种零碎时间健身,用上海老话说,"挤出滴滴答答辰光",为这句老话她们俩又笑了半天。

乘着气氛轻松,蝶妹便问起吵架原因,心蝶好像刚刚想起来似的把蝶妹带到阳台的新洗衣机旁。

"起因是我收到一份不肯留姓名的礼物。"她看着妹妹的表情。

"不会这么夸张吧!"妹妹惊喜地喊起来,心蝶立刻明白她的猜测没错,不是妹妹所为。蝶妹仔细打量洗衣机,就好像这是台新发明的什么电器,连连叹息,"我说蝶来……"她居然又叫起姐姐的绰号,"你就是命好,这就像上帝送的礼物,你不是正想要一台全自动洗衣机吗?"

"但这个朋友怎么知道我的需要?除了你,我好像并不记得告诉什么人,我一时缺少现金添置新电器新家具之类的话……"

蝶妹一愣,接着脸上便有似笑非笑的表情:"不用急,匿名是要给你一个惊喜和悬念,这个人应该会出现的。"

"是吗?我相信你的预感。"粗心的心蝶竟没有听出妹妹的弦外之音。

"不会吧,李成会为了这件礼物和你吵?他有这么小心眼?"蝶妹突然转到李成离家的话题。

"他倒是很实际,哼,接受得心安理得,也不好奇谁送的,在人情上完全冷漠,这是让我当时心情变坏的原因,但吵架是为了放这台机器……"心蝶如此这般讲述一遍吵架经过。

蝶妹洋派地耸耸肩:"听起来你们两个人都反应过度,没听人家说吗?一个是装修,一个是学车,这两个过程都足以拆散一对夫妻,你们是得了装修后遗症。你也不能太认真,气消了,他就回来了。"

"回来?有那么容易吗?"心蝶问道,气势汹汹的,好像蝶妹是李成派来游说的,"他想回来就能回来?"

"不要任性阿姐,除非你想拆了这个家。"

"我是想,这件事我想了一星期,不是一时冲动,不想守活寡了总可以吧?"

"有人了?"

"就是没有,否则早就分了!"

"你的意思是,到了现在,没有人也要分?"

"没有也分!"

"可是你们刚刚买了大房子!"蝶妹好像刚刚注意到这套曾让心蝶充满憧憬的大房子。

"他不在乎,他买这房是安顿后院,男人什么都要,他在外边冲来杀去很爽是不是,但后院不能没有,他们是要预先备好退路的。"

蝶妹摇摇头,并非姐姐分析错,而是她这人过去从来不会这么冷静,这让妹妹有些难受。

"接下来你看吧,他住在北京更心安理得,你发现吗?这个家几乎没有他的东西。哼,有意思,他退去上海的画室,把书和画都运去北京而不是这里,他说过,我和儿子安定后,他可以做自己的事，我也是这么想，他忙他的事业，我管我的家，对于我，保姆比他重要，春节保姆回家乡，比他离家更让我心慌！"

蝶妹点点头，保姆比丈夫重要的说法也不是第一次听到，她也不是没有注意到，李成的书和画几乎看不见。

"说不定它就是个预兆！"妹妹意味深长地摸摸洗衣机。

"什么预兆？"

"新生活的预兆！"蝶妹双手抱在胸前，表情几分复杂，"蝶来，我说过你就是命好，你会心想事成，有时候就是妒忌你。"

心蝶笑了，没有哪个妹妹会在这种时候说出"妒忌"之类的话，她觉得自己的妹妹才是另类妹妹。

早晨，心蝶和蝶妹在院子里跳绳，她们过去的娘家住底楼，有个小天井，她们经常在天井跳绳，这独立楼房的院子当然比天井宽敞了几倍，然而跳跃时，天空的晃动、心跳的频率，"呼哧呼哧"的喘气声却跟当年一模一样。

这天是大年初二，近中午心蝶收到海参电话时，她和妹妹正互相数数字比赛跳绳，跳到只穿一件T恤还大汗淋漓，蝶妹十岁儿子带着心蝶六岁儿子在书房玩电脑游戏。

电话铃响谁都不肯接，直到进入录音档听到对方呼唤着自己的绰号，是个似熟非熟的男声："你好，蝶来！"

她一惊，"蝶来"这个绰号，已经很久没有人这么呼唤她了，这么说是个故人呢。她奔进客厅接电话一边把手中的绳子扔给妹妹，他在那头问："听出我是谁吗？"

她立刻就缄口不作一声，心里烦那种让她猜谜的电话，这个人就在记忆的边缘，却一时拾不起来，就像一件东西滚落在床或橱底下看起来是弯腰触手可及的地方，但手指尖离开那件东西还有几厘米，却怎么也触不到，这令她更不耐烦，一边还得憋下吁吁的喘气声调整呼吸。

"在做什么运动？"不知名的故人在那头熟门熟路地问着。

"跳绳。"

"呵！"一声惊叹，似乎愣了一秒钟，"甚至连擅长跳绳这一点也没有改变。"

她皱皱眉，不愿意进入他的圈套。

"喂喂。"他在那头呼唤着。

"我在等你说出名字。"她冷淡得有些无礼，她其实有些痛恨这类很久没有音讯，之后没事般地通过猜谜重新进入圆熟阶段的那种朋友，随便地进出于某种关系，无论如何是轻浮的，叶心蝶是不能容忍轻浮的人。

他似乎在那头愣了一愣，声音就低下来了，仿佛高昂的兴致被泼了凉水。"哦，我……是……俞海嵩。"他说。她一时竟反应不过来，仍不作声。

"我是海参！"他用力发音。

"噢，海参，你是海参啊！"她毫不掩饰她的意外吃惊，刹那间，这个学名叫叶心蝶的女人随着"海参"滑入那个学名被绰号覆盖的年少时光，她和海参一起欢笑，蔬菜啦水果啦海鲜啦,他们中学班级大半同学绰号与菜市场销售的货物有关,胖头鱼大闸蟹海参塌棵菜夜开花茄子苦瓜砀山梨黄金瓜,真是琳琅满目。而那时物质匮乏,菜市场的任何菜蔬鱼鲜都凭票供应,市场人挤人,货架是空的,所以连绰号都透露着对于碧绿生青活色生香的菜市场的夹带着蔑视的饥渴。

"对不起,你的名字早被绰号代替了,都快忘了!呵,怎么想起给我打电话!"心蝶直率地感叹。

海参到了农场突然很popular(受欢迎),尤其受女生青睐,他的绰号经常出现在她们口中,因此而变得深入人心吗?

"我找你找了好几年,差点要动用派出所……"

"不至于这么夸张吧,诚心要找怎么可能找不到?"禁不住的责备口吻,当年的块垒清晰漂浮在水面。

"你还是这么任性,一点都没有变呢!"他在深深叹息。

蝶妹拿着绳子站在她的边上拉拉她的衣袖:"客气一点嘛!"

"家里有客人吗?"他的耳朵很尖,过去也是,像个警犬一样总是竖着耳朵。

"妹妹不算客人。"

"哦,蝶妹也在?"从他那里来的称呼熟稔却又遥远,她向妹妹做了个鬼脸。"那时候总觉得她和我妹妹长得像,都是圆脸冲额角大眼睛翘鼻头,很经典的baby face(娃娃脸),连个子都差不多,有一次经过你家,你妹妹站在门口,我还以为是我妹妹,心想她怎么跑到你家去。"

他的话令她发笑,竟对着妹妹的翘鼻头发了一阵呆,这只鼻头一直很cute（可爱），人见人喜，只有妹妹本人深恶痛绝自己的翘鼻子，她渴望拥有的是蝶来那样鼻梁高鼻尖微微下勾的尖鼻子。因为崇拜姐姐而希望与她相像的心情却得不到心蝶同情，那时候心蝶希望自己是家中的异己，经常想象地球的某一处隐匿着自己的亲生父母，成功富有精彩，有一天突然来找她，把她带进他们的灿烂人生。因为这样荒唐的想象而被母亲严惩罚跪在洗衣搓板上的蝶来，在妹妹眼里却是个女英雄。

她问海参是否想与蝶妹说几句，海参告诉她，她的电话就是从蝶妹那里拿来的。是吗？心蝶询问地看向蝶妹，可妹妹却把目光移开，似乎有几分羞涩，心蝶也来不及多想便把受话筒塞到想要回避的蝶妹手里。

只见妹妹拿起话筒接着就舒展开仍有几分稚气的笑容，心蝶的心也倏地松弛开了。是啊，电话那头的男人是懂得逗女人开心的，尤其是性情单纯的女人，比方妹妹，那时她是心蝶的跟屁虫，她所有的同学朋友蝶妹都想占为己有，可是在对人的审美情趣上两人却大相径庭，妹妹觉得有趣的人她却认为无聊，比如海参，妹妹一向觉得他好玩，可心蝶对他却没好气，现在她倒希望妹妹和他多聊几句，她希望妹妹的嫣然一笑让海参看到。

海参和蝶妹一聊聊了半小时，蝶妹愈益轻快的笑容令心蝶对海参的心情也越来越好，没错，海参通过蝶妹找到接近心蝶的捷径。再拿回受话筒心蝶的表情柔和许多。

"和蝶妹跳绳比赛，这是我今年春节听到的最鼓舞人心的消息,一向如此,你们姐妹是一对好搭档,有名的姐妹花呢。"他用他惯用的带几分调笑的口吻。

"你在哪里呢?"她终于问。

"当然,还在美国。"

用十年的时间读书,拿了个博士后,毕业后找不到工作,后来找的几份工包括目前这一份都隐去了博士后学位,所以这学位最终是换了一纸证书放进抽屉……他几句话概括了漫长的岁月,他似乎故意轻描淡写自己的成功现状。然而她早就听说他已进入高薪阶层,是一家咨询公司领队,薪水高过公司老板,这家公司在为政府部门服务,所以办公室设在华盛顿的五角大楼。

"现在我在西雅图,换了公司,做回我的IT本行。"谈到工作总是寥寥几句。

电话告别时,他说:"印象中还是你青春期的样子,希望见到你时还是那样,知道不可能,但总是固执地相信你不会改变太多。"

"做梦去吧!"她笑着却不失锋芒地回答他。

"关于我们的青春期你还有多少记忆呢?"

放下海参电话她和妹妹继续跳绳,在双脚腾空的瞬间,双手捏住的绳环必须穿越两次,这叫"双飞",这个动作过去的蝶来能一连做十个,现在穿越一次要绊到两次,在接连几次被自己的脚绊了绳子不得不停下来之后,她沮丧地把绳子扔给妹妹,一屁股坐到院子的台阶上,气喘吁吁的她这样问妹妹。

妹妹耸耸肩,那双被海参称为和他妹妹相像的大眼睛望住蝶来,渐渐地积聚起有些锐利的光芒:"如果我有什么青春期,那也是在你的阴影下度过的。"她开始她的"双飞",至少蝶妹可以连着来三次,她们才相差两岁。

她沉思般地看着妹妹的腾挪,在她绊到的时候,突然想起一个名字:"莫尼克!莫尼克!记得吗,莫尼克公主?"

她能看见蝶妹的眼睛亮起来,久违的憧憬,或者,那是她自己的记忆开始放光的反射。她从台阶上站起身,就像做着宣判似的说道:"我看,所谓青春期,如果我们有过青春期,那,肯定是在莫尼克公主的阴影下度过的!嘿,你怎么可以忘记莫尼克呢?"对着妹妹发怔的脸她责问道。

她俩像电影的定格凝固在暂时还空无所有的院子里,蝶妹手里拿着绳子欲跳未跳,叶心蝶站在她侧面,她们的目光朝着一个方向,就像当年站在街边,大游行的画面正缓慢地打开,如果青春是一幅卷轴,大游行只是卷轴的开端部分。

心蝶突然就蛮横地冲过去欲夺蝶妹手中的绳子,那个霸道的十三岁的女孩子又回来了,蝶妹猛地转身,边跑边跳绳地欲逃走。心蝶去追她,先是漫不经心,继而就用起了力,蝶妹也紧张起来,收起跳绳撒开腿便跑。

她们在正建造二期房、到处堆着水泥黄沙和钢筋的建筑工地般的小区内奔跑,灵活地避开那些粗砺冷冽的建筑材料,她们人生的部分时光就是在工地般的城市度过,从年少时到处挖防空洞开始。

"住在商品房的你是你自己的赝品,事实上,自从结婚后,你就生活在你丈夫的阴影下,在你们的圈子,女人只是艺术家的背景,你的能量才气和叛逆突然被你的配偶覆盖了。"妹妹喘着气做着深呼吸,"我并不在乎你做出了什么了不起的成绩,在你的行当不是有了才气有了理想就能干出什么名堂,更不会在乎你所嫁的人有什么了不起,我在乎的是你是否还像过去那么真性情,那么活力四射、富于感染力地生活着,我希望一直叫你蝶来而不是姐姐……"

心蝶已很久没有听到妹妹的肺腑之言,自从这天早晨在她刚刚装修好的新房子的院子一起跳绳,接着一起接听海参电话,她们似乎迈过成年后的隔膜又回到彼此是同谋的少女时代。好些年以后,蝶妹还会说起那个早晨:"那天在院子跳绳觉得又看到过去的你,接着来了海参的电话,我总觉得你后来出国,以及发生的所有故事,都由那个电话开始。"

蝶妹结婚两年便离婚了,决定离婚时她却怀孕了,家人都不赞成她离婚,假如执意要留下孩子。但蝶妹的看法是,有了孩子离婚的决心更大,从此我用不着顾虑假如一直单身做不了母亲怎么办,需要男人不一定需要结婚,事情就是这么简单。

事情的确变得简单,假如以另一种方式解决。这当然只有心蝶能理解,怀孕,离婚,做单身母亲,这并不比维持一个情感破碎的家庭难。后来蝶妹出国,把五岁的孩子交给前婆婆抚养,这又是一次不按牌理出牌,她们的母亲林雯瑛很生气:"我简直想不通小妹的生活过得比你还不稳定。"

林雯瑛总觉得蝶妹的感情生活动荡,作为长女的蝶来是负有责任的,她这个头没带好,当年蝶来那些丑事不仅让家庭动荡一阵,诸如搬家之类,还有无法肃清的流毒留在家中,留在老二身上。

林雯瑛想不通的事还在后面,蝶妹去澳洲不久就和比她年轻七岁的男友同居,男友的父亲对这件事反对得很激烈,曾来找林雯瑛,希望女方家庭一起施予压力,林雯瑛当然很生气,让全家人轮番写信打电话给蝶妹,为了这件事,蝶妹差点要不回住在上海前婆婆家的儿子。

这一次连心蝶都有些不以为然,虽然她没有像父母和弟弟那般出面反对,无论如何,这几件大事——离婚、生孩子、出国、同居,接二连三发生在几年里,心蝶觉得这有点不是蝶妹的行为处事方式,或者说,蝶妹好像是在向什么人赌气似的做出这一系列不明智的事。

姐妹俩的隔膜就是从那时产生,后来蝶妹托人把孩子带出国都没有来麻烦心蝶,可见两人之间有过心结,可是以后,当她自己出轨时,妹妹却毫无保留地站在她一边,仍然保持着年少时蝶妹的立场。

无论如何,一九九八年春节,李成的愤而离家,成全了心蝶姐妹,那是她们成年后唯一一个属于蝶来蝶妹的节日,而海参的电话成了这个春节的高潮节目,越洋电话一打打了两小时,电话挂断后，姐妹俩意犹未尽，像咀嚼口香糖一般反反复复咀嚼那些陈年旧事。那些回忆宛如给她们的身体注入活力，她们叽叽喳喳，话音响亮笑声放肆，这栋充满建筑装修材料气味的冷冰冰的新房子突然显得人气旺盛，一时间有种可以重新拾回少女时疯找乐子的错觉。

直到晚上，心蝶才想起她的被赠送的洗衣机，"我忘了问海参，洗衣机会不会是他送的？不过我又觉得他很上海男人……"

"很上海男人是什么意思呢？"

"矜持，保守，不会无缘无故送人厚礼。"

"谁都不会无缘无故送礼，蝶来，你对海参有偏见，这么多年过去……"蝶妹不快。

"是啊，这么多年过去，我已经不像过去那么讨厌他，电话里还能聊，可是他为什么要送东西给我？你对他说过我的事吗？"心蝶问道，虽然无心，但过于直率，蝶妹的脸红了。

心蝶明白了，他们之间一定聊过很多她的事，她有些好奇他们之间是否经常联系，但也不便多打听，只怕妹妹又披上盔甲将自己的心情包裹起来。"哼，海参想送就让他送吧。"她嘀咕着，心里对他已经有了感激之意，不过总应该再确认一下，她对自己说。

等海参再来电话，她仍然忘记问洗衣机的事，那时候家庭风波迭起，她心不在焉，而蝶妹已回澳洲，对于心蝶，那段时间她更盼望妹妹的电话，和最信任的亲人就家庭问题进行深入讨论远比和一个无关痛痒的男生聊天来得迫切。

因为，在蝶妹离开上海的第二天，心蝶的家里出现一个陌生女子。

她由住在同一小区的李成的朋友妻子带来，李成的这个朋友是他当年的艺术系校友，两人从北方同一所艺术学院毕业，互相走得近，买房就买到一起。事情很巧，那天下午李成的朋友出门，假如他在，他是不会贸贸然把这个女子带到李家的，他当然太熟悉她了。

可那天家里只留妻子，朋友妻子是上海人，跟心蝶一样，对于那些发生在男子家乡的故事完全不知，所以当女子说起李成时，那家女主人就把她领过来了。

女子风尘仆仆，感觉上比心蝶年长一辈，由于含辛茹苦，脸色憔悴，皮肤焦黄，作为女人，魅力这个词已和她无关。

心蝶把两位不速之客让进客厅，泡茶煮咖啡忙碌中转过头和她们说话，却撞上女子在她身背后瞬间改变的神情，那一刻女子的笑容突然消失代之以刀锋般的目光，那目光正锐利打量心蝶，仅仅一秒钟，好像正在播放的DVD片子被机器卡住一秒钟。看到心蝶转过脸，女子立刻又恢复了笑容，然而这一闪而过的神情定格在心蝶的脑屏幕上，她心跳加速，隐隐意识到这女子和李成有过非同寻常的关系。

心蝶不用猜谜太久，朋友妻子告辞后，留下女子和心蝶面对面，女子道歉，说刚从火车上下来，不该上门打搅，实在有要紧事找李成。女子说这话时神情凄楚，心蝶涌来同情，却又不得不硬着头皮告诉女子，李成不在家去了北京，这听起来像谎言，因为她自己也不相信他会去北京。

果然女子予以否认："他北京工作室的朋友说他在上海。"

她一愣，北京工作室才建立一年，他们一直有联系？但她不想往深里想，只是就事论事问道："你吃饭了没有？有地方住吗？"

女子突然就眼泪汪汪，之后她们之间有了一场深谈。

原来女子是李成的第一任妻子，这就是说，李成与心蝶结婚前的那场离婚是对第二次或第N次婚姻的解除。这第一任妻子和李成有个儿子，女子后又结婚，儿子是继夫帮着抚养，儿子考上大学不久，继夫出车祸身亡，儿子的学费将没有着落，这第一任前妻便是为这事找李成的。

心蝶判断李成多半是住回旧居，但旧屋的电话拆了，她给李成的BP机留言，告知第一任前妻有急事找，与儿子有关，正在家里等他。李成立刻回电说，一小时内赶回。

她让保姆把女子安顿到客人房休息，自己则回到卧室收拾行李。等李成回家时，心蝶已离家住到市中心的酒店。

一个婚姻，一个儿子，这么大的秘密，李成居然守住。

擅长编剧本的心蝶眼见一出三流电视剧在自己的家里上演，她不是气愤而是有荒谬感，现在她住到自己城市的酒店也很荒谬，她给李成留了纸条："等你处理完第一任前妻的家务事我才回来，我不想见到你，你们离开后，我再回家。"

她给保姆留了酒店电话，让她随时汇报儿子的情况。当晚保姆就来电话告诉她儿子发烧了，她问保姆李成去了哪里，保姆说他送客人去了火车站。"那么快就把前妻送回去真够狠的！"她自语，这时候她的心情是痛恨李成，对那位前妻却有同情。

那个晚上虽然租了酒店她却是在医院的观察室度过，李成回到空无一人的新房子觉得蹊跷，给心蝶打拷机她不回，下半夜李成居然找到儿童医院，一脸憔悴的他好像老了十岁，看见儿子睡在观察床旁边吊着盐水瓶，一下子眼圈都红了，几乎是扑向病床。

"他怎么了，怎么病成这样？"

"病毒性感冒，打针是为了退烧。"心蝶冷冷答他，诸事反应强烈的李成，现在在心蝶的眼里显得特别虚假特别夸张，她侧过身脸对着点滴管子不去看他。一时间当年面对李成离婚纠葛的尴尬往事如阳光里的浮尘清晰起来，但她决心转开视线，不回忆不前瞻，只面对一件事，等待儿子退烧。

早晨儿子烧退了，心蝶让李成把儿子带回家睡觉，自己回了酒店，却无法入睡，这六年来没有一晚不是和儿子一起度过，何况儿子在发烧，但内心深处她已对贤妻良母的角色厌烦到极点，昨天离家几乎不假思索住进酒店，除了给李成出难题，是否也蕴含了逃避家庭麻烦的渴望呢？

不过，对于一个母亲，想要逃离片刻的愿望并非容易，她已经睡不住宽敞干净的酒店大床，在床上辗转一阵又急急忙忙起床拿了行李便去退房。她给李成的 BP 机留言，要他先离家她要回家照顾儿子。但是李成坐在客厅里不走，心蝶告诉他："我和你离婚离定了,你现在随便说什么都是谎言。"

于是李成又走了。

蝶妹来电话时,心蝶失声痛哭,在她的感觉中,宛如整个婚姻就是个骗局。蝶妹不以为然:"不是欺骗是无奈,你应该记得,当时他离完婚和你结婚是花了九牛二虎之力,那时候怎么敢雪上加霜把第一个婚姻及儿子这件事告诉你?当时错过告诉你的机会,之后就更难了,蝶来,你脾气那么坏,他是有些怕你的。"

"听起来还是我错?"

"你没错,他怕你好过你怕他,再说,你会怕什么人呢?"

蝶妹一句话把心蝶逗笑。

"不过,离两次婚是不是也太多了些?"

"离一次婚和离两次婚又有什么差别?只能说运气不好!"

蝶妹的口气有些玩世不恭,想到她离过婚,心蝶倒不好再做抨击。

隔天收到李成在她BP机上的留言,似乎就是来回答她的疑问。"当年的人谈恋爱就要结婚,在你之前,我谈了两次恋爱结了两次婚,第一次婚龄很短,一年不到,离婚过程更短,才一个月,那时不知她怀孕,孩子出生后我没见过,直到他上中学。因为学费普遍上涨,她来找我要求接济,为了证明是我的孩子,还去做了DNA,检查报告出来那阵子面对你我很有压力,这也是我搬去北京的部分原因,我知道你现在很鄙视我,不想见我,所以我打算近日去北京,我们两人是否有未来,由你决定！"

李成的放弃让心蝶失去了战斗力。

"其实，我更生气他居然在春节前离家。"心蝶把李成的留言念给妹妹听之后说道。

蝶妹笑起来："人家会觉得你这人逻辑混乱，大事不抓抓小事，不过这正是你的风格，这说明你还是在意他对你的感情。"

"不是在意这点，而是分手也要我先离开而不是他……"

"太蝶来了！太蝶来了！"蝶妹大笑，"你们分不了，绝对分不了，你以为李成是软柿子吗？他强悍着呢！遇见你是遇见了对手，他是不会轻易放弃的！"

"我现在非常恨他，但不知道以后是不是恨！"

"那就恨着吧，分居一段时间也好，夫妻吵架未必立刻和好是正确，要有反省清理的时间。"

不知为何，蝶妹这些见解令心蝶感到踏实，也许也是内在的惰性在起作用，人生难题先搁着，慢慢再解决，就是那种不想立刻面对一切的感觉。

这段时间，她和妹妹的联系比任何时候都密切，因为有了共同语言，她们在把生活搞得一团糟这一点上开始一致。不知何时，她们在把话题已经从李成转到了海参，自从大年初二海参与心蝶联系上，便不时有电话进来。

"不要把我分居的事告诉海参！"心蝶关照蝶妹。

"这是你的隐私，我不会说的。"蝶妹的口吻意味深长，"自从初二那天海参来电话，我便有预感，你后面的道路将与你的过去连接，你将过回属于你自己的生活。"

蝶妹一直就有巫婆的气息，常用某种不容置疑的具有第六感洞察力的口吻给出预言，当然，是个美丽的巫婆。心蝶想，也许有一天，她要用这个题目写个有灵异色彩的电影。

不过，巫婆的话当时听起来总是有点荒谬，心蝶觉得这完全是妹妹的无稽之谈。"我并不觉得对他有多少了解，也不知道他的关心有多少诚意！对于我，他不过是老熟人，对于他，我也不过是个普通朋友，其实……我想……其实他是记恨我的……"

"记恨你？"蝶妹吃惊，"你是说反话吧！"语气转为讥讽。

"发生在中学操场的事你忘了？工宣队……"

"我知道！"蝶妹阻断她，用了强调的口气，"那么陈谷子烂芝麻的事还记着？"

"对别人是芝麻谷子的小事，对他肯定不是，我也一样，想忘记都难。"

蝶妹无语。

"所以他去美国时甚至没有来和我告别！"心蝶深深地叹了一口气，"想想看，中学毕业我和他一起去那个像监狱一样的农场，又一起考回来，也算是患难之交，可是这位老兄出国到地球另一边，居然连声再见都没有。"

"我总觉得这里面是有原因的。"

"会有什么原因，就他那种人？"心蝶的语气突然带着诋毁。

"你不是很生气吗？说明你对他的离开很上心？"

心蝶觉得不耐烦的是，说到海参，妹妹就变得喜欢抬杠。

"我才不在乎，只是不想被人家记恨……拜托了，不谈他了好不好？"

两人之间立刻就没了话题，电话交谈便在突然沉寂的气氛中结束，放下电话，蝶来的心里却是芥蒂难去，想起来，海参离开中国也有十七八年了。

她和海参二十岁以后就没有机会相处，一九八零年他申请去美国时他们在各自大学读二年级，两所校园分布在上海的东南和西北两个顶端，那时觉得城市大而荒芜，从东到西完全没有能力越过，如果没有足够的动力。

他签证很顺利，因为太顺利了，反而不着急启程，而是等着那个学期的期末考试，他是去美国大学继续读学位，因此希望带去的学分越多越好，这样延宕了一学期，签证便过期了。八十年代初，等着拿签证的人像囤积在仓库的滞销品，一旦放行，倾倒而出势不可挡。所以他第二次申请签证时让签证官大吃一惊，对他的滞留不去表示了某种好奇和赞赏，再拿签证于他当然更是易如反掌。

这些过程心蝶二十年后才知道。当时两次拿签证，启程，他没有告诉叶心蝶，不辞而别了。

校园离得远不是理由，因为两家人住在一个街区，虽然之间没有意味深长的关系，可他们的关系也并非蜻蜓点水，同窗，毕业后乘一条船去郊区农场接受改造，又一起坐船回来，期间共同经历了八个月的复习，和忍受等待入学通知到来的煎熬。

当时从上海去崇明坐的是大型的双体客轮，一个学校十六个班级一半人在那条船上，几百个同龄人，回来的双体客轮上他们这一届中学生只有两个人考回来，就他们俩。

那时他俩站在甲板，并肩对着混浊的江水，从崇明岛到上海，每个同龄人都有过来来去去多次乘船经验，但他们两人竟从来不同行。现在却坐在永久离去的船上。"你可要记住我们是坐一条船回来的。"他告诫般地对她说道。

这个记忆是深刻的，因为他们共同的同学仍然留在江那边，留在荒漠的不无敌意的岛上。

有一段时间，每个周末他们要见一次面，那时住在相邻的街，见面是寻常事，通常是周日他们各自回大学宿舍的夜晚，车站在他家弄堂口，所以她上车前可能会去他的房间——朝北的亭子间坐一会儿。

对于她，那是个过渡期，她融入新的校园前的过渡，以及，她和人生中第一段情感告别的过渡。

她找海参也是想知道一些阿三的状况，可是海参却不提关于阿三的话题，她曾经为此感到郁闷和不知所措，之后，很快，人生中更多新问题涌来，比如她感到读书生涯是陌生的，小学到中学期间，正是革命运动如火如荼的年月，她甚至没有学会如何读书，考试成绩常在班级的最末几位。这类压抑，是在海参的亭子间得到舒缓的。

蝶妹，也是个话题，当初把妹妹从曲艺团带回家，海参给母亲的信令妹妹的命运发生根本的变化，就是从那时开始，她对海参的感觉也发生了变化。对于她，海参这个人，是渐渐浮现其真实面貌，就像一栋建造了很多年的房子，脚手架围在那里很多年，有一天脚手架开始拆卸，甚至拆卸都是缓慢的，整栋房是一层一层露出来的。妹妹的事件犹如"脚手架"开始拆卸。

她甚至想到过，也许海参喜欢上了妹妹，觉得他们可能也是比较圆满的一对，然而，她好像刚有这个想法，周末的往来就中断了，新的生活时间表吸去她的注意力，而海参也开始他的新一轮的恶补，申请留学需要英语成绩。

然后就从别人那里获知，他已离开中国。

情况就是这样，他们疙疙瘩瘩地相处了有些年头，待她开始意识到他的存在，或者说终于成熟到懂得去感受这个绰号叫海参的男生的价值时，他却离开了她的视线。

一年后的某一天，她在淮海路上遇见他母亲，问起海参状况，海参母亲惊问："他没有给你写信吗？"

"没有啊，实际上，海参走时也没有告诉我。"

"怎么会呢？他怎么可能不告诉你？"这位风度优雅气质却有些妖娆的美妇人睁圆眼睛，不可置信，充满遗憾。在八十年代初仍是一片蓝黑色的街上，海参母亲的表情过于鲜明而给蝶来留下深刻印象，直到这时，她才正视心中的块垒，他的不告而别是她心中的块垒。

她站在被人潮推来搡去的街口，第一次回顾自己与海参的关系，只有在一些特定的时刻，人们才会触摸到内心的皱褶。

她到那时才突然明白海参对她的深深的疏远，或者说，她对他的伤害。她又一次想起进中学的第二周她带给他的耻辱，以及在中学校园她对他的轻视的目光。

尽管商店货架上的货源并不充足，天空是灰色的，正是上海冬天将去未去时最阴冷的时候，然而那是个周末，离春节还有一个星期，淮海路热闹喧嚣，行人比肩接踵。她和海参母亲站在街边说话，面对面的空间却不时被川流不息的行人穿越，视线和话语常常阻断，似乎行人流是洪水的一条支流，以一股蛮不讲理的力量冲进来阻隔她们，越过喧嚣和他人的身体进行交谈的企图很快就被她们放弃。她已记不得她们后来交谈的内容，只记得与海参母亲告别时的意犹未尽，在熙来攘往的气氛中她读不到自己的内心，她是从这位妇人脸上读到自己内心的，剪不断，理还乱？也许，并没有到情感的层次，只是有些情绪，一些欲说还休的惆怅。

叶心蝶和李成分居六个月的时候，李成被美国纽约一家画廊邀请去办巡回画展，李成给心蝶打了一个长电话，说服她和他同行。

"你不是想去美国吗？这是我唯一能帮你做的一件事。"李成向心蝶表示，"我早就告诉邀请方我们必须夫妻同行，所以邀请书上有你的名字，据说房子也找好了，一室一厅，能分能合……"

真是厚脸皮，李成只要想讨好你，谁都没有他想得周到，说得难听些，他是那种为了达到目的可以不择手段的人。

对于这番表示，心蝶分不清自己到底是厌恶还是感激，也许兼而有之，就像她对李成的感情，竟是爱恨模糊，离合难做抉择。

的确如李成所言，从恋爱开始，心蝶就要求李成把她带出国，这甚至成了她和他结婚的一个条件，虽然后来，她甚至已经忘记自己对他有过这样的要求，但李成说他没有忘。

心蝶对他的回应淡然，她说她在忙，过几天再回答他，这就是心蝶，总是给他意料之外的回答。她向来是个不按牌理出牌的女人，也是李成遇到的最难掌控的女人，她对他，就像他对社会，常常是以反抗的姿态获得平衡，这恰恰也是她吸引他的地方。

转瞬之间，她和李成结婚十三年。那次秋天的婚礼黄掉后，她停职留薪考入北京电影学院的研究生，毕业前夕与美院毕业的男生同去青海，那时她正在犹豫是否与他确立某种稳定的关系。

她却在青海和李成邂逅，他们相识一个月就同居，这意味着她开始了成年后的动荡，虽然已经没有人叫她"蝶来"了。事实上，他们真正结婚，也就是去民政局拿一张具有法律效用的证书则是在三年后，经过了无数次的动摇和分手。

回想起来，他们的真正相爱是在南方。他们先在青海、在美院男生的临时住处相遇，那时李成来告别这批号称在青海写生但更多时间是在喝酒的艺术家战友，他将去珠海参加一个重要的美术界会议，那次会议后来成了中国当代美术运动标志性的事件，之后他去上海做展览，或者说打算留在上海发展。李成才华横溢，激情澎湃，人格上有一种感召力，他虽然出生在上海，但三岁前便与家人内迁去湖南株洲，和出生在北方的画家们相比较，他对自己的前程有较多的忧虑，也很清楚自己需要什么。

那晚李成侃侃而谈，亢奋又伤感，他的表述方式充满诗意的感染力，在画家们的留宿处谈了整整一夜，后来几乎是在跟她谈，因为其他人都喝醉了包括她的美院朋友。那时候，对于心蝶，李成的才情是次要的，相比较，那种时刻准备从眼下的现实撤退、朝着遥远的毫无所知的世界去的激情和自信以及需要用梦想来支撑奋斗目标那样一股浪漫气息更能吸引她，直觉告诉她，他是个比她更反叛更无顾忌也更强大的同路人，她对他有相见恨晚的感觉，在她成长的漫长路途上，这个叫蝶来的女孩曾经独自挣扎在平庸的沼泽里。

他们互相留了地址，彼此清楚后会有期，但并不期待会立刻重逢，至少心蝶没有这个期待，她宁愿故事情节发展缓慢一些曲折一些，给自己留多一些悬念，人生是因为这些悬念而有了曲折和精彩。

几天后她也去了广州，是被珠江电影厂邀请去写一个电影剧本。那次她离开青海也是一次告别，她和李成一样不能忍受那种漫无目标的漂游，她终究没有和美院男生确立未来。

不可思议的是，她居然在广州的一家百货商店与李成相遇，他次日就要去珠海，那天的他与青海之夜判若两人，显得情绪低落，甚至有些忧郁。他后来去她入住的电影厂招待所又谈了一个通宵，对于他，将要参加的那个会议是重出江湖的姿态，然而他很孤独，因为和他持同一美学观的战友们都选择了自我漂泊的道路，他选择去出席会议就意味着和自己的战友分道扬镳了。

这是他当时的说法，事实上，他后来告诉她，青海之夜与蝶来邂逅令他陷入情网，当他在广州遇上她时，他正在思念她。在广州百货商店看见她的一瞬，竟深深感念命运的眷顾而有些不知所措。

在广州，在细雨的清晨，他和她握手告别得有些悲壮，他的情绪也在感染她，她竟有想流眼泪的冲动，她站在招待所大门口，看着他的背影在被雨帘罩住的晨曦中渐行渐远，就是在这一刻她发现自己恋上他了。

两天后她收到他在珠海车站写给她的明信片，他告诉她，五天后他将在海南岛，那天黄昏他们一定要在海口市中心的华侨酒店的前台见面。"假如你也爱我！"他就在明信片上这么写道，似乎他们已经认识很久，他对她的爱是不言而喻的，难道他不知道这张示爱的明信片可能已在电影厂招待所兜了一圈？但这恰恰是蝶来喜欢的风格，她看见了其中包含的对世俗目光的蔑视，他只关注自己情感的勇往直前，而且她还好奇为何要在海口的华侨酒店的前台见面。

她从广州去海口必须先坐旅游巴士到湛江，然后坐船到海口，到了海口市还得找到去酒店的车，总之，不是那么容易就能去的，但也并非是不可逾越的障碍，就是这么点障碍增加了与他见面的动力，或许这正是李成制造的戏剧性的见面方式，无疑的，这让心蝶觉得有趣而非同寻常。

这个不易驯服的女孩子，已按照他描画的路线走向他。她不知道，他自从寄出那张明信片后便如热锅上的蚂蚁，坐立不宁。

她黄昏前到达那里时，看到的是他坐在酒店近处的树荫下看书的安静形象，似乎他喜欢看书甚过画画，但他马上便坦率相告，从中午起他便坐到那里等着了。

然后他紧紧揽住她的臂膀把她带进华侨酒店这座在当时看起来非常豪华非常资本主义的大楼的前台，难道他要入住如此昂贵的酒店？她已经看到了价格牌。然后十分吃惊地听到他告诉前台男接待要一间双人房，接着更加惊诧地发现男接待只登记了他的身份证收了押金之后便把房门钥匙给他了，这就是说这家酒店根本没有要求出示任何其他证件，诸如单位证明以及婚姻证明，即使他们明白他打算和一个女孩一起住，因为，整个登记过程他一直揽住她的臂膀仿佛害怕一松手她就要消失似的。

"他们不检查任何证件？"她像失去知觉般地被他带进电梯，但仍然下意识地问道。

"这是我所知道的唯一不用他妈的结婚证明就可以同居的酒店。"

他仍然紧紧地揽住她，一直把她带进房间。

"先洗澡休息休息，我们只有一个晚上的蜜月，对不起，我只付得起一个晚上的房租,不过很精彩不是吗?"

他漫不经心地打量一眼这间全天蓝色——天蓝墙天蓝家具天蓝窗帘天蓝床罩,如同置身于海洋深处的小屋,她惊愕地看着他,以及他身旁身后这一个曼妙到虚假的场景,想要说什么或者说想要反抗什么,但他已经吻住她。

那是一场爱的熊熊烈火,她来不及思索就被吞噬了,在火焰翻卷燃烧的间隙,她的眼前闪现苏州水乡招待所,她穿着毛衣战战兢兢躺在阿三身边,初夜已经那么遥远模糊,模糊得好像发生在某个梦境里。她深深地、深深地将自己置身于火焰深处,完完全全地舒展开属于自己的一切,自己的心和身体,包括蕴含在身体隐秘处仍然保留着处女膜破碎时剧痛记忆的阴道,以及子宫,那一巢痛苦和快乐的源发处。

可是,欢乐是和伤痛一起到来,她哭了,那么多的眼泪从双眸涌出,就像水从阴道里涌出,但所有的泪和水都被他吮干了,他像死里逃生般地喘息道:"不要再离开我了。"他把她的泪水看作高潮到来的反应,他称她"高潮时哭泣的女人"。她的哭泣令他更加狂热,就好像他们互相遗失了很久重新找到彼此,他带给她的爱就有这么一种还给她一个失落的世界的意味。

"南方虽然让我讨厌,但他们有不需要证件的酒店,我们的开端好极了,开端很重要,回上海后有任何麻烦都不怕了,我们是要结婚的,只是会有不少麻烦。"他告诉她,仍是漫不经心的。她并不吃惊他谈到结婚,自从收到他的明信片来到海南,便开始进入与现实脱节的奇遇,她就是在盼望奇遇中成长起来,在一个接一个失望中等待着,现在命运终于逆转到她向往的轨道。

那时候已经是次日上午,整个上午他们躺在床上,做爱后的谈话,有一搭没一搭,话题不连贯,好像俯拾即是,但日后都成了重要的现实,比如麻烦,比如婚姻,比如开端,关于开端的说法就像一个启示,不,对她就是真理了,她在海口酒店的床上深深明白,这个叫李成的男人,是命运带给她的。

"李成,我告诉你,我要走,我要出去,我不要在中国结婚,除非你带我去那个不需要证件没有人监视的世界。"

她很感激他居然向她点头,他说:"我会带你去的。"虽然他的"带你去"是比较抽象的,她也是在以后漫长的生活中才慢慢明白,他心目中的"出去"与她的"出去"是有偏差的,他那个世界比较虚幻比较模糊,并不是通过签证就可以到达。

当时,他们相拥着躺在天蓝色的床上,眼望天蓝色天花板,即便闭上眼睛,天蓝色仍然透过眼帘像海水一样蓝盈盈地包围着,就像躺在海底,一个真空的世界,这真空的一刻将一个宽阔的天空装到了她的心里,她觉得只有李成这个男人可以带着她飞翔,飞得很高,掠过所有的藩篱、规则,掠过让人窒息的庸常。

他们直到三年后才结成婚,因为李成是有妻子的,虽然已经分居,那天他把她带到酒店时,其法律身份是已婚男人,他和妻子分居了两年,居然忘记自己还有婚姻这件事。

这件事是心蝶一生中几近令她崩溃的挫折，心蝶先把李成屋子里所有可以砸的东西都砸成碎片，包括他的一台九英寸黑白旧电视机，李成在艺术学院的宿舍成了一片废墟。接着心蝶把与李成合影的照片全部一铰为二，这似乎比砸碎东西更刺激李成，他哭了，李成的眼泪令心蝶受到震撼，这么一个自信强悍的男人流泪了，这让心蝶有隐隐的快感，她对他的暴力报复至此结束，但是接下来长达一年的冷战是更可怕的折磨，按照李成的说法。

李成是不会轻易退却的，他反而因此去面对离婚的种种麻烦，其间不间断地给心蝶写信报告他的离婚过程，虽然心蝶并不回信。"但我相信你在读我的信，因为你没有把信退回。"李成后来告诉她，他完全相信他的信最终能打动任何他想打动的女人。

事实上，那段时间李成周围并不缺少女人，但男人更需要追逐的感觉，需要挑战，他这么告诉劝他放弃的朋友。李成用了整整两年时间把婚离成，并重新把心蝶追到手同时还得跨越心蝶父母尤其是母亲的阻挠。

只有李成有这般的行动能力和不达目的不罢休的执着加厚脸皮，他曾经等在心蝶回家的路上，把她交往的男朋友赶跑。最经典的一次，李成拦截的是心蝶打算认真相处有结婚远景的男友，一个看起来斯文衣着讲究的男子，面对留长头发穿破牛仔裤双手叉腰准备打架的李成，该男生以为碰到流氓大惊失色而却步在路口，心蝶一时恼羞成怒失去理智，完全无视公众场所围观的行人和被晾在一边的男友的感受，冲上前和李成推推搡搡扭成一团，然后是跟着李成走了。

并非是被李成的武力征服，而是她渴望被征服，当其他男人的怯弱令她深深失望的时候，只有李成可以把她带上不同寻常的旅途，他们一起去西藏、新疆、云南那些梦幻色彩浓烈的异域，给她年幼时便向往的生活方式——那种看起来非常不实际，远离日常富于浪漫气息的旅行生活，令她对他们的未来也涂上了梦幻调子。

直到拿了结婚证书，他才搬到上海，真正定居下来，而心蝶则通过两人的分分合合，体会着开端已成定局的真理。那个解放的夜晚，留给她爱的体验和无拘无束的飞翔感，使她无法丢弃那一个她曾经在天蓝色的自由海洋感受到的宽广的天空，而这是和水乡初夜的记忆连在一起的，她的幸福感受是建立在关于苦涩的记忆之上的，那是阳光和阴影的关系，也就是说，没有阿三，就没有李成，这就是她终归会走向李成的命运，当她走向李成时，她才从蝶来变成了心蝶。

婚姻到来，和李成的性爱也从热烈走向平淡，在床上，心蝶不再哭泣，仿佛李成一个人在攀登高峰，甚至这一点李成都疏忽了，而心蝶从来没有告诉李成，她不是个在高潮时哭泣的女人，也许她连什么是高潮都不太明了。当初和李成的性爱激情，不是因为性爱本身，而是它发生时的背景，躺在海洋里感受着天空的辽阔，是挣脱藩篱游向自由世界的快乐，并意识到这自由得之不易而要去握住它的全力以赴。

可这些张力因为婚姻，因为身体结合的合法性而消失了，性爱不再负载那么多情绪时便还原到其本身，然而纯粹的性爱于心蝶是没有意义的吗？她为何没有来自于身体的幸福感？

心蝶是渐渐明白床上生活其实已经从她和李成的人生里淡出，心蝶内心的缺口出现了。而李成已经像台风一般刮向另一个港口，他要去实现事业上的野心，性爱也罢，家庭也罢，都在野心之后。"五十年代出生的男人只剩这么点时间了。"李成这样告诫他的同路人。他其实更喜欢奔忙在路上的状态，或者说，以这样一种忙碌方式抗衡生命呈现的虚幻感，这正是让心蝶感到郁闷的方式，他忙碌着，却把这种空虚留在家，留在她驻足的空间。

她正在囤积力量准备突破这样一种生活时，出现了李成的第一任前妻，这简直像天意，它既是打击也是激励，它是心碟进行突破的外力。

心蝶再一次选择与李成同行，其实几乎没有选择，当时接李成电话时她对终于可以成行美国感到十分意外，她需要消化这个意外而显得缺乏耐心地匆匆挂断电话，她放下电话后才变得越来越兴奋。

这晚恰好海参来电话，她忍不住告诉他她将和丈夫赴美，海参毫不掩饰他的惊喜，给了她许多旅美指导，并力邀她和丈夫去他的西雅图的家做客。就在这个瞬间她强烈地思念起阿三，仿佛阿三的家就在海参家附近似的，她禁不住地要去看看他，那时她甚至还没有一张出国护照,更不知道是否签证顺利,而让她郁闷的是自从海参与她联系上竟从来不向她提阿三,似乎他早就看透她等着听阿三的消息,而他偏偏恶作剧地对阿三的状况不置一词,如果他记恨她,便是以这个方式在报复她吗?

事实上,她和妹妹多次讨论海参,却也从来不提阿三,她好像要在妹妹面前尽力维护作为成年人作为姐姐叶心蝶的体面,这么多年来她竟然没有向蝶妹提起那个夏日黄昏,也可以说是妹妹并不给她机会谈谈那个黄昏发生的一切,而她也不便把那次婚礼泡汤的真正原因向妹妹坦诚相告。

有一次她们通电话又谈起海参,那是临出发前,蝶妹力劝心蝶去西雅图和海参聚一次。心蝶不响,为什么一提到与海参相聚,便有想看见阿三的冲动?

"海参在那里的华人协会担任着什么职务,至少住在美国的老同学都让他找到了……"蝶妹提到几个邻居和同学的名字,都是心蝶的同龄人,听起来蝶妹与他们更熟稔,这时候的心蝶内心翻江倒海,处在某种眩晕中。

"说不定他会把阿三叫来……"

终于提到阿三了,心蝶却无力地笑笑:"他们还在来往吗?"

"当然,海参比较主动些,他念旧嘛,他说他想告诉你阿三的近况,又担心你敏感……"

"呵……呵……有什么好敏感的?都过去了,阿三也好,海参也好,见不见都无所谓,我这人一点不念旧,讨厌忆苦思甜。"

心蝶以一种突然升高的语调说道,那是她想要掩盖心情的语调，这也是老伎俩了，鬼精灵一般的蝶妹怎么会不知道，她只是装作不知道罢了。

"无论如何，阿三也是你第一个男朋友，可你后来一点都不提起他，我有时觉得，你这人真有点无心无肺。"

"说真的，我一直以为我和阿三并不是那种关系，我从来没有把他当作什么男朋友。"

"那么阿三是什么呢？你的邻居？那也是我的邻居。"

她不响，这是一个令她感到虚弱的问题，人生的混乱就在于你的意识和你的行为南辕北辙，和阿三之间的一切，一直要到很多年以后，才会渐渐感受其价值，那个恐惧疼痛阴雨绵绵的水乡初夜，竟是她的情感生活中最刻骨铭心的夜晚。

可是让她伤心的却是夏日黄昏，他们匆忙分手，他们没有再给彼此机会，至少是，他不再有机会知道她为这个黄昏付出的代价。

那次住在蝶妹学校宿舍时，她居然只是避重就轻地和蝶妹泛泛讨论了一番她对婚姻的疑虑，妹妹似乎明白有些事情发生了，但她什么都不问，她只是要求姐姐对前未婚夫有个交待。那个未婚夫毕业于理工科专业，是母亲安排他们认识的，在妹妹的劝告下，她在妹妹的宿舍写了一封信。

作为手足和挚友，直到现在她才觉得有点对不起蝶妹，是的，最终，这些关系，这些爱，这些由欲念产生的情感都会消失，留下的，仍是你我，姐妹，和，比之更亲密的知己，和，你也无法触摸的隐秘，它才构成了我们各自更加深刻的孤独。

心蝶拿着话筒一时失语，却在心里说。然后她听见妹妹的声音："这一点，海参早就看到了，是他劝阻阿三，要他明白，你和他只是玩玩的。"

"这倒是很像海参做的事，所以我讨厌他是有理由的。"心蝶有些意外海参这样误解她，并且用这种误解来劝阻阿三。蝶妹不响，心蝶深深地叹了一口气，"再也不要跟我提那时候的海参，哪怕他又高了十公分，像模像样的，又怎么样呢？你觉得他有型，我没有感觉，我不喜欢似乎很有头脑绝不做傻事的所谓聪明小子。"

"真是没有缘分，讲到海参你就不耐烦……"妹妹及时打住话题，再说下去蝶来姐姐会发脾气的。

"不过，我那时曾经有过好奇，如果海参不出去，你和他倒是挺合适的，他一直欣赏你的才能，你也能懂得他的优点。"

沉默。

心蝶的心"咯噔"一下，好像触到了什么暗礁。

挂电话时，她们俩都有些闷闷不乐。

作为崭新的空间和经验，纽约的短期逗留弥补了叶心蝶和李成关系中的缺憾，他们这时又重新像一对志同道合的旅伴，拿着纽约这张地图，对于明天的不同方向各种可能性，有着共同的不倦的好奇。

虽然是一室一厅，但面积比中国的三室一厅还宽敞，一开始他们各据自己的空间，李成据厅，心蝶据房间，像同居室友一样相处,即使出门也很少同行,夜晚心蝶比李成回家还晚,她在被一位纽约爱尔兰人追求,一位比她年轻十岁的年轻男子,她对李成并不讳言。

"没想到我在纽约很受欢迎,我得对得起这趟旅行。"当然这是她的自我解嘲,她和他都知道,她需要通过另一段情感关系平衡李成隐瞒的前婚姻带给她的委屈。

李成提醒她小心感染艾滋,并扔给她一盒安全套,她气得要死,觉得他故意怄她,她有些嫉恨李成,恨他对自己的一目了然,简言之,他看穿她自爱到不会轻易跟什么人上床,她的身体已道德化,终究需要谈情说爱这样一张曼妙的纱幕,而无法面对赤裸裸的情欲。

她坚持不去爱尔兰人的公寓,只和他去餐馆或去喝咖啡,却又觉得无聊,因为她的蹩脚英语是无法进行真正的交谈的。莫名其妙的,她自己也不知道在这段关系中自己到底要获得什么,在内心摇摆不定的那段日子,有一天,爱尔兰人执意送她回家,在公寓门口他们和李成撞个正着,她还未来得及向李成介绍这位已将影子投射到他们关系中的半陌生人时,爱尔兰人的领子已被李成抓住,他指着心蝶向这个尚年轻的老外吼,My wife! My wife! 把爱尔兰人吼走了。

司别灵锁啪嗒一声,大楼的门锁便将他俩关进寂然无声的公寓大楼内,心蝶别转身脊背对着李成走过去按电梯,但嵌着磨砂玻璃窗的电梯门已经关闭,门里的老式电梯摇摇晃晃笨重地缓慢地却义无反顾地发出"空空空"的声音朝上升去,好像在平衡刚才的激烈，这时候李成已经三格并两格猛跨步子一口气朝他们的四楼寓所奔去，留下心蝶站在电梯间外等着电梯带她上楼。对此时的她来说，上楼这个动作全然是跟着电梯的惯性，潜意识里她简直想赖在这里，这一小方暂时与现实脱节的真空地带。

等慢性子的电梯把心蝶送上楼，李成已经收拾好行李包——其实就是把自己平时用的双肩包塞得鼓鼓囊囊——重新出门，两人在房门口撞个正着，李成退开一步让心蝶进门，他随手拉上门，把自己关到门外，心蝶听见他追在电梯门关闭前进了铁壳子一般的电梯，然后是"空、空、空"的声音。

她似乎依循着另一种惯性打开房门追出去，掠过关闭的电梯门直接冲向楼梯，却见一对棕色肤色的少男少女坐在楼梯口堵住了出路，少女基本上是躺在地上，头枕在少男怀里，她漆黑的双眸睁得大大的，朝上望着她的爱人，密集的睫毛被从楼梯窗户射进来的阳光照在墙上像昆虫的羽翼忽闪在她的眉骨上。脉脉相视的情侣完全无视心蝶存在，心蝶不得不退回房间，突然就浑身无力，空虚万分，那种想要和这个城市相融的劲头消失殆尽，甚至有一丝庆幸，李成终究是会赶走什么人的，她自己明白，那个爱尔兰人只是个虚幻的影子，是她给自己的虚假的安慰。她是在楼梯口，在那对相爱的人面前，发现了自己有多么 stupid（蠢笨），她心平气和告诉自己，该学会孑然一身回到自己的城市，如果李成不再回头。

其实恍惚中，对于和李成的关系她并没有更多的思虑，这种恍惚并非是这个下午近黄昏发生的短暂的冲突时才产生,这是她最近的某种状态。自从搬到新房子,自从李成从新房子搬走,自从新年开始蝶妹来家小住,自从大年初二她和妹妹一起接听海参的电话,她就处于这样一种微微眩晕的恍惚状态,好像到了对自己的人生再做一次选择的关口,然而前方的道路竟是这般模糊,同时她又知道,时光不等人,时机只有一次,这时机到底是什么她并不清楚,却让隐约的莫可名状的慌张乱了她的方寸。

出乎心蝶意料,李成当晚就回来了,仔细想想也是,他又能去哪里?除非他直接去机场回国。纽约这样的城市,人人紧张地为生存奔忙,并没有这样的空间,或者,不如说没有这样的文化可以让你随便出入滞留于某朋友的家。

而李成的实际在于,他绝不会让情感上的波折蔓延到他的其他领域,李成不可能因赌气而放弃或改变他的人生日程表,他所有的工作安排都不可更改,目前的情况是,访问学者的生活还有五星期,这五星期孕育着许多机会和不可预料的机遇。

李成回家时,正在洗澡的心蝶刚好从浴缸里出来,她听到关门声时本能地披上浴巾从浴间里奔出来。这间公寓的浴间和玄关仅一步之遥,她经常忘记这一点,于是猛然冲出浴间的心蝶便和刚进门的李成撞个满怀,几乎是不假思索的,李成已把她拥在怀里。

她和他挣扎了一番,这也可以看作是前戏,以前当性爱正在平淡时心蝶便以此作为前戏增加波澜,她的撒野对李成更像挑逗,那曾经也是他们之间性快乐的一部分。

但现在,这撒野愈演愈烈,她对他拳打脚踢,多日的郁闷通过肢体尽情发泄。为了制服她,吃湖南辣子长大的李成在大都市蛰伏的野性又苏醒了,他的武功并没有废掉,他先设法用一只手用力握住心蝶的双拳,不顾心蝶大喊大叫,用另一只手紧紧抓住她的双膝,心蝶的四肢从酸痛到瘫软。

之后的做爱便以夫妇俩一贯的节奏进行,虽然中断了一阵,自从春节前吵架,其实应该追溯到更远,新房开始进入装修,他们之间鸡鸡狗狗为装修的种种细节龃龉不断,两人的性生活也随着争论的频繁而停止了。

性能力并没有丝毫减弱的丈夫,是如何解决半年多分居时的性需求?她的脑中浮现他在北京的独居空间,然而她从来没有就这个问题向他询问,不是所有的问题都能询问的,或者说,一当拿出来询问便只能收获谎言。心蝶现在想到的是,他能够隐瞒第一个婚姻这么久,其他的故事何尝不能隐瞒?

他朝她瞥了一眼,他把心蝶的安静当做性爱后的心满意足,她的满足给他的惬意也是难以言传的,在李成看来,夫妇的关系意味着磨灭所有的感觉,如果没有之前长达半年的分居——这一刻会有这么一种心满意足的安静吗?

现在的张力正是因为之前的分居?这样的结论是否有些荒唐呢?他似乎在问自己,这时候心蝶翻了个身,合卧在床,手臂摊开,她的一条胳膊便搭在李成裸露的腹上。

"谢天谢地，肚腩还没有出来丢人现眼。"她的手掌在他的腹上漫不经心地摩挲了一下。

李成即刻又兴奋起来，他伸出手臂欲把心蝶揽进怀里，但心蝶推开他去了浴室。

瞬息万变的情绪，让李成始终感到无法驾驭她，他曾自信他可以驾驭所有的女人。遇到这种状况，李成只有说服自己见好就收。至少，他可以乐观地看到，他们处于僵硬的局面获得舒缓柔化，李成乘机把他的被褥搬到心蝶独自睡了两个月的床上。

这个局面心蝶从浴室出来时已料到，无法和李成通过交谈解除芥蒂，交谈就是争吵。对于李成，性爱是夫妇间和解的唯一方式，年轻时或许有效，他的确就是用这个方式征服心蝶；当心蝶需要交谈时，这交谈往往是引向争执。在心蝶看来，是她无法驾驭由李成架构的夫妇关系。

与李成和解的这个周末，海参从西雅图去新泽西开会在纽约短暂停留，他给心蝶电话时人已在城里，他们约好次日下午在曼哈顿中央公园附近见面。

无疑的，海参的不期而至对于心蝶仍是个很大的 surprise（惊喜），却也不是没有焦虑，二十年的时间沟壑，心蝶觉得没有心理准备去跨越，然而，她又问自己，需要准备什么呢？

不要再指望见到那个桀骜不驯活力四溢的少女，不要对已经逝去的时光唠叨不已，这就是遇到故人不可避免的危机。她已经预感到她将在一个久违的熟人面前感受巨大的失落，她在那个片刻还感到委屈，为她和阿三的那些往事，千真万确，放下电话时，她不可遏制地思念起阿三，海参的突然到来搅乱了她刚刚从重新和解的家庭关系中收获到的平静。

这天剩下的时间，心蝶唯一可做的事是站在镜子前挑剔自己，她很在意她将在海参面前呈现的形象，她把临时居住的公寓衣橱里所有的衣服都拿出来，可惜行李箱的空间十分有限，能带的衣服也是数得过来的，可以给点自信的是刚从专卖打折名牌衣服的连锁商店 Daffy's 淘来的欧洲牌子，却是东方色彩浓烈的衣裤。她先是选了一款裤管后面用彩色丝线绣了一条凤的缎子面料的长裤，与之相配的是一件宝蓝色闪烁着银色光亮中式立领的长袖衬衣，这套衣服给心蝶的气质增添几分妖娆。她想起那个遥远的星期天中午，她穿着妈妈的紫色夹袄出现在厨房的饭桌旁，蝶妹和小弟目瞪口呆完全是被骇着的神情，然后是小弟的尖叫，妖怪妖怪……那时候，夹袄已移身到蝶妹身上，相比较，夹袄和蝶妹的关系更熨帖，因而妖气更甚。而徐爱丽站在一边啧啧有声，那件过时的夹袄给了她一些身世感叹。

好像女人们是怀着同一心愿长大的，并且怀着同一个缺憾，赴重要约会永远少一件合适的衣服。可明天是去见海参而不是阿三，她对自己说，这衣服不能随便穿，除非是去见阿三。

脱下艳丽的宝蓝色心蝶已经改变主意了，她仔细折叠好衣服并把它装回原来的包装袋，决定把它作为礼物送给蝶妹。不知为何她已有预感，海参绝不会主动向她提起阿三。

后来见海参时她穿了一件从同一商店买来的白色T恤，式样简洁的汗衫穿上身才能体现它名牌的优质，修身的腰线和肩膀，细腻的全棉质地，配上臀部宽松的绣凤黑紫缎裤，性感却明快还带些另类。心蝶对奇装异服总有些偏爱，她尤其不想给海参留下平庸的印象。

从开会场所过来，海参从头发到西装到领带皮鞋一丝不苟，是她在纽约见到的穿得最讲究的中国人，但他们还能互相辨认，作为多年未遇的故人，没有让对方吃一惊并要把这种惊骇隐藏起来的尴尬。

"蝶来，在路上我能认出你！"

海参含蓄地说了这么一句，一声"蝶来"竟让心蝶红了脸，虽然在电话里他就是这么称呼她的，但在内心她发虚地意识到，站在海参面前的女人已不是那个留在他记忆里的蝶来了，哪怕她穿上一件衣橱里不曾有过只是在潜意识里存在着最具有魔幻效果的衣服。

问题是，她为何这么在乎海参的感觉？

无论如何，站在面前的只是个有些脸熟的陌生男子，怎么样也还是需要时间去熟悉的。

见面的时间只有一两个小时，海参把心蝶带到中央公园旁的酒店咖啡吧喝英国风格的下午茶。在酒店宽敞的大厅华丽的枝形吊灯颜色绚烂质地厚软的波斯地毯镶金边的细瓷茶具背景前，是行动迟缓但衣着讲究的上了年纪的老人，大厅里听不见谈话声和器皿的碰撞声，如果没有轻柔的钢琴独奏，简直像一部关于豪华生活的默片。

由于时间短促,由于需要淡化时间留在各自身上的痕迹,所以他们的这次见面除了享用了一次经典的下午茶之外似乎并没有发生什么值得记住的事件。

然而,有什么东西在内心悄悄发生变化这一点是无法忽略的,首先是,她发现他们面对面相处远不如电话里那般轻松。她甚至有一种愿望,还不如分开在两张桌子喝茶,一边通过电话说话。

是的,在两张桌子背对背喝茶讲电话似乎会更自然放松一些,这个场景的想象令她自己莞尔。见她微笑他也笑了,情绪明显地跟着放松,他提起透明的茶壶,壶里是非洲果茶,玫瑰红的红过于浓酽竟有几分血腥,味道比柠檬还酸,他给她倾注血一样的水,建议她放点蜂蜜,她告诉他就是爱这分酸。他笑了,说:"想起来了,你过去爱喝酸梅汤。"她一愣,立刻嘴里已分泌大量口水,久违的物质比人更容易亲近。

酸梅汤?亏他还记得这么古老的饮料!

他用叉子叉起桌上能一口进嘴的点心似乎要直接送到她的嘴边,她本能地微微朝后倾避开了叉子,虽然这个动作轻微得可以让人忽略,但他的叉子敏感得马上在途中停下,她顺手接过叉子,衔接得天衣无缝,但两人之间仍是冷场了片刻。

这时她看见海参的手,这双手粗壮操劳,指端的指甲根部粗糙,指关节突出且有些发红,她想着他有个在七十年代午后把牛奶煮热后放进咖啡的母亲,来自这么一个顽固保留精致生活家庭的男子，怎么会有这么一双如同在做体力活的手？

他通过她的目光去看自己的手，他笑笑，伸出十指让她仔细端详，不无自豪地告诉她这是十年餐馆打工的印迹。

"你母亲会不会难过？"对着这双手她竟产生某种类似于欲念般的悸动。

"难过吗？她高兴都来不及，读书十年没有用她一分钱，我妈要比她看上去的样子坚强许多，她从来不对我表示怜悯。"他看看她，看出她眸子深处的怜悯，他垂下眼帘，然后一笑，"蝶来，不要小看以前弄堂里那类喜欢打扮看上去漂漂亮亮的女人，她们比男人厉害多了，晓得人在最坏的情况下要活下去，还要活得好！我能够在美国坚持下去，我妈给我不少力，有时候觉得她坚强到冷酷。"

和海参通过多次电话，这是最推心置腹的一段话，她想要和他谈下去，但海参却要买单告别了。

起身离座时海参告诉她，两个月后他要在纽约做一个项目，时间长达半年，然而那时她已经离开纽约，他问道："有没有可能再来美国呢？有过第一次良好纪录，再来就容易了。"

她点点头，她也这样想过。

"很想带你在城里逛逛，在纽约是不是有错觉就像在上海？"

"不，纽约上海很不一样，纽约是另一个更加大更加极端的世界。"她断然否定，猛然意识到他的思乡心切。"为什么不经常回去，我是说回上海看看？"

"家里人都在这里，回家变成了回美国，上海没有家了，去上海要住旅馆,我一直出差,住旅馆住怕了,想到回上海都要住旅馆,觉得有点对不起父老乡亲。"

最后一句完全是调笑,回到他过去惯用的却让心蝶反感的油滑的语调,但他看着她的目光却没有一丝笑意,认识这么久,她刚刚看清他的眼睛是单眼皮,她曾经钟情单眼皮男子。她把眸子转开了。

"用不着住旅馆,我们家有为客人准备的房间,假如你住得惯!"她说出口就后悔了。

他却喜笑颜开了:"是吗,有你老同学这句话打底,回上海我还怕什么呢?"

又来了,又是调笑,他为什么不能像刚才那样认认真真说几句真心话呢?心蝶笑笑,领头朝酒店门口走。

"蝶来,如果想再来美国,我帮你想办法。"

在酒店门口,他看住她语气又诚恳起来,心蝶点头,如果早二十年对她说这句话,她会把他当作终身的恩人。

"这里专门放法国电影,有时来纽约会去报个到。"他指指酒店旁的影院,"还喜欢看电影吗?"

"当然喜欢,不要忘记我拿了电影的 master(硕士学位),我可是编了不少电影!"她笑了,蓦然回首,她和阿三手指纠缠坐在国泰电影院的黑暗里,传来海参的声音,他们一起回头,一小柱手电筒光如微型探照灯刺穿一长排的黑。"海参,你退到票了吗?"阿三讶异的声音在暗处格外明亮。她的鼻子发酸了。

海参朝她眨眨眼:"我最想不到的是,你竟然以写故事谋生。

晓得吗？我崇拜写故事的女人。"

又是调笑，心蝶鼻子哼哼，招招手，欲与他道别。

"喜欢哪些法国导演？"他似乎并不急着立刻道别。

"特吕弗。"她想了想，这是她容易想起来的名字，"佛朗索瓦·特吕弗。"

"佛朗索瓦·特吕弗！"他站在那里嘀咕着译音，"我知道了，是个法国新浪潮派导演，台湾人称他楚浮，他的法文名字是……"他已经拿出水笔在手心上写出一条字母 Fransois Truffaut，并向她举起他的手掌，一缕微微发红的阳光正好罩住这只掌，留着十年打工痕迹的这只有老茧的掌，已经接近黄昏了。

"太正了，刚好是一幅手掌特写。"她笑指着被夕阳照亮而显得不太真实的海参的手掌，心里有点嫉妒，想，他是不是太博学了？学理工有必要关心法国电影吗？而且还要知道新浪潮。

"还有个夏布里尔，你也应该喜欢。"

瞧瞧，来了不是，她其实很不耐烦和人谈论电影，尤其是自认为在电影上博学的圈外人。

"不要告诉我你更喜欢戈达尔。"她的笑容带着讽刺。

"当然，年轻时谁不喜欢戈达尔，虽然觉得不知所云。"

她也是，在电影学院的时候，那时候所有看起来才情超横溢的，令人不知所云的，都是要追逐的上品。但是心蝶并不想和对她不无挫折的电影写作生涯毫无所知的海参谈这些，尤其是在告别时，在大酒店外头。

"为了凑本科学分，我去修习过电影，其实我更想把它当作专业学,只是觉得太过奢望。"看着心蝶询问的目光,他不等她发问,又道,"读书是解决生存,第一代移民没有资格做梦。"话语有些酸楚,她看看他,他神情平静。

这时一辆高头大马的观光马车载着一对老年亚裔男女从他们面前经过,酒店旁便是中央公园,停着一辆辆观光马车,驾马人多是俄国人,戴着如马戏团小丑的高帽子,引来外地或外国旅客,周围熙来攘往。

"坐在这样的马车,倒有点像坐进电影道具的感觉。"

她笑说,把话题引开了。这酒店这话题这谈话对象这中央公园外的观光马车以及笼罩着这一切的夕阳,似乎都敷着一层虚幻的色彩,令人珍惜却又不敢沉溺。

"想坐吗?应该陪你坐一次。"他沉吟着看看表,似乎在安排时间。

"不要不要,马车里的角色很可笑!"她断然拒绝,"你不是还要赶去工作约会,再联系吧!"

她飞快地向他道别,最不喜欢的是人们道别时的黏着状。

"如果挤得出时间,我会打电话给你,一起坐一次电影道具,走之前。"他指指络绎不绝从他们面前经过的马车,"奇怪,它们竟然让我想起上海的国泰电影院。"

她一惊,几乎惊出冷汗,因为此时此刻,她脑中的画面竟也是国泰电影院。

事实上,再见面已是一年后。

但那天之后,关于再找机会去美国成了一个话题,后来便是在他提议下,心蝶开始着手申请大学访问学者奖学金。他曾为她联系自己的母校,帮她写申请奖学金的报告,虽然后来去的是邻近的另一个大学城,但这都是在他帮助下,尤其英文信件的修辞他花了不少时间帮着修改。

有了正经事项谈,电话自然就多了,重要的是他们终究见了一面一起喝过下午茶,作为多年同窗就不再是对过去的幻影说话,感觉实在了,气氛也相对比较放松比较不那么矜持。海参时不时要"油嘴滑舌"一番,他嘲笑心蝶:"纽约的你留着长发穿着白汗衫,远远看去像少女。"

"你的意思是,近看是老太婆了?"

"近看还是少女。"

她无法对他的调笑生气,虽然有些不悦,因为敏感到岁月和年龄之类的不争现实。

他或者嘲笑她的绣凤缎裤,"那条龙裤子很精彩。"当然一眼看去很难辨别龙和凤的差异,她也不想分辨,"上面再配件中式衣,就是个压寨夫人了,完全符合我当年对你未来的想象。"

"当年的我有那么野蛮吗?让你认为我会做土匪婆。"心蝶暗暗侥幸那天没有穿宝蓝衬衣,看起来那样的打扮在他眼里不是风情是匪气,想起他的母亲,有过这样风雅的母亲,大概,其他女人在他眼里都是粗坯了。她仿佛刚刚萌发这种意识,心里就有些自卑,这自卑是突如其来的。

"土匪婆多难听,压寨夫人最合适你,漂亮得凌厉、随心所欲，男人被踩在脚底。"

"听起来是个悍妇，我有那么欺负男人吗？"

"有些男人喜欢被女人欺负！"她觉得他在影射阿三，不悦更甚，却听到他话锋一转，"悍和酷一字之差，悍是素质差，酷是性情中人，蝶来你当年敢爱敢恨，我最怕看见你不再是蝶来。"

"对不起，让你失望了，现在改叫叶心蝶，嫁了人生了儿子，做不动蝶来了。"

他笑答："是啊，刚刚见到你时还会想，到底长大了，知道斯文了，但时间一长，马脚又露出了，总归是江山易改本性难移，不过本性不改才好玩。"

不真不假，用她的耳朵听来有些玩世不恭，她一边在回想那天喝茶有过什么不合礼仪的举止让人家有"本性难移"的叹息。他那里已改了话题，告诉她，他有个去上海的出差机会。

"你不会现在已经在上海了？"

她越来越觉得海参这个人捉摸不定，好像他没有固定身形，在不同光线下会变形。她又想起那只写了一串字母的手掌，笼罩在纽约的夕阳下，有一种奇异的光彩。它使他离她更远而不是更近，令她产生一些敬意也有嫉妒，类似于少年时代幼稚的情绪，你对比你优异的同窗常常产生的那种情绪。

"噢，还早，是秋天的计划。"他在电话那端从容笃定地回答。

是啊，才刚刚进入早春，心蝶在想这么早做计划，更改的可能性很大，但他说："飞机票已订好，十一月十一日，据说那天是单身节，没错，在上海过几天单身，做好准备，我会去你家,你答应过的。"

她一愣,马上接口:"哦,当然,你肯赏光我高兴还来不及呢!要不要让我老公去机场接你,我家离虹桥机场才几公里,不过浦东机场已经启用,明年回来可能要降落浦东了……"她絮絮叨叨,暗暗思忖那时李成是否在上海,不管怎么样,她会让他回来一趟,假如海参真的搬来自己家住。她有点奇怪自己轻易给予许诺,无论如何接待海参是种负担,她有什么必要接受他的挑剔的目光?还有他的让她不舒服的油腔滑调,让人难以捕捉的心思,她总觉得他的油滑后面藏着什么心思。

海参那边却没了声音,她"喂喂喂"地喊起来。

他答应着,声音却降低了一个调:"我没有想到,你还是挺真诚的。"好像她的真诚让他反省了一下。

"当然,我为人一向真诚,难道我对你有过虚伪?"她提高声调。

他笑了:"这就对了,蝶来要是一本正经说话总让我觉得不真实。"

"我想起来,那时候蝶妹也会来上海。"她不想和他调笑,毫无幽默感地调转话题,"我们家蝶妹最喜欢吃大闸蟹,老是挂念'九雌十雄'。"呵呵一笑,切断海参的疑问,"意思是阴历九月雌蟹好,十月就该吃雄蟹,哼,是个小蟹精。"心蝶又笑,这是她给妹妹的绰号,一说家常话心情立刻轻快,"所以通常阴历九月底十月初她会来上海,雌蟹雄蟹都吃得到,那时候正是上海最好的天气,晴天多,白天太阳照着很暖,早晚开始冷了,晚饭时胃口开了，觉也睡得长了。"她的心情因了自己的描绘益发愉悦。

"perfect（完美），"海参喊起来，"有好天气，有大闸蟹，还可以碰到蝶来蝶妹姐妹花，干脆把阿三一起叫来……"

戛然而止。好像失口，他缄了口，她则感到意外，因为之前那么多次电话，他几乎不提阿三，似乎刻意让阿三消失在他们的谈话中，她因此而对他心存芥蒂。

"阿三好吗？"如同驾车追尾，她紧紧追住他的尾音问道。

"说不好也可以说好。"他一笑，答。

"哦……"她在等他说。

"他离婚离了几年，现在终于离成了。"他停顿一下，好像在听她反应，她没有反应，又继续说，"之前，他不要我跟别人说他离婚的事，所以没有跟你说，而你呢，其实也是让我奇怪，你也没有提他……"

他又缄口，谨慎得很，涉及到 gossip（八卦），他特别谨慎，真是个世故的人，和海参无法缩短的距离，是否也包括这一点？心蝶暗自思忖，她没有再问关于阿三的个人生活，知道问了他也未必说。

然而这天，阿三离婚的事如同某个令人鼓舞的消息，心蝶心情很好。

"阿三离婚了！"就像发布重大新闻，蝶妹一星期一次的电话一来，心蝶便宣布，她可是等妹妹电话等得不耐烦了。

"已经不是新闻了,你才知道吗?"蝶妹反问。

心蝶情绪倏地下落。

"你早就知道了?为什么不告诉我?你为什么瞒我?"

一迭声发问,语调从诧异到咄咄逼人。

蝶妹不作声。

"你太不上路了,对自己亲姐姐也要瞒来瞒去,反而和海参无话不谈!"话语陡然尖酸起来,自己都觉得刺耳。

"阿姐,情况是这样,"只要做姐姐的让妹妹觉得头大,一声"阿姐"就冲口而出,刚才的沉默就是在积聚能量,准备抵挡来自蝶来的发难,心蝶要是失控,蝶来时代的臭脾气会原模原样发出来,"阿三离婚案上法庭时,你正好是和李成关系最紧张的时候……"蝶妹没有讲下去,她恰恰是不肯把话说透的人,更不会说过头话。

"哼,搭什么界嘛!你以为我会马上和李成离婚去找阿三结婚?"

蝶妹"扑哧"笑了:"佩服你阿姐,什么都敢说,本来莫名其妙担心是有的,但也没有想到这么具体的后果。"

"我和李成吵架的事都过去快两年了……"

"过了那个时间就不想说了,又不是什么愉快的话题。"

"对我来说未必是坏消息,知道阿三离婚,我怎么会不开心!"

"我们都以为你已经忘记阿三了,你的脾气就是这样,说不要就不要了,过掉的事提都不想提!"

"你们是谁?你和海参吗?你们经常在讨论我的事吗?"

她锐声发问，蝶妹没了声音，她立刻又后悔自己难以克制的攻击性。

"蝶妹，我知道你是关心我，但我不要海参知道我的事太多，他认为他很聪明，料事如神，我最烦这种人。"没来由地迁怒于海参。

蝶妹仍然不作声。

心蝶的声音开始发虚："怎么是我不要阿三，当然是他先抛弃我，这个死阿三，八四年离开中国再也没有消息。"

"他走之前你不是已经要结婚了？"

蝶妹冷冷的，有几分责问。

"你不是知道的？他一直不来找我，直到走……"

心蝶说不下去，有点像故事开了头，但听者并没有兴趣，事实上，她也没有必要把她保持了很长时间的秘密轻率地讲出来。那时候她在妹妹的郊区宿舍住了几天，提出要撕毁婚约，妹妹请求她向未婚夫写信说明理由，即便是在那种情况下，妹妹没有问理由，她也不便说，但感觉上，似乎妹妹已经知道了一切，因为阿三是从妹妹那里拿到她的新房地址。

她听见妹妹在电话那端叹了一口气："反正这是敏感话题，我们姐妹都不愿谈，海参更不会掺和，希望你能理解。"

"你和海参经常通电话吗？"

为了缓解话里的尖酸味，心蝶硬是挤出点笑声，想象中，妹妹更像海参的另一个妹妹，她和他妹妹胡海星他的标致母亲在一起更和谐，蝶妹不仅不挑剔海参，还像妹妹那般崇拜其哥哥。

"没有你想象得那么多。"蝶妹在电话那端冷静地答道,"海参经常为孩子的事咨询我,他太太早产,你知道我儿子也是早产,所以他可以听听我的育儿经验……"现在的她不是他的"妹妹",而是知己。

心蝶开着小差,又突然回过神:"我怎么不知道你儿子早产?"她并不记得妹妹的儿子早产。

"那一年你和李成不在上海,你回来后妈妈告诉你,大概那时你还没有孩子,不太有感觉。"

"再加上那几年生活不稳定。"她为自己辩解。

"没有什么啦,早产一个月,没有什么大影响,不像海参的儿子,他早生两个月呢!"

"要紧吗?"

"已经过去四年了,人家现在在幼儿园上中班,很健康,就是个子小了点。"

"刚才在说什么,怎么会转到这个话题?"心蝶发出奇怪的问题。

蝶妹一笑,觉得跟心蝶怄气真是不值得:"你问我是不是经常和海参通电话……"

"没有什么,开个玩笑。"她打断妹妹,有些为刚才的尖酸话尴尬,"我觉得在海参的印象里,你好像还是那个娃娃脸的小姑娘,我想他以前一定喜欢过你,说不定现在还喜欢着……"

"不要开这种玩笑,我不喜欢。"斩钉截铁,虽然习惯性地让着姐姐,但在某些关节处,蝶妹也是相当倔强的。

心蝶"呵呵呵"地笑了。

"有什么好笑的?"

"你说我对海参有偏见,提起他就说话不好听,你不也是,连玩笑都开不得?"

"这种玩笑能随便开吗?"

很有一种道德责难的味道,心蝶不响了,在她成长的岁月,她经常是受责难的一方,闭紧你的嘴巴吧!她从妹妹的视角觉得自己的轻佻。

该挂电话了,但也不想在僵硬的气氛里挂断。

"阿妹,人都是会变的,过去有点像冤家,见到海参一百个不顺眼。"仍然要用海参说事,简直像偏执狂,心蝶一边骂自己,"没想到这次在纽约一起喝茶,观感改善。""观感"的说法让蝶妹觉得好笑,但她忍住没有笑出来。心蝶继续道:"他穿得很正式,有气质了,比年轻时候神气。"

"是吗?现在才觉得好,是不是晚了?"蝶妹忍不住要刺姐姐一下。

"你在说什么?"蝶来惊问,"我不过是不像过去那么讨厌他,我正想说你呢,蝶妹,你不要生气,我不是开玩笑的,是真的这么想,现在才知道,你离婚时他还没结婚呢,我有些不明白,为什么当时你们不走到一起?海参他说找同胞结婚找了很长时间。"

"阿姐,什么事都这么简单,你的电影故事也编不成了。"

不等心蝶回应,蝶妹便强迫性地道别挂了电话,反应也太过分了!心蝶很遗憾,总是弄巧成拙,终究,像逃不过命运,这电话在不愉快中结束。

半年后,海参的上海行也就停留两夜三天,他其实是住在张江高科技园区,与莘庄心蝶家南辕北辙,车行顺畅也要一小时,差不多是去苏州了,用上海话形容,两个地方远开八只脚。

但他还是腾出一晚上时间去了心蝶家,遇上李成,两人居然谈得投机。唯一缺憾的是,蝶妹没有来。这年秋天,她不来上海。

她突然决定不来上海,无论心蝶怎么劝说,甚至拍了大闸蟹的照片通过 e-mail 发过去,但是妹妹一旦打定主意就很难改变,让心蝶很没辙。

"你知道海参已经十年没回来,大家难得聚一次,为什么要扫兴?"

"你最大的问题就是喜欢把自己的意志强加于人,你觉得应该实现的事情别人也必须凑合你。"妹妹不客气地指责道。

"难道你不想和海参聚?"

"话不是这么说,我有自己的安排,蝶来,我不想跟你的时间表走。"

问题可能就在这里,蝶妹她是为了不跟我的时间表走,才做出这样的安排吗?心蝶很郁闷,却也一筹莫展。

海参像所有第一次做客的客人,进门还未落座,便让李成领着上上下下看了一遍房,那时已距离搬进新家近三年。但李成的感觉仍像是搬来不久,因为这房子的装修花去他半年的时间和精力,可自从搬进这处新居,他有一半时间住北京,其中还包括四个月的纽约访问。

海参在重新安布了电线的室内阳台看到这台曾让这对夫妇吵架的全自动洗衣机,他的手指轻敲洗衣机顺口问道:"还好用吧?"

心蝶脱口而出:"海参,还没有谢谢你的洗衣机呢!"

李成和海参都吃了一惊。

李成不解,海参则有些窘迫。

"你存心要让我猜谜吗?"心蝶就是在这一刻才恍然大悟礼物的出处,中间这些年她甚至都懒得去猜谁送的,但"猜猜看,谁送的洗衣机"这个问题曾令她发虚甚至不快,它更像是个不祥的征兆,因为正是从它出现开始,她与李成的关系出现裂口,虽然它从来不是他们吵架的话题。

见李成还是一脸茫然,心蝶问:"还看不出来,这洗衣机是我这位贵同学送的。"

"怎么知道我那时特需要这东西呢?不会是蝶妹给的情报?"

虽然这些日子与海参来往,但也不到可以坦然接受他的厚礼的一步,她心里不无吃惊不无感激也不无尴尬:"我觉得自己很过分,这洗衣机竟然被我不明不白地用了三年。"

"不要放心上,因为那年我原打算回来一次,同时从蝶妹那儿正好知道你在搬家,想,送些什么给老同学?洗衣机到你家时,我因为换工作取消了原来的计划。"

"哼，蝶妹应该早些告诉我，她可真会装傻。"

一旁的李成仍是一头雾水，心蝶如此这般解释了一下。

"怕你拒绝，所以对她也保密！"对着李成一脸愕然的表情，海参竟像做错事般解释道。

但心蝶已改变话题，顾自和海参聊起蝶妹的情况，一边关了阳台的电灯，将他们带离放洗衣机的阳台。有关礼物的话题她希望之后在电话里深入。

这个意想不到的阳台序曲，让李成在接下来的晚餐桌上对海参十分殷勤。这天晚餐主食是大闸蟹，他们俩喝黄酒吃蟹聊天很是惬意，心蝶远不能这般尽兴，她间中不时离开餐桌，给刚读二年级的儿子看作业理书包并给他洗澡带他上床睡觉，这边李成谈兴正浓，从刚发生不久的"9·11"谈到宗教战争伊斯兰原教旨主义又返回到中世纪的十字军远征，凡是远的、大的、与日常生活无关的话题都是李成热衷的话题。

喝了酒的李成显得精力旺盛，话多笑声响，到这时候已经开始独霸餐桌的谈话，其话题简直源源不断。坐在他对面的海参已停下吃喝专心听讲，由于时差，常常刹那沉沦睡眠，以致他的神情有些呆滞，而李成单独进入演讲的 high 状，手之舞之间干脆起身。

孩子入睡后心蝶重回餐桌，并端来一盆刚煮熟的酒酿小圆子，又去拿来干净碗勺，在桌上分食，毫不踯躅地打断李成的高谈阔论，夸张地学舌美国英语。

"What is the dessert？ Jiuniang yuanzi！"把海参逗笑，

"有人告诉我，dessert 比主食还让美国人感兴趣？"她问海参。

他笑着点头："是啊，在吃文化上，美国人还停留在儿童时代，当然我不喜欢甜食，除了酒酿小圆子。"

海参起身把心蝶盛出的第一碗酒酿圆子端给李成，拿过第二碗便吃将起来，其活跃与先前的沉静状判若两人。

但李成却把碗推开："我不能吃，这东西一下去，胃就泛酸。"

"那是你的胃有问题！"心蝶没好气地把李成的甜点拿到自己面前，"反正我喜欢的东西都是你不喜欢的。"

埋头吃酒酿圆子的海参小心翼翼抬起眼帘瞥了一眼李成，通常这是夫妇拌嘴的开始，但是李成似乎并不在意，他给自己点了一根烟，深深地吸入一口又徐徐呼出，一串串烟圈如轻云袅袅升腾。

"心蝶是烹调好手，她的菜朋友都喜欢，可是我吃不来，太清淡了！"李成笑着望住海参，好像刚刚正视他的存在，打量的目光带着审视。

"哦，竟然会做菜？让人大跌眼镜呢！"海参挑起眉毛睁圆眼睛朝心蝶看去。

"按照蝶妹的标准，我的菜还是太浓烈，她更清淡，恨不得煮着吃。"

"为了健身，牺牲乐趣，人生变成保养的过程，其意义何在？"李成夸张地一叹气，海参笑着点头似乎更认同他的说法。

"我觉得很奇怪，蝶妹年年回上海，今年反而不回来了，我以为你回来她更应该回来一聚！"

心蝶转移话题，故意不接李成的口。

"我倒是奇怪，你的同学回来为什么要你妹妹也一起回来？"李成却对心蝶的问话发出疑问。

这句话让心蝶好笑，海参也笑了，虽然稍显不自在，朝李成发问："知道她过去的绰号吗？"

"绰号不就是'蝶来'吗？听起来像个唱花旦的男人艺名。"

海参大笑，心蝶并不觉得好笑，她总觉得李成特别反感她的绰号，因为那个绰号包含了他无法进入的往事吗？

"其实这绰号还是我起的……"海参如此这般将绰号来源告诉李成，似乎故事有些缓慢而且冗长，心蝶就有些焦虑，假如李成的话题没完没了，她也焦虑，今晚她好像一直在担心这两个男子之间的沟通，他们如此迥异的个性和职业以及成长背景，她焦虑的焦点是怕李成让海参难堪，李成这个人，他是不跟社会规则走的，这么思虑他的时候，她突然意识到这也正是当年他吸引她的地方。

"噢，第一次看见她是什么样子的，小男人婆吧？"

没想到李成居然很配合地与海参聊起来，虽然其问话不无讥讽，还带些诋毁。但看到作为客人的海参笑得这么开怀，心蝶也只能一起笑。

"很雄赳赳气昂昂的，穿了一件白衬衫，领子雪白，我当时想，这件白衬衣一定是她自己单独拿出来洗，用手使劲搓，把领子搓得那么白……"

"真的吗？"她吃惊地问道，"有那么白，你都可以推断是我自己单独拿出来洗?"李成一旁哗哗大笑,笑得有些夸张,心蝶斜了他一眼。

那时候妈妈让她先学会自己洗自己的衣服,她就是从学洗白衬衣开始的。她站在后门小天井的水池边上耐心地搓洗白衬衣,后门开着,经常有弄堂里的人从门口经过包括阿三,那段时间因为告状和阿三互不理睬,所以他经过后门时她故意专心搓衣目不斜视,但眼角里都是他的身影。走过后门时,瞥见蝶来身影的阿三会突然中断正在和同伴的打闹。

而她为了搓去白衬衣领子上的一长细条灰黑的污迹——那时候的人不是每天洗澡洗发换衣服,领子上都有这样一长条污渍——把自己手上虎口的皮都搓破了。白衬衣干了,领子很皱,她学着妈妈,把熨斗放在煤气灶上烧,领子上垫一块湿手帕,烧红的铁熨斗刚沾上湿手帕便发出"滋"的响声冒出一股股蒸汽和浓烈呛鼻的锈铁味,让她心惊肉跳,也让她振奋。

"白衬衣的袖子上还套着红袖章,学着那种很酷的戴法,把袖章只套在袖口……"

李成"哗哗哗"地笑得更厉害,还放肆地大声喘气。

"神经病!"她斜起她的凤眼又朝李成白了一眼,如果这一眼是对着其他男人,便有一股调情的意味。事实上,对于李成又何尝不是如此,她的多刺的个性似乎令他很爽,她越使性子他越来劲,他们之间不是通过亲昵而是抗争获得平衡。

海参微笑地将这一切看在眼里,其故事语调更加揶揄,对于蝶来,在他的描绘和李成的笑声之间有股强烈的荒诞色彩,宛如当年在搓破的手和眼角的身影之间生发出的悬念。

"长得跟现在像不像？"李成忍俊不禁地打量着已和自己结婚十多年的老婆。

"那时脸颊鼓鼓的，有点婴儿肥，穿了一双猪皮的丁字型皮鞋，走路有点内八字。"

"哦，蛮性感的。"李成笑得有些轻薄。

"当然，算是一朵班花了……"海参正色道。

他们一起哈哈大笑，心蝶端坐一边，疏离地看着他们。

他俩虽在说笑，却并非是和谐画面，心蝶感受到某种缺憾，李成这个位子坐着阿三又是如何呢？她突然渴望阿三加入，他们三人重新坐在一起……

难道此后人生，那样的场景不会再来？她惊问，对自己。

那晚，海参离开她家已经两点，李成留他过夜，但他执意离去。"上海男人，太拘泥于小节。"李成这么总结。

在他嘴里，"上海男人"似乎带点贬义，他不也出生在上海？心蝶觉得受到了挑衅。

"我以为你和他挺合得来……"

"还是可以谈谈的，很聪明的一个人……"

"既然这样，为什么'上海男人''上海男人'的，好像在骂人。"

"怎么会是骂人？你太过敏了。我说'上海男人'，只是一种客观评价，这也是你们没有走到一起的原因。"

说这话时李成正在脱衣，心蝶在铺床。

"什么原因不原因的，简直莫名其妙。"

心蝶反感陡起，铺了自己半边的被子，便脱衣服钻进去，李成那一边的被褥仍卷起着，每每对李成不悦便只铺自己的被子。当初，分被子睡这件事令李成十分不悦，他说，简直感觉像分居，那是生完孩子的第一年，心蝶夜里起床奶孩子，总是睡眠不足，对于性事厌倦，延伸出去，便是惧怕和李成身体贴身体地睡在一个被窝。

尽管李成不悦，但岂能阻挠心蝶想做的任何事？无论如何，在孩子飞速长大的这些年，李成终究习惯了分被，在分被的生活里做爱渐次稀疏，这是否也是李成搬去北京的原因之一呢？他们从来没有就这个问题再进行讨论，当心蝶抱怨李成在两地奔跑时，他曾经半开玩笑地告诉她："去北京远没有分被子睡更远！"

当初不得不接受分被现实的李成此刻又何必在意妻子有没有帮自己铺被，他木知木觉地拉开被褥，其实铺不铺被子乃是个形式，在李成拉开被子的同时人已跟着坐入躺下，随之整个人体已裹入被子，一边道："不要那么过度反应好不好，否则人家以为你们之间有什么事情发生！"

"喊……喊……"心蝶发出不屑的齿间音，表示玩笑的无聊，同时心里又有一种"如果他看见了阿三又会怎么说"的想象。她把一只比枕头还大一倍的靠垫塞到自己的脊背后面，将顶灯换成台灯，举起遥控器把面对床的矮衣柜上并列放着的电视机和 DVD 机打开，又起身从夹放 DVD 片子的塑料夹本里拿出一张片子放进机器，无论睡得多晚，她都要在睡前看一张片子，以前是VCD，现在是DVD。在电影学院读学位时她曾勤奋看片，有时一天八部电影，那时是怀着强烈的求知欲和事业上的雄心，现在则更像吸毒上了瘾，为了忘记每天的现实在临睡前呈示的零意义，更具体的目的是，仅仅填补令她倍感空虚的进入睡眠前的时光。

比起心蝶的漫长的入睡程序，李成的入眠简直像开关一般简易，他是那种头一碰枕就发出鼾声的"傻大哥"般的人，虽然在白天的生活中他其实比心蝶理性得多。

今天喝多了酒，似乎李成的头还未来得及安放妥帖，它正倾斜在枕头外，便鼾声雷动，心蝶不快地推推他，李成翻了个身，鼾声平息，却传来说话声："这个海参是不是很吃你？这么多时间，衣服领子皮鞋样子都记得清清爽爽，不容易！"

心蝶哼哼地鼻子发出笑声，觉得丈夫的想象荒谬，更荒谬的是这种突如其来从鼾声的间歇中发出评语的方式。李成压着被窝的下巴居然笑得一颤一颤，心蝶觉得滑稽而哈哈大笑，一边举起遥控器把电影片子的声音又调高一些。

笑声中李成的胳膊伸进她的被窝，一下子把她揽进他的被窝，手已伸进她的睡衣。喝了酒的李成总是性欲旺盛得粗鲁，心蝶把他用力推开，身体已从床上跳到地上，她索性抱着被子奔到客厅，在客厅沙发上铺开被子，把面对沙发的电视机和DVD机打开，她打算在客厅看完她的片子。当她回进卧室取出机器里的片子时，发现李成又鼾声大作，这时候，她竟然有一种把李成推醒让他立刻回北京的冲动。

在安静的无人打搅的客厅，心蝶却无法集中心情看片子，她的心绪仍然留在海参刚刚描述的场景中，那些日子发生过更阴暗的故事，但是海参只字不提。他所描绘的画面似是而非，平面，没有阴影，用的色彩很明亮，起了美化的效果。她认为他心里并不是这个画面，他心里的画面该是，在中学操场灼人的阳光里，她声音清亮背诵着毛的诗词："有几只苍蝇嗡嗡叫……不须放屁！"引来了工宣队长的暴力。在他慑人的目光下，她把手指向海参。在清脆的巴掌声里，她倒在罗英男的怀里。她并没有失去知觉却将错就错地昏迷了。她任凭同学七手八脚把她抬进医务室。然后她发现医务室令人厌恶的白色检查床上有血。她哭了，因为之前没有人告诉过她这血有何意义。以后，在教室的喧闹声中，她从眼睛缝里瞥见海参的凝视，她的目光透过眼皮缝和他相撞。她一会儿怀疑他因为操场的暴力而憎恶她，一会儿怀疑他已经知道发生在医务室的糗事，她转开眸子不要看他。当她穿着妈妈的旧列宁装走到讲台上高调朗读她七拼八凑来的豪言壮语，她又一次从眼角瞥见海参的目光，那目光慧诘，有一丝嘲讽，还有些阴郁，那时大人把揭穿骗局称为"拆穿西洋镜"，他是"拆穿她的西洋镜"的那个人。

她坐在客厅的沙发上打算把刚开头的电影片子看完，却突然意识到这个海参比李成那个做丈夫的男人更了解自己，因此她对丈夫的打趣一点都不觉得有趣。她闷闷不乐地看着这么一幅画面，不如说是电影镜头，彼此所知甚少的夫妇坐在豪华的长餐桌旁用餐，他们的身后闪回各自复杂的前史，是的，作为影视编剧的她，已习惯为剧中人物编写前史，可在真实生活里，她和丈夫却互相空缺于各自的前史。

然而了解前史就一定有益于彼此的关系吗？假如结婚前，她知道李成有过两次婚姻，她还会嫁给他吗？如果他知道她和阿三的那些往事，以及差点儿成就的前婚姻，她在他心里又是怎么一幅肖像呢？

她想起来，只是在刚刚学写剧本时她给将要出现的角色编写过前史，当这剧本结构已经熟悉到称为模式以后，她似乎不再有热情给剧本中的角色编写前史了。

这些年里，海参的出现令心蝶不时会想到阿三，这突发的思念令她陷入"真想再有一次恋爱"这样的渴念中，她明白这思念只是一种怀念，即便有机会再见阿三，她也不应该见了，她需要的恋爱，是另一段情感的崭新开始。

就在她期待一次新的开始，或者说，就在她踏上新的旅途，准备迎接可能到来的情感新机遇时，她与阿三相遇。

那是二〇〇三年，海参到她家做客的第三年，心蝶在飞去美国中西部的路途中，在东京转机时遇见阿三。

当然，这绝不是偶遇，除非是在模式化的剧本中，在这类剧本中，偶遇是推动情节的动力。

心蝶在东京机场见到阿三一定是与某个人在中间为他们俩穿针引线有关，只是心蝶绝不会想到穿针引线人是海参。

事实上,心蝶正是在海参的帮助下,拿到大学访问学者奖学金,作为已有五个电影在院线发行的电影编剧,心蝶的申请过程并不复杂。但信件一来一去,从申请到批准到成行也花去将近三年时间,距离海参回上海也有两年多了。

海参对阿三"不要对蝶来太认真"的告诫曾让心蝶生气,但毕竟也是陈年旧事旧关系,就像经年前留下的划痕,更实际的情况是,这几年他们以新的更成熟的姿态保持着谨慎交往的节奏,与其说这是成年朋友必须经营的节奏,不如说,这也是土相星座的海参的节奏。

"和阿三还联系吗?"

当他第一次发出这个问题时,心蝶吃了一惊,但她没有表现出来。

"不联系。"

他也未对如此简短的回答做任何评论,话题便倏地转开。

之后,他还会不时发出这一个看似废话的问题,她也奉上同一答话,前后一致。

对此心蝶有些不快,她认为海参应该知道他们没有联系,他有他们两人的电话,但是两人都没有表示要联系,他也从来没有把两人电话给对方。她渐渐地从海参那里知道了阿三的一些近况,比如离婚后他从加州搬到新泽西州,在制药行业,前妻和他同年,仍留在硅谷,他们没有孩子。

"我有他的电话,你要是想和他联系……"

"再说吧。"

话题立刻转开，听得出海参有一种释然，好像他并不赞成他们联系，但又必须问一下，尽一下责任似的。

知道心蝶去芝加哥的航班要在东京成田机场转机，海参便提到阿三那段时间正好在日本出差。

"他是可以来看你的，虽然从东京到成田也要两小时，不过，对于他，这点距离算什么呢？"海参说，"其实羡慕你们的不只是我，那个时代可以认认真真谈上一次恋爱是你们命好。"

"你不是说过我不是认真的吗？"她忍不住像要揭底一样揭一下海参，他的话不正授之以心蝶把柄？

"我这样说的吗？"他一愣，"那……是当年的看法，当时的我比较古板对不对？"

"呵，呵，亏你想得出，'古板'，你怎么好意思说自己'古板'，哼，哼……"

心蝶先是哼哼冷笑，可能觉得自己冷笑比较假，索性放松下来哈哈大笑，这也是她最具有蝶来特色的一刻，令故友心潮澎湃。可是海参的上班时间到了，他不得不匆匆挂上电话。那时候恰恰是心蝶晚饭后最悠闲的一段时光。

这是她出发前一个月的一次通话，后来日程表越来越紧，有几次海参来电话她还没有回家，而她的心情都被现实生活的种种琐碎烦恼填满，直到上了飞机，直到飞机在成田降落，她仍是没有给阿三腾出心情，是的，她还没有准备好给阿三电话。

飞机在成田降落后，她和乘客们被告知，由于机械缘故，他们将在机场酒店耽搁一晚。

那是发生"9·11"的第二年，日本海关如临大敌般地仔细检查每个进关的外国乘客，成田机场大厅挤满等着进关的乘客，在绵长的进关队列排了两三个小时的叶心蝶，又在机场搭乘错巴士折腾一番才回到下榻的酒店。

走进酒店大堂，阿三从大堂的沙发站起身迎向她。

这已经不止是意外，而是极度惊诧带来的眩晕。这个终于摆脱了"蝶来"绰号的女子仍然没有学会掩饰自己的心情，她朝他绽开惊喜的笑容，一边在奇怪近二十年的时间印痕并没有想象的那般深刻。

他只是显得有些疲倦，肤色比较黝黑，除此之外，几乎没有根本的变化，如果忽略他的跟着年轮增厚的身板。

她站在大堂中央微微歪着头笑着打量他，她眼梢长长的眼睛微微眯缝，笑得妩媚，蝶来特有的妩媚，当她被打动时，不由自主展示的艳丽，好像她携带着一片阳光，明媚的阳光照亮了酒店大堂。即便她是个无心无肺的女人，他也要爱她，这是他当时的冲动。

那时她的手里还拉着拖轮包，他从她手里接过拉手，把她带到前台，他从她手里接过护照和机票，接着房间钥匙卡就到了他的手里，他又带着她进电梯。她对着打开的电梯门想阻止他把他留在大堂，然而他站在电梯门边按住电梯门等着她进入，这使心蝶再一次难以启口。

然后阿三和她一起来到她的房间门口，他把已握在他手里

的房间钥匙卡插进房间把手上的插口,扭开门把手,这个动作刺激了她,一些情景又历历在目:

她在放学回家的路上遇到阿三,把肩上的书包甩到阿三的肩上,她让他帮她背书包,走到自己家的那栋楼,她把挂在颈上的一串钥匙扔给阿三,让他自己去试出正确的那把钥匙给她开门,那是她十二岁前的所作所为,她的霸道任性只有阿三能够容忍,或者说,她用这种方式向阿三撒娇自己却不自知。

后来,他们疏远了,再后来,发生她带妹妹告状致使阿三挨巴掌的事。那个事件后的有一天下午,她在弄堂看见阿三,见四处无人,她对阿三命令道:"给我开门!"她欲把书包扔给他,试图以这种方式与阿三重归于好,但是阿三转身跑开了。

直到初二年级的一个黄昏,她背着书包匆匆地走进弄堂时阿三突然从一栋房子的后面闪到她面前:"我来帮你开门!"

她却摆出蔑视的腔调朝他横了一眼,没理他。那时,她是班里的政宣组组长,每天沉浸在豪言壮语的书写中,已看不上阿三那一套。但是,她掏出钥匙的一瞬间——自从进中学她就不再把钥匙挂在颈上——阿三把她手里的钥匙抢过去,他是风相星座,如果要实现意愿,在那一刻是很顽强的。她正要发火,阿三已开了门,并说:"哪一把钥匙我比你清楚!"她便笑起来,很简单,他们又和好了,那漫长的一年的赌气,让他们彼此有了思念。即便如此,她也不让阿三走进她家的门,她站在后门口接过自己的钥匙,一只脚顶住欲合拢的门,对门外的阿三道:"你快走,我妈妈说不定已经回来。"转身进门,不去看他的表情,毫不踟蹰地把阿三关在门外。

自从进了中学,她就不再让任何男生进家门,那是母亲设定的戒律。

现在,她站在房门口,先从阿三手里接过钥匙卡,一只脚顶住欲合拢的门,又从阿三手里接过拖轮包把手:"你去大堂咖啡座等我,我马上下来。"就像多年前,不去看他的表情,毫不踟蹰地把阿三关在门外。

她却在关上房门后,才受惊般地站在门边片刻,一只手还拉着拖轮包把手。然后松开手,像扔开累赘般地把行李抛在原地,便走进卫生间,打开灯,对镜察看自己的面容,试图从阿三角度审视这张久违的被时光摧残的面孔。

早晨上飞机前的妆容仍然保留着,但已不新鲜了,她拿出化妆袋,用洁面膏把脸清洗后重新上粉底画眉毛涂唇膏,就好像年轻时的那股新鲜劲是可以通过化妆获得的。然而,这张脸正在镜中幻化成阿三的面孔,他已经很久不出现在记忆的屏幕上,当猛地出现在她面前时,却又仿佛是天经地义地留存在她的人生里,仿佛这其间的人生、她的现在都消失了。

自从那天晚上匆忙离开阿三家,他们再也没有机会交流,对阿三的沉默她应该有准备,那晚临别时他表示过,他不会去干扰她,他的意思是他不会去干扰她的将要到来的婚姻。他当然不会知道她对即刻到来的婚姻的毁约以及在一年不到的时间里与现在的丈夫李成邂逅,也无从了解她现在的婚姻是在四年后实现，她在为前一个未实现的婚姻折腾时，李成还在大西北漂泊，彼此本来是陌路人，因为阿三的突然出现，她摆脱了那一段眼看是轻率的不堪一击的婚姻，而有了和今日丈夫相遇的可能，整个复杂的过程，连海参也完全不知。她和海参的隔膜是长年的，重新接通的联系很小心，可以谈论的话题也很有限。

阿三的突然出现，自己未曾掩饰的喜出望外，此时此刻的回首往事，以及随之而来的疲惫软弱，竟使她很想去躺到床上，那张为旅人准备的雪白的床铺填满了小得就像豆腐干一般的房间。

事实上，她很快又回到大堂。

她和阿三面对面坐在大堂咖啡吧，一杯清咖啡使她心情变得轻快，甚至，还有些兴奋，与疲倦一起浸润到脑袋的轻微的眩晕已被咖啡因消融，她可以笑眯眯地坦然地面对阿三。事情就是这样，当你精神抖擞的时候，你的对手就开始萎靡，好像你的疲倦已传染给了他。也许他们最初的相处就是以游戏中对手的状态面对面，他们需要通过输输赢赢迂回的接触表达爱慕。

她应该抱怨他为何从来不联系她，但她没有，她不甘心向男人示弱。她开始说话，眉飞色舞，可以把自己的人生描述得富于戏剧性，只要和阿三在一起，心蝶就退回到蝶来。阿三笑了，只有蝶来可以剥去他身上的盔甲，他连喝三杯咖啡，情绪在上升。天暗了，大堂里点起蜡烛，一种没有界限的、在每个国家每个城市的酒店大堂咖啡吧都可以存在的、普遍的、略带虚情假意的、刻意营造的浪漫在升起。

心蝶觉得就像回到很久前的某个场景，但仔细回想，她甚至从未和阿三一起坐在这一类场景喝咖啡。她不喜欢大堂咖啡吧的矜持气氛，STARBUCKS（星巴克）这一类自助式的咖啡室其实更自在，自己把咖啡端到位子上，然后找放牛奶糖包竹棒纸巾的柜子，起起落落几次。"很忙呢！"一起喝咖啡的朋友常常笑着抱怨她，通常是有些暧昧的异性朋友，一起喝咖啡是开始接近的方式，如果她对他有想象，但只要真正接近，这想象便荡然无存，只要一个小小的动作，一个无法复述的细节，便能把这种想象摧毁。

阿三是例外的例外。

阿三给予她的状态只有两种，先是视而不见，比如青梅竹马的岁月，比如他们在一起的日子，她从不珍惜，从不想望和阿三厮守，因为他就在身边，所以她看不见，或者说，是熟视无睹。她想望的都是遥远的、不甚清晰、空白很多需要想象力填补的图景，因此对于后来的婚姻，她必然和对过去完全不知的人结合，她需要好奇远甚过了解。现在让她怦然心动的也是阿三，那是经过别离历练过的新人了，和这一个阿三是可以一步就迈到床上的，她和他不用通过喝咖啡寻找接近的途径。

可她却和阿三隔着烛光互相凝望，她眯起眼睛笑得暧昧，她知道她在引诱他，然而又很安全，因为是在酒店大堂，她知道阿三渐渐地将坐不住了，欲望已经像浪潮在他的身体里一波一波地涌来。这也是她的感觉，她通过折磨自己去折磨对手，她今晚已做了决定，绝不能让阿三去她的房间，她不甘心让他和自己轻易跨过二十年的沟壑，或者说，她不能让二十年前的事情重演，他们做爱，然后分手，就像什么事都没有发生过。

阿三坐不住了，他说想喝酒，建议去酒店顶楼的西餐厅，她欣然答应。于是他站起身，伸手欲把她从座位搀起来，但是她已飞快起身，从大堂走向电梯间时，他的肩膀紧挨着她的肩膀，接着便伸出手臂揽住她的腰，他的手立刻又下滑到她的臀，她拨开他的手，从他身边走开一步，脸转向他，试图以一种有距离的视线对着他。

"那次你离开后，我并没有结婚，我和他解除婚约了……"她突然眼睛发热，泪眼模糊。

她吃惊地停下来，她并没有预料会在这个时候这个地方说出这句话。这个临时栖息一晚的机场酒店的大堂，因为飞机延误而变得喧闹，从大堂到电梯间的路途中，人来人往，电梯间外站满等待上楼的旅客，她从来没有想过要对他诉说这一切，更不是在这个无法谈话的间隙。

他们之间突然变得沉寂，虽然电梯间挤满乘客，但他和她之间的突然降临的沉寂是如此鲜明，她觉得一切都在失控中，自己的不合时宜的话语，阿三突然阴下来的脸，还有他的沉默。

因为情绪下坠，也因为阿三的不发一言令她不满，在西餐厅门口，心蝶闹别扭地说，她不要吃西餐，只想吃一碗乌冬面。

"再说，你其实不能喝酒，你今晚要开车回去，不是吗？"她强调，微蹙眉头。

阿三无奈地看着她，虽然他显得比过去更强健有力，但他无法强迫她和他一起喝酒或做任何事。

于是他们去日式快餐厅一人吃了一碗乌冬面。

这时候，便是话不投机的局面，谈话变得敷衍了，他逐一问起她家的状况，父母弟妹，她简单回答，懒得把值得一说的妹妹的故事向他复述。

于是，刚才被咖啡、被咖啡因提升的兴奋，被兴奋驱赶而去的疲倦裹卷住她的身体，只吃了几根面条她便觉得胃很满，放下筷子。

"是不是早晨起得很早？"

"其实昨晚几乎没有睡，要早起就睡不着。"

"你命好啊，不用上班！"他笑了，叹息一声。

"要不，我先上楼，你慢慢吃吧！"

她居然就提出告别，这就是蝶来所为，他似乎早已料到，放下筷子便要结账。

"用不着送，房间就在楼上。"她站起来就走。

他把信用卡给服务生，紧紧跟上她，可是电梯间外仍然站满人，她最后一个挤入，朝他说声"再见"，便去按电梯指示键，电梯门合拢时，她没有再朝他看一眼。

生气又沮丧的叶心蝶，也没有心情泡浴，匆匆洗了个淋浴便上床，一径问着自己怎么会这样？但是，被温暖的被子裹住的身体立刻就失去了知觉。

昨晚整了一夜行李的叶心蝶，连生气的力气也没有了。被电话铃吵醒,有个男声说着日语,她懵懵懂懂地"喂"着,接着便听到阿三的声音:"对不起,把你吵醒,我已经在回家路上,我……有很多话要说。"

"那么,刚才为什么不说,非要吵醒我说?"

她看看表,才睡了一小时,感觉上好像睡了一晚,睡前的沮丧一扫而光,躺在柔软干净雪白的床上,慵懒的身体,耳边的声音是她盼望的,她的情绪复变得明快,饱满。

"蝶来,我有时真的不知道怎么对付你。"他在那头叹气,"你的情绪就是黄梅天,从晴到下雨,完全没有过渡,也没有理由,你一点都不变,那么多年了。"那也是海参发过的感叹,她有些不耐烦。

"甚至外貌都不变,现在的长头发编成小辫子,就是过去的你。"

她就笑了,常常就是这样,一句话或一个动作就能令她情绪转换,他们之间才有的简单,动物的,本能的,喜怒转换的确不需要理由。

"你怎么能开车说话?"

"别担心,我有耳机。"

"你总不见得为了跟我说这些话,把我吵醒?"她马上改换腔调,用的是责问,听到他无奈地一笑,她也笑,好在他看不见。

"刚才我很吃惊,一时……一时反应不过来。"

她不响,知道他指的是什么,更知道,他不是那种善于剖析心声的男人，如果她接一下口，他可能表白起来会容易一些，可是她不想给他指一条容易的路。事实是，他们之间隔了漫长的时间距离，他已经不是她熟悉的那个人，就像刚才，当她说出那句关键的话，那不是普通的一句话，那是一个巨大的事实，他怎么能以沉默应对？这无论如何不能让她原谅。

然而，他不正在解释他的沉默吗？

"能不能把你的故事多讲一些？"

"懒得说。"

噎得他说不出话来。

他们沉默着，她通过他的电话接收器听到高速公路上车子飞滑而去的沙沙声。

"海参从来没有说起过。"

"他知道什么？"

"他说他经常和你通电话。"

"什么叫经常？一年通几次电话就说经常？再说经常又怎么样呢？"

他不响，她冷笑般地"哼"了一声："和海参能说什么？不过是聊聊天而已！毕竟我们只是一般的朋友。"

眼睛又湿了，难道要与阿三清算过去？

"蝶来！"他喊道。他高高大大，肩膀稳健，却仍然没有学会如何与女人周旋，然而，他的某种笨拙正是打动她的地方，她却从来不愿意承认，那种从年少时便已经建立的非文明的交流方式。

"关于我的情况,为什么你需要通过海参知道?真奇怪,好像谁在禁止你跟我来往。"

"那时候我说过不要来打搅你,我以为你接着就结婚了,小日子过得顺利,我自己刚出去,什么都不顺利。"

"说到底是你自己不顺利,顾不上我,并不是为我想。"

他"啪"地把电话挂了。

她气得要死,脚在床上狠狠地蹬了几下,当年可以有个妹妹被她蹬,现在只能朝虚空蹬。他怎么敢对我这样?她气哼哼地自问,可是他就是敢,你又能怎样?她自己嘲笑自己,她没有料到他会挂断电话。

她现在睡不着了,犹豫着是否起床去楼下酒吧喝一杯酒,但是这一来早晨起床一定会头疼欲裂,而明天还有十三小时的旅程等着她。

她打开台灯,打算看书,那些字一个也看不进。

电话铃响,她拿起电话,又听到日本男人的日语,紧接着便是阿三的声音:"对不起蝶来,我刚才太冲动……"

"……"轮到她把电话挂断,在见到阿三的一刻她就已经退化回蝶来,那个黑白分明睚眦必报的霸道女孩。

电话铃又响起来。连响几声,断了,接着又响,又断,难道要循环到早晨,蝶来沉不住气,终于又拿起电话,又是日语,然后是阿三的声音,他说:"这是酒店总机接线员,他是问你愿不愿意接外线电话。"

"不愿意!"

"蝶来……"简直不是恳求而是发怒,但是她却拿着电话没有再搁下。

"我一时脑子很乱,你那句话又让我乱了,我在回想当时,还有,这么多年,我是怎么……怎么去想我们的关系。"

"就当我没有说过。"

"不可能。"

"那么你想通了又能怎么样?"

他又沉默了,又听见高速公路上汽车飞驰时的沙沙声。

她就是缺少耐心倾听男人的沉默。

"他知道我们的事才分手的吗?他怎么会知道呢?"

她愣了一愣,阿三的问题是接刚才的话题。

"是我提出分手,我改变主意了,不是为了你,是为我自己,我突然不想结婚了,就这么简单。"

"并不简单,怎么可以说分手就分手?"

阿三的口吻居然带着谴责,就好像他是那个当事人。心蝶哭笑不得,她竟笑了:"呵呵,亏你问得出来。"

但是责任在她自己,她不是说与他无关吗?他真的就相信了?这么笨的人怎么就让她情不自禁呢?

心蝶沉默了。

"如果那时知道你不打算结婚,情况可能不会这样。"

"会怎样?"

他不响。

虽然表白并不重要,人们都这么说,可是她就是要听到阿三的心声,她不能容忍他的沉默。

高速公路上汽车飞驰的沙沙声,成了今晚他们对话的充满旅途气氛的声音效果。

"你要是不说话,我把电话挂了。"

"蝶来,我想好不和你联系,还因为,那时对你有误会,觉得你是那种狐狸精一样的女人,可以脚踩几条船,在准备结婚,却又和我……"

"是你来找我的!"

她气愤地喊起来。

"你知道我一直喜欢你的,虽然知道你要结婚还是要来看你一次,却从来搞不清楚你的心思,我也没有想到我们会……"

"所以你反而认为我是轻浮的女人,和你上床很容易?"

"不是轻浮,是一时冲动。"

也许就是一时冲动,和阿三就有这样的冲动,仅仅和阿三有?她一愣,在回味他们的关系。

"不要生气蝶来。"她的沉默让他沉不住气,"现在我才知道情况不是这么简单,你不是一时冲动。"

"可能就是一时冲动。"

"蝶来,你不要故意说反话。"

"为什么你认为是反话?"

"你刚才告诉我你那年没有结婚。那套家具不在你的婚姻里,你现在的丈夫不是那年去五金店配钥匙的那个人。"

"又怎么样呢？"

"所以我们的关系不像我以为的那么简单。"

"可能就是那么简单，就像你说的，一时冲动，和你，后来的不结婚，再后来的结婚，都是的。"

阿三沉默。

"我很累，我要睡了，再见。"

不等他回应，就把电话挂断，简直是强迫道别，就像刚才在料理店。

她把头深深钻进被子。

可是，铃声没有再响。

就好像大皮靴的故事，那只该掉下的皮靴迟迟不掉，心蝶反而等待起来。她已经毫无睡意，又一次打开台灯，看看表已是深夜十二点，他们在电话里纠缠了一个多小时。

现在倒是可以看会儿书，无论如何，该发泄的都发泄了，那一股蠢蠢欲动的欲念也跟着发泄掉了。

然而也只是看了两页书，困倦的波浪就把她卷走了，灯还开着。

电话铃再一次响起时，叶心蝶半睡半醒中拿起话筒，甚至以为身在家中，睁开眼睛看到的是旅馆的房间，又是日语，她下意识地用"yes""yes"应和，接着是上海话："真的睡了？"

"你是……"意识没有跟上感官，她竟分辨不出阿三的声音。

"想和你一起睡。"他说，那声音有些嘶哑，她像被点中穴位一般身体立刻烫起来。

没有话语。

只有汽车在高速公路上飞驰的沙沙声从发烫的身体刷过去。

"到东京了吗？"她终于说话，看了一眼表，已经凌晨两点，但意识并不那么清晰。

"还在路上。"

"真远！"她的感叹被敲门声打断。

她吓了一跳。"有人在敲门，这么晚了？"她似在问阿三。

"不用害怕，酒店很安全。"

他的声音甚至是轻松的，只要电话不挂，她怕什么呢？阿三在电话那端守候着。

于是她手里拖着电话线，仿佛延续着躺在床上半梦半醒的懵懂状态，连猫眼都忘记张望一下，便不假思索地打开门。

她吃惊地瞪大眼睛。

门外站着阿三，手里还握着手机，高速公路上的汽车飞驰声犹自在耳边沙沙响。

竟然是幻听？

她伸出手去摸自己的脸，似乎要确认什么。

只听得轻微的关门声，她已在阿三怀里。

心蝶几乎是在海参的引领下开始一段与之前人生截然不同的生活。

单身前往美国中西部一个陌生的小城是要给自己寻找一条生机，那一年孩子已经十岁，她几乎有整整五年时间是和孩子保姆一起生活，也就是说，她给了丈夫五年的逍遥日子来往于上海北京和纽约，从某种角度，这也是她为自己选择的安稳生活。却不料在第五年，她突然告诉丈夫，她必须单身离家一段时间，否则就选择离婚。

"我要去另外的地方住一阵，没有特别的原因，就是觉得窒息，我需要呼吸新鲜空气才能继续活下去。"

事实是，她在海参的帮助下花了近两年时间和中西部几所大学联系，争取到了其中一所大学半年的短期奖学金，这就是说，她有了出发的理由。

即便没有理由她也要走。几年前李成的出走，之后他的第一次婚姻的暴露，他们的婚姻已被蒙上阴影。在纽约，与李成做爱时突然冒出"他在北京怎么解决性欲"的疑问，从此也是挥之不去，那次越过僵局走向和解的做爱反而让心蝶看到和解并没有解决任何问题。李成一如既往，没有改变他的生活方式，仍是北京上海两头跑，对于地理界限给家庭生活的影响不做反应，所有关于他的事业计划仍然如常进行。是的，吵架也好和解也好，都成转瞬即逝的现象，心蝶正是通过纽约的和解开始正视已经疮孔颇多的婚姻，看清自己的生命将在没有热情的婚姻中虚度的可怕现状，心蝶必须有所行动打破这个现状，这次单身出国便是心蝶的一次自救。

李成同意接替她的位置到上海与孩子和保姆住一阵，说好给她半年时间做她想做的事，事实上，即便要阻止也阻止不住这一个在他看来是异常的要求。他很清楚家里这一位是那种我行我素不计后果的"疯"女人,这股"疯"劲曾经非常吸引他,至今仍然让他心动,虽然又很头疼。这种时候他知道必须忍,从某种角度他也是在目睹另一个自己正在与令人窒息的日常人生挣扎,他从心底里同情她,并希望助她一臂之力,假如她不是他的老婆。

李成当然明白,这些年给他底气的这个家是靠心蝶在支撑,包括为他生养孩子,那些集体艺术工作、集体娱乐生活都是建立在有个家可以回的退路上,没有退路男人是无法真正潇洒的。反而心蝶这样的女人更容易走极端,更容易彻底,他知道,当她显得偏执时已经准备一意孤行了,假如要去阻拦她做什么事,只会适得其反,对于任何这一类活力强劲的人,阻力成了他们行事的动力。所以他太明白应该如何与她相处,对她,只能放任自流,你放手让她飞,她就飞回来了。毕竟,半年并不长,他想,也许不到半年她就会回来,因为她一手带大自己的孩子,从来没有离开孩子超过一星期。

与阿三在成田机场的重逢,是心蝶始料未及的,好像他是她走向新空间的标识似的。早晨,当他赶回东京,而她再一次排到乘客的长长的队列里接受出关的检查时,她想到。

当然不是,她不愿意他是,他还没有重要到成为什么标识性人物。更何况她是去一个全然陌生的城市,陌生便意味着奇迹的发生,她怎么可以还未进入陌生就被过去的关系牵绊住?

然而,她已经被牵绊了,在重新开始漫长的航程时,她脑中全是刚刚成为过去的情景,她又一次屈服于身体里的那只野兽，奇怪的是，这只野兽蛰伏了那么久，却在见到阿三的一刻跃然而起。

他们在机场旅馆狭小的房间庞大的床上对各自的需求之迫切而感到吃惊，时间使这种需求变成深沉的永远无法填满的缺口，可是让他们感到痛苦的是，做爱从来就无法真正消融时间和空间带来的隔阂，或者，一旦陷入爱，爱的感觉就消失了，感受到的都是伤害委屈遗憾和怨恨这类负面情绪。

她和阿三，只是在床上重逢，是身体的重逢，如果开始交谈，隔阂便横亘在他们之间，就像之前在电话里一样，好在，在成田机场的旅馆，一时还没有时间交谈。

他们都很疲倦，已经没有时间睡觉，早晨前台的morning call（起床电话）响起时，他们似乎还在继续漫长的、从初夜就开始的做爱。

回想前一天在酒店大堂相逢的情景已经很遥远。

这样的回想，心蝶必须继续下去，以确认现状的真实感。可是回想让曾经发生的真实变得更像一场梦幻，那时候她的身体在经历又一次冗长的排队，打开行李箱，脱下鞋子，并且张开双臂让探测仪在两肋下滚动，每个人都心甘情愿接受安检，似乎这保证了你身旁的人和你一样无辜，你将乘坐的飞机无比安全。

当心蝶终于坐到飞机上自己的位置，把安全带绑到身上，她那个通过回想携带着的真实和她此刻的身体一样高悬在空中，充满着需要踏足在坚实的泥地的渴望。和阿三的一切都是遥远的,哪怕昨晚刚刚发生,哪怕在昨晚发生的一刻,也仍然是很久很久以前的故事的回放,他们之间的每一片刻都成了过往的再现。他们的亲吻、爱抚、做爱方式仍然保留着当年的张力,那种因为禁忌因为被监视而产生的慌张和不美满以及这一切带来的刺激——是的,当阿三插入时她仍然有疼痛感,也许只是疼痛的记忆,而因此给予她强烈的刺激——这刺激于阿三也同样强烈,令他无法正常做爱。

他刚插入便射精了。

从某种角度,他们并不是一对和谐的性伴侣。然而,做这样的结论或许为时尚早,因为,性爱的完美也需要时间的磨合。

他们相拥着躺在床上互相凝望,她伸出手抚摸阿三的脸颊,他再一次勃起。阿三翻身压上来紧紧抱住她,好似鼓着一股狠劲。

"我要你知道,我在床上的能量!"

但心蝶的身体在收缩,她觉得疲惫软弱,几乎没有力气承受他的再勃起,她告诉阿三,她饿了,需要补充能量,于是,阿三起身去酒店通宵店买来一大堆吃食。但心蝶想吃泡面,于是阿三又去楼下买来泡面,上上下下的,这时候的阿三又变回她能掌控的那个言听计从的邻家男孩。

她用酒店电热壶煮开水,为他们一人泡了一碗面。两人围着小小的茶几吃面时,心蝶突然很向往生活充满这样的片刻。

她告诉他,在上海的家,待儿子睡下她便独自消遣日剧,日剧里的角色经常吃面,他们吸面条吸得很有型,令她也跟着饿得想吸面,于是深夜去厨房给自己煮熟泡面。但一个人对着电视机吃熟泡面吃得很寂寞,而丈夫正在北京过他的"热闹的集体生活"。她没有把这个心情告诉他,她不愿在阿三面前谈论李成,再说鼻子有些酸,而阿三熟悉的那个蝶来是反伤感的。

　　吃完面,心蝶又给他们各自泡了一杯咖啡,她在自己的家,也是每天起床后必喝一杯咖啡,但在十多年的婚姻生活里,她从来就是独自喝这一杯咖啡,除非和朋友一起去咖啡室。她是不是渴望许多早晨和这个叫阿三的男人一起喝家里的第一杯咖啡呢?

　　在她东想西想感触一大堆的时候,阿三已经急不可待,他一口喝干杯里的咖啡,把她的咖啡杯从她的手里拿开放到床头柜上,他牵住她的手把她拉到床上。

　　他把外裤内裤一起褪去,再一次勃起的阳物坚硬但并不巨大,那是相对于她对初夜的记忆,这也是自初夜之后,她刚刚看清的另一个真相。

　　"我要让你忘不了我!"阿三就像在发誓。

　　我从来就没有忘记过你!

　　她想这么告诉他。

　　但他似乎完全沉浸在单一的激情中,对她的身体,或者说对他此刻意欲战胜的这个对象全神贯注,focus on(聚焦)得几乎置她这个人于不顾,在这一刻,她觉得,她的心身被阿三的过于强化的焦点分离了。

　　但她仍被感染了,被他的焦虑和饥渴感染,那也是她的青春记忆里的焦虑和饥渴,激情又被煽动起来了,她从自己的颈项下抽出枕头，将它垫在自己的臀下，她抬起下体迎向他。她要尽可能和阿三一起分享或者说战斗，假如说，这是一次个人战争，她和阿三，既是同盟也是敌手。

他们并没有意识到，在机场酒店的做爱只是对于"终于可以无所顾忌做爱"这个愿望的满足，他们的心理需求远甚于肉体渴求，一个晚上又怎能满足积蓄了几十年的愿望？

这个夜晚既漫长又短促，晨曦已悄悄潜入，当她看到染白的窗帘即刻疲惫得闭上眼睛，她好像是在梦中继续做爱这个动作。当morning call的电话铃响时，她猛地惊醒，发现他们的身体还缠在一起，而阿三睡得这般沉，连铃声都无法闹醒他。

她像从重病榻上起身，困难地抬起身肢，然后洗澡更衣收拾随身带的行李，直到退房时才叫醒阿三。

所以，他们不再有时间交谈。

也许对双方的生活不置一词是不明智的，想象比说出来的话题更具腐蚀性，此时此刻的告别又如此匆忙，甚至没有来得及讨论以后见面的可能性，使得分离的渺茫更加不可忍受。

由于她是去一个新地方，因此她单方面握有阿三的电话号码，待她安顿好再把她的电话给他，问题是她和阿三还要继续联系吗？问题是这条航线这么漫长，从东京到底特律是十三个小时，之后要换一架小飞机到当地机场，现在她仍然还在日本的天空上，她已经充满焦虑，如果继续联系，是否去实现"睡在一个床，一起起床喝第一杯咖啡"的愿望？为了这样的愿望，将要改变现实到哪一步呢？

她的脑中已经出现阿三替代李成的画面，然而这不是令人愉快的想象，因为这幅画面有些令人不可信，或者说，她对与阿三成立家庭的画面失去想象力，阿三只是个记忆中的人物，他与她的现实还有多少距离？

也许，可以在婚姻之外和阿三保持关系，然而，这样的关系到底能给自己的人生带来什么？仍然是分居两地，仍然虚幻，仍然存在于意念中？深夜一个人煮泡面的局面不会从根本改变，连婚外情都在异地，陡增思念，这些思念只能令自己更焦虑。

情况变成这样，与阿三在成田机场的重逢，并没有使他们更接近，某种缺憾感更强烈了，他们让彼此变得迷惘。

原先的日常人生曾令情感和身体干涸，这是让心情完全平静直至麻木的必要条件，但从乘上飞机开始，这样的生活就告结束。

异地、孤独、新的生活场景和即刻前的重逢，可怕的是，与阿三的重逢唤醒了藏在身体里的野兽，简直到了一触即发的状况，可是阿三却远在东京，她奇怪自己当时为何不在机场做落地签证，延期三天走也好啊！

她从到达中西部小城的第一天起，就落进白雪茫茫的世界，她的公寓是一栋独立平房，坐落在街边，离市中心只有两条横马路。但所谓的市中心只有一条主街，主街上有教堂银行店铺餐馆咖啡馆酒吧书店药店和超市，主街的侧马路上有一两家韩国杂货店，规模较大的购物中心却在城外，步行无法到达。

即使不下雪，街上也没有什么人，何况雪天，更何况雪天的夜晚，站在路边看过去，被雪覆盖的人行道连双脚印都见不到。她曾经向往的新空间洁净宁静，却也空洞得令人心慌，令她安静了很多年的心复又狂野。

但一开始，她并未意识到自己把自己投进了笼子，她在人口密度很高的城市生活，从小是在闹市长大，这些年身边又多个无时不在制造事件的男孩，和必须经常给予关注否则就有问题发生的保姆，总之，连打个电话都没有安静地方的她，有时想在电话里聊天还必须等到夜深人静时。可那时，对方在另外的时间段，比如蝶妹比如海参比如阿三，虽然阿三过去几乎不和她通电话，现在她有了足够的空间和时间与他沟通，但情况却远不是她想象的那般称心如意。

与阿三通电话，一不小心便是以争吵结束，争吵的内容与成田夜晚的话题有关。

"你会为了我经常回中国吗？"

这是心蝶到中西部后与阿三通第一个电话的第一句话，她不明白自己为何要提出这个要求，或者说，她是以这种方式表明对阿三的态度。

"你是有家庭的。"阿三的回答完全不如她意，语调竟是阴沉的，似乎他在责怪她有个家庭。

"什么意思？"她也敏感起来。

"你应该知道我的意思。"

"我不太清楚，请明确说出来。"已经颇不客气。

"你要我说什么?"

是的,她想听到什么?

问题是,对这样一种关系不做交流,心蝶觉得郁闷。

"我在想我是不是应该把我们相遇的事告诉我丈夫。"她口是心非,似乎故意为难对方。

"我知道你不会!"

"怎么知道我不会?"

"难道每一次萍水相逢的关系,你都会告诉丈夫?"

她勃然大怒:"你这是什么意思,你认为这种事我也可以和任何人发生?"

"我不是这个意思。"更加阴沉的语调,"但是,你是个变数很大的女人,让人捉摸不透!"

"你要捉摸什么?"她发起蝶来脾气了。

但是阿三反而没了脾气:"我要知道你当时真实的想法,这对我很重要。"

"我告诉了你,你又不相信,说老实话,二十年前的心情今天记住的并不是全部,如果你很在意,当时怎么沉得住气没来问一声?"

"当时以为你已经结婚,而且我自己焦头烂额,当年出国跟你现在不一样,完全是白手起家。"

"你说过了,我已经明白了,因为你自己的问题,而不是因为我。"心蝶的话又变成芒刺向他戳去。

阿三又"啪"地挂断电话。

她知道他马上就会反悔,但这"啪"的一声仍然就像击打在她的心脏上,她感到一阵胸闷,一时无法待在这间给访问学者住的单身公寓。然而,外面在下雪,温度在零下十度以下,窗外见不到人影,她没有勇气在这样的气候和时间出门散步。

她开始感受小城的寂寞便是从阿三挂断她的电话开始。

"我看我快要变成花痴了,跑到这里来做访问学者一点没有心情,只想和什么人谈场恋爱!"

她忍不住向妹妹抱怨,现在还忍着没有说出和阿三的事,但迟早这个秘密是保不住了。而与阿三的争吵令心蝶渐渐明白,继续过往的关系是一场冒险,首先二十年漫长的时间沟壑,岂是一夜情可以消弥的?

蝶妹当然无法获知她那电话后面复杂的故事,但回答却也够意外的:"这种感觉不是你一个人有,当年的我都经历过,我也觉得奇怪,为什么人一离开从小长大的地方,就变成一头野马,什么荒唐事都会去做。"

就好像她已经预料姐姐这一端将要发生的荒唐事,要不怎么说蝶妹是巫婆呢?

她放下电话之后才从中听到了妹妹的心声,那是她从来不曾试图去了解的妹妹当年出国后的处境,恍然明白她为何与年轻七岁的男友同居,从某种角度,那是对自己孤寂处境的屈服。她突然感受到住在自己城市这一端的人,不管是亲人还是朋友,与海那边,与异域那一端的人是在截然不同的世界,之间的不同,无法述说,无法感受,更无法理解。

为了摆脱和阿三暗礁颇多的关系带来的沮丧，蝶来试着将注意力返回自己身处的新世界。

她的公寓房是一小栋独立平房，虽然面积不大，但设施齐全，卧室客厅和厨房之间是开放的，坐落在商业街旁。在纽约，这样的寓所被称为 studio，曼哈顿下城有许多这样的 studio，单身艺术家租住着，心蝶在纽约时很向往过一过单身住 studio 的生活，现在终于过到了，然而，却换了场景，心蝶才发现，中西部的 studio 生活，与纽约简直是天堂地狱的差距，在人口稀少文化保守宗教感强烈的中西部过单身生活，简直是等着患忧郁症，等着朝自杀的路上走，那孤孤单单自己的影子与自己相随的滋味真有些不堪忍受。

从早晨起床旋开百叶窗，窗外的街道，街道两旁的树木，树后的小楼，都成了雪的载体，就好像这个世界被雪冻住了，或者说，一个鲜活的正在呼吸的却与她无关的世界被雪阻隔在另一面，晶莹的洁白，悄无声息的寂静，那是新世界的盔甲，她被隔离在真空中，只听得到自己的呼吸，只看见纯净到失去意义的景象。于是睁开眼睛就打开电视机，新闻主播成了你的家庭成员，陪你刷牙洗沐、准备早点，只要愿意，你仍然可以保持吃中国早餐的习惯，冰箱里有的是从韩国和中国杂货店买来的冰冻包子、水饺、馄饨，但你其实一点都吃不下，不知为什么，一个人吃东西，比一个人睡觉还难受。

孤独这个词，在自己的城市是形而上的，是精神上的寂寞，那里人口密集，你向来发愁的是哪里有安静之处。此时此刻在异乡,在她从来不曾听说的中西部小城,孤独首先是身体的,是从物质存在开始的,在寒冷的雪天,在被晶莹冰冷的白雪封锁隔离的世界,首先需要身旁人的体温,需要活的生物缓解你被冰封被隔绝的恐惧,所谓需求变得简单本能。

如果这天没有讲课会议等公事安排,心蝶起床后会提上电脑就去咖啡馆。白天,没有工作的日子她基本上是在商业街上一家咖啡馆度过,她带上自己的笔记本电脑去那里完成她已在国内签了合约的电影剧本,那家咖啡馆简直是图书馆延伸出来的一个空间,因为几乎所有的顾客都是学生,有时也有教授在那里接待什么人,甚至教师给学生讲作业也在那里。现在心蝶旁边的那张咖啡桌上就坐着一位助教之类的年轻女子,桌面上摊着一大堆电脑打印稿,她正轮流接待学生,平均每十五分钟一个。

其实比起图书馆,这里更嘈杂:音乐,谈话声,以及碾磨咖啡时机器的噪音。也因此更放松,更有下课的感觉。心蝶渐渐明白这里是和她一样住在单身公寓房的学生或临时访问者逃避孤独的地方,于是,先是一星期两三次,以后几乎天天跑到咖啡屋喝起床后的第一杯咖啡,这是她迎接新的但并无新意的一天所需要的安慰,"至少一屋子的咖啡香改变了房间的气氛"。她已经忘了谁把这一馨香的心得印在她的记忆屏上,不仅仅是咖啡香,还有拥挤了一屋子的陌生人,那是她度过寂静的一晚之后需要获得的活生生的气息,这时候她才能真正地安静下来。她开始写作,一两个小时以后才有饿的感觉,于是她把电脑等都留在咖啡馆,只身去外面的快餐店或者干脆回寓所吃她的早午餐,那时候同样的寓所同样的独自一人,但心情已经调整,是人群滤去了她的对孤独的恐惧?

于是她在咖啡馆得以和柯瑞重逢,这时候离他们在河边的初遇已快两个月了。那还是刚到小城的头几天,冰风暴开始的前夕,在进入初冬的日子,这个男子竟穿着短裤沿着河边的散步道骑自行车,他对着她散步的背影问好,于是他们攀谈起来。由于刚经历秋季大选不久,话题便围绕选举展开,他称自己的总统是小丑,她则抨击自己的城市商业化得厉害,他便问:"自由重要还是钱重要?"那时他的嘴角挂着嘲讽的微笑,这使她回答"自由重要"这不言而喻的答案时有几分疑惑。她以为他是学者,可是他告诉她,他没有工作,目前只是在一个慈善机构做志愿者。那么靠什么维生?她想问这个问题,却因为他嘴角那抹嘲讽的微笑而放弃了,她有些好奇,难道"没有职业"赋予他某种优越感吗?

几天后,她在大学给她的可以公开的电子信箱里看到柯瑞的留言,他似乎通过学校网站了解了她的背景和她在学校的活动,并邀请她次日一起晚餐,她托词拒绝了,因为没有职业带来的身份模糊吗?心里不无歉疚。

所以几星期后在咖啡馆见到柯瑞,她用热情的笑容掩盖了这份歉意,柯瑞过来打了声招呼,买了杯咖啡就走了,那时候,她正想结识可以谈谈话的新朋友,尤其是当地人。因此,当柯瑞再次出现,端着咖啡坐到她的桌子旁,她便觉得他们是熟人了,但他只坐了十分钟就离去了,他说工作忙。

"你最近在哪里上班？"

"老地方，做义工的地方。"他端起半纸杯咖啡要带走，颇感兴趣地看了看她正在写作的电脑屏幕，"中文字是这样的吗？一个字就像一个图画。"又朝她打量，目光含笑却语调讥讽，"你的剧本就是这么画出来的？"

他们一起笑了，然而她心里的疑问没有解决，难道他一直把人们用来赚生活费的时间去做义工？即使他们后来有了往来，她仍然没有机会问这个问题，甚至当她受邀去他家听音乐，在他的空荡荡的只有一张沙发放在窗前的面积不小的客厅里，当她与他并肩坐在沙发上，他指着窗外说，这就是每天在变化的风景，或者说舞台。他含着笑，嘴角挂着嘲讽，当时是夜晚，窗外的街，街旁的草坪和小楼房在月光和街灯下宛如静止的画面，这景致用她过去的眼光看去优美得不真实，但现在她更愿意拒绝这种优美，她宁愿回到自己的嘈杂喧闹尘土飞扬的城市，回到比高尚的寂静更温暖的低俗的人气中。

她没有和柯瑞讨论关于孤独的话题，尽管这间空无一物只有一张长沙发的公寓客厅具有更强烈的孤独气氛，简直是一件关于孤独主题的装置作品。而在柯瑞的带讥讽的微笑和窗外如画景致之间，似乎暗藏什么玄机，关于赚生活费的问题已到了嘴边，竟又变得难以启口，因此这个问号成了柯瑞身份的悬念。他是谁？从哪里来？他的人生意义只是通过做义工获得吗？

心蝶坐在沙发上双脚高高翘起搁在他的沙发前的窗台上，突然就有了某种和这间屋子一起自暴自弃的倾向。她不客气地拒绝了他端给她的半杯红酒，而索要她嗜好的可乐，并要求他把古典音乐换成最近正走红的歌手。他似乎对她的品位感到遗憾，他给她一杯白水，把古典乐换了爵士乐，一边抨击可乐的害处以及流行歌手的商业气息，但她根本没有倾听他的批判，让她头昏脑涨心情沮丧的不仅是他的晦涩的英语，还有包裹着这一片空荡的阴暗气息，于是她提出告别，他没有留她，只说了一句："你是我认识的最特别的中国女人。"

就这样，她和柯瑞维持着若即若离的往来，她把柯瑞和他的无业无家具状态告诉妹妹，妹妹认为这不奇怪，也许他家有遗产，也许他给自己放一段时间假，不是所有的人都热衷于工作挣钱。"该警惕的是你，不管怎么样，这个人还是有些颓废的，你不要随便去单身汉家，好像还是你自己告诉我，有个纽约单身汉把街上的少年人叫回家，然后把他们杀了，尸体肢解后塞进冰箱。"

"那是纽约的高级白领或者金领，拿高薪住高尚地段看起来完美无瑕那一路……"

"那并不说明职业低或没有职业就是模范公民……"

"只能说明我有多么寂寞。"她打断妹妹，"被你提醒我都有些后怕呢！他要是把我杀了，都没有调查线索，而他说走就走，反正公寓是空的。"

这种玩笑并不好笑，她自嘲地呵呵一笑，蝶妹没有应和。

当然，她不会再去那间空空荡荡的公寓了，系里的各种安排多起来,去咖啡室的时间少了,却在朋友处遇见克里斯托,英语系的博士生,阳光男生,妻子是中国人在邻近小镇高中教舞蹈,他们的家便安在那个几十公里外的小镇,所以克里斯托不常来学校,一来便待到很晚。

她和克里斯托一见如故,初遇时他便与她自来熟地聊了很久,她曾对他的名字开了一阵玩笑,因为她很喜欢那位同名的喜剧演员。他说她是大学城与他最投合的朋友,不来城里的白天他打电话和她聊天,但她通常不在家,即使在也是正忙着出门。

有个晚上他从图书馆查完资料,开车回家经过她的住处,打电话说想和她面对面说一声 hello,于是她便打开家门,让他进来喝一杯咖啡。以后,他进城回家时会时不时去她的小公寓小坐一会,假如她恰好在家。柯瑞的角色已被克里斯托替代。

在开放式厨房和客厅兼卧室之间,有一张半圆桌,两人坐还显得宽裕,在某个没有安排的夜晚——那时候心蝶已经渐渐进入小城的社交生活,夜晚通常会被邀去某个朋友家——心蝶很乐意用不同的咖啡,现煮或速溶,以及中国绿茶或 herbal tea(不含咖啡因的花草茶)招待克里斯托。在没有家事羁绊的客居生活中,心蝶给自己厨房的食橱储存了大量有闲食品和饮品,正是这些物质给予她强烈的单身感,蝶妹劝告过她,要学会去 enjoy(享受)这宝贵短暂的单身时光。

这晚,克里斯托端着咖啡坐在心蝶沙发前的地毯上,陪她一起看碟片,心蝶找出很久不看的《朱尔和吉姆》,特吕弗的经典之作,也是心蝶时不时要拿出来温习一下的保留佳品。

看法国片时，克里斯托满溢的英语文学知识完全没有了施展余地，为了照顾他，心蝶把她从中国带来的盗版DVD的字幕换到英语键上，克里斯托说他简直不敢相信，在心蝶的临时宿舍居然看到有英语字幕的法国著名导演的经典片，便开玩笑说，他可以考虑利用这几个月的晚上时间，在心蝶处补习法国电影。心蝶说，你要教我英语作为交换。克里斯托笑说，此时此刻我已经在教你了，请注意请注意，我在用什么时态？克里斯托突然问道，见心蝶一愣，便哈哈笑，我在帮你温习语法呢！

就在他们轻松说笑当口，电话铃响，心蝶带着笑声接电话。

"噢，很热闹呢，家里有客？"是阿三的声音。

"哦，只有一个朋友。"

"听起来很多人。"

"电影里的效果，我们在看DVD。"

"你们？ He or she？"

语气已经不善，她一愣。

"那么是he？ 这么快就交上男朋友了？"

"你真无聊！"心蝶勃然大怒。

阿三"啪"地挂断电话。

心蝶坐回沙发，她必须用力克制，才能把眼泪逼回眼眶，如果不是坐在地毯上的克里斯托抬头疑虑地看住她，她可能还不至于这么脆弱。

她起身给克里斯托续茶，然后举起遥控器，暂停的画面在继续，克里斯托的脸转回屏幕。此时此刻，还是在电影的上半段,在战前巴黎,影片基调充满巴黎情调的轻快节奏,风转云动的浪漫,深夜的塞纳河桥上,一女二男在赛跑,很快凯瑟琳便奔到前面,吉姆和朱尔在后面追赶,这也是故事里的人物关系,这个有着希腊雕像神秘笑容的美丽女子让这两个总是在一起分享艺术之美的年轻男子迷恋不已。叫凯瑟琳的女子玩笑地穿上男装,玩笑地与两男子赛跑,现在站在桥墩上又玩笑地宣称想游泳,便穿着衣服跳下冬天的塞纳河,青春喜悦里突然就闪现了死亡与毁灭的影子。那些纯真狂放和自由将越来越无法自主,在电影的后半段,所有的人都将遭受生命的伤痛,战争,和,世界大战之外的个人的战争,或者说,个人的战争在战后将永久持续。

每看一遍,她都有新的感受,但今晚,心蝶无法沉浸于故事,她的沉寂令房间的气氛迥异。

"是不是我在这里,影响了你们的关系?"脸仍对着屏幕的克里斯托突然发出疑问。

她有些吃惊,就好像他能听到并听懂电话里阿三的中文。

"谁是'你们'?"心蝶笑问,好像刚缓过气来。

"我猜想是你的丈夫?"克里斯托像圆规一样转了个圈,正面对着心蝶,三十岁的男子蓝眼睛仍然清澈,前额的头发却已经后倾。克里斯托温和博学,不给女人任何威胁,当然,也不性感。

"我感到不安,所以这画面都没有进到眼睛里。"

"呵,跟你完全没有关系!"心蝶加强语气般地挥了一下手,面对女性化的男性,她平添几分男子气,"我们在谈其他事。要不要倒过去几格?"

"那就好!"他又画圆一般转了个180度,重新面对电视机。

坐在他身后的心蝶开始怀疑是否能在中西部小城坚持半年的独居生活。

这消沉的情绪一直持续到次日,那晚心蝶从中国家庭的聚会回家,踏上公寓前寂然无人气的小径心就一沉,隐约在心底的压抑和失落突然就升腾起来,伴随着不可名状的欲念,仿佛这雪越大气温越低身体里的荷尔蒙分泌得越猛。她甚至在回顾这两个月的食谱,无疑的,到美国后,奶油和奶酪之类的奶制品增加了,但它们毕竟不是激素,她应该记得到公寓的第一晚便辗转难眠,她几近沉睡的欲念其实是从东京开始泛滥的。

和阿三的纠缠从成田机场的重逢开始,每一次的争吵都令她心境跌入低谷,同时又伴随着欲念渴望满足的焦虑。现在她在想象如何去酒吧搭识某个很 man 的性感男人,让身体里烧灼的能量获得释放。她为自己有这样的冲动而感到不可理喻,然而这也不过是一次意淫,在行为上她仍然显得冷静而有条理,进家后锁门并仔细挂上铰链搭扣,将四扇窗户的百叶窗都放下,其中有扇百叶窗边上有粗的缝隙,她挂了一条长丝巾将缝隙严丝密合,自我防范一点不疏忽。

然后她给自己泡了一壶 herbal tea,一边打开 DVD 机器,她很庆幸自己有先见之明地带了这台机器和足以帮她度过空虚夜晚的电影片子。这得感谢海参的提醒,他对冬天美国中西部夜晚的孤独有刻骨的记忆,他和他当年的女友分手后,曾租借遍录像店所有值得一看的电影,他那些关于法国电影的知识,便是在那些夜晚获得。

在这样的夜晚,连想象他人的孤独处境都会伤感,就在这时,电话铃响。

呵,是海参!心蝶几乎像收到礼物般地惊喜地在心里喊起来。

比起之前在上海的通话,现在他们之间就有了更多的共同话题,至少可以和海参交流中西部冬天夜晚的孤寂。

"也许一个短暂的恋爱就能解决这个问题!"

他开着玩笑,她不好意思告诉他自己每每回到寂无人影的家门口就有去酒吧猎艳的冲动。

"恋爱没有那么容易,这不是单方面有想望就行得通。"绝望的感觉又一次攫住她,就像蝶妹说的,谁不想重新开始,问题是找谁?能让你心动的那个人在哪里呢?

当她的思绪滑到千里之外又滑回来时才发现电话里的寂静。

"喂!喂?"她问。

"我在听你说!"

"我没有新鲜故事,这里的生活也是过过便旧了。"她自嘲笑说,"当地报纸已把我的年龄婚姻等等状况披露,所以我被邀请的是家庭聚会,夫妇们成双作对,你也知道这里宗教气氛浓郁,对家庭尊重远远超过中国。人们告诉我,这里,中西部,才是典型的美国,他们说纽约不是美国。"

"现在你该明白美国是清教徒国家，主流文化非常保守。"

"可我们在中国时怎么会认为美国有多么开放，开放到堕落？"

"这类误会很深刻很广泛，尤其是我们这一代，曾经把所有人生问题寄托给美国解决，许多人到这里来，一部分是为解决生计，一部分是来实现理想，不是所有的理想都是高尚的，做一部分在国内做不到的事，这也可以称为理想的一部分，比如一下飞机就到处找红灯区……"

他们一起笑了，她想着自己曾希望来这里度过一段短暂精彩的单身生活不就是基于这"开放"的背景吗？

"我来美国时才二十岁，到这里读完大学，就像你看到的，大学生的圈子几乎什么事都敢做，酗酒群居，走得更远就吸毒，少年轻狂嘛，我所有轻狂事都在结婚前做完，结了婚就不同了，'家庭第一'是美国的价值观，我母亲绝对不会想到，是美国文化让我变得自律。"

她应该记得他在农场时周旋于不同女人间，如果不是高考复习时让她发现他对生活严肃的一面，她也许会一直讨厌他到底。如今面对海参，她几乎忘了年轻时他在女人面前表现的玩世不恭的姿态。

"喂？喂？"她的沉默令他在电话里发出询问。

"我在听呢！我在想这两个月才慢吞吞地过去，还有四个月呢！"

"蝶来？"他带着询问道。

"什么？"她本能地树起戒备神经。

"在东京机场你碰到阿三了？"

"当然！他在机场等我，从你那里知道我的班机时间！"她想他终于提到这个问题了，他如果一直不问才怪，但是，关于两个人的关系恢复到哪一步，他从阿三那里知道多少呢？

"听说，你们相处不错。"海参呵呵一笑，在她耳朵听来有些刺耳。

"不是你想象的那么好，阿三他现在很难处，动不动就发脾气，有时我简直以为是另一个人。"

"因为他已经不像年轻时那么听话？"还是刺耳，但她怀疑是自己多心。

"我并不要掌控他，就拿昨天的事情来说……"她如此这般将昨晚阿三如何挂断电话的事说了一遍。

"是不是人一进入感情关系就容易失控？"他问道。

她不响，然后问："阿三都告诉你了吗？"

"你们之间的故事他不说我也能想象！"

她很不自在，把话题转了："昨天想把特吕弗的《朱尔和吉姆》再看一遍，后来来了阿三的电话，连看电影的心情都没有了，却突然联想到，为什么这么喜欢这个故事，好像里面的人物是在帮助我表达一些一直无法说清的东西……"

"哦？"

"无法投入日常生活，无法满足感情关系渐渐平淡，要追逐极致……"

"可极致就是把人引向毁灭。"

他接着她的话道,她一惊,这也正是她的感慨。

一时两人都无语。

"说说你的电影。"他问道,语气却有些沉寂。

"已经很久没看,只能讲个大概。"她想了想,久违的情节线仍娴熟于胸,"两个男人崇拜一个女人,战前三人行的关系轻快纯真,战争把两个男人放在敌对战线,因为叫朱尔的是德国人,叫吉姆的是法国人,他们不担心死却担心会在战场上杀死对方,不过战争到底还是结束了。朱尔和凯瑟琳结婚了,吉姆去看望他们,他仍然迷恋凯瑟琳而为了友谊他从没有越轨一步,但是忠厚的朱尔告诉吉姆,他们并不幸福,因为他无法满足凯对激情的多量需求,他容忍妻子的不忠,为了留她在身边,现在朱尔希望吉姆和自己的妻子发生恋情,希望把朋友和妻子一起留在身边。于是,三人关系到这里发生了大转折,风流倜傥的吉姆不同于朱尔,他成为凯的情人的时候,便无法容忍她和其他人的关系,包括和朱尔。但从凯瑟琳的角度,她不能容忍吉姆对过去女友的留恋,她认为一对恋人中至少一方应该忠诚,于是她又开始外遇游戏,吉姆很嫉妒,决心离开凯瑟琳回巴黎结婚。有一天,他约朱尔到咖啡馆,他要告知自己结婚的消息,凯瑟琳也来了,在露天咖啡座,凯要吉姆坐上她的车她有话谈,她上车时笑对坐在一旁的朱尔说,你看着我们。于是坐在咖啡桌旁的朱尔看着吉姆被笑嘻嘻的凯瑟琳领上她的车,看着笑嘻嘻的凯瑟琳发动车子并缓缓行车,笑嘻嘻的凯渐渐加大马力猛然把车开上断桥,车子狂飙,径直冲进塞纳河里……"

"喔！"海参吃惊地轻喊一声，"我去租这部片子看。"

"三人都毁了，只要其中一个人变得疯狂。"心蝶深深叹气，"但是一开始，你会觉得这三人关系和谐完美，不过，我更多的是在想这个叫吉姆的男人，他不是一直维持着绅士风度嘛，为什么在获得爱的回报时反而变得嫉妒和有占有欲了呢？"

"人在情感关系上也是贪婪的，得到了，就想得到更多……"

海参低沉地总结了这么一句，他总是有些至理名言。她渴望向海参倾吐，她和阿三终于有了一次几近满足的做爱，本来她以为，只要她愿意，他们可以继续下去，她甚至愿意为此结束和李成的关系。事实上，关于这个可能性的想象一直模模糊糊，却是现在才变得清晰，但同时她又发现这其实只是自己的一厢情愿。

海参好像突然失去谈话兴致，他说有些疲倦想早些睡，便挂了电话。

已经下半夜三点，在床上辗转的心蝶仍然毫无睡意，一些话题开了头却没有谈下去，意犹未尽，神经仍兴奋着，思绪又跳回到昨晚，阿三的挂断电话仍令她耿耿于怀，但昨晚克里斯托陪她去城里有乐队的酒吧喝酒听音乐，她的心情很快从低谷回升。

那家酒吧不仅有乐队，还有可以任意涂写的纸桌布，桌布上有五花八门的句子，诸如："我喜欢甜品，但不要直接给我糖。""我更陶醉接吻而不是性交。"

有个芝加哥的爵士乐队演出,来了不少人,其中不乏克里斯托的朋友,她并不会喝酒,而克里斯托要开车也不能喝,因此他们一人只是喝了一杯已经接近软饮料的鸡尾酒,但是,音乐和人群令心蝶情绪高涨,猎艳的渴望又升起。

"一个女人躺在甲板上,渴望和陌生的水手做爱,我们每个人都有这种欲望,而我为了爱可以克制,可你不能。"这是她昨晚想要温习的电影中吉姆对凯瑟琳的指责。

"我们长大的年代有许多票证,肉票鱼票布票粮票,所以我们患上饥渴症。"

她东一句西一句把这段心得凌乱地抒发在酒吧的纸桌布上。

今晚又有什么缺憾留在心里?是与海参谈话戛然而止?他的突然低落的情绪令她隐隐意识到他们的谈话似乎触到了什么暗礁。

她坐起身,从枕头下拿出地址本,在考虑可以和谁聊聊天打发寂寞长夜。那时候,正是上海的下午,有工作的人都在忙,唯有丈夫可能在家,她每天都有电话挂回家,通常是在自己起床时也就是上海的晚上时间,和儿子说上几句以解念儿之渴。李成有时在有时不在,她和丈夫讲电话完全是为了家事,所以即使此刻心情低沉,也没有要和他说话的愿望,他远不是可以治疗她心病的那剂药。

这半年李成说是把画室放回上海,但两三星期总要回一次北京见一些他认为非见不可的人,那些国际策展人收藏家经纪人,到北京哪怕待一个晚上也好。看起来李成是绝不会放弃北京的空间，随着他在北京生活的时间越长这种放弃越不可能，而心蝶越来越明白，李成作为一个渴望成功的男人，是不会为了情感或家庭去牺牲什么，恰恰相反，他倒是会为他的所谓艺术前程放弃或牺牲其他任何一切，当然也包括情感生活，就像他说的："五十年代出生的人已经没有多少时间了。"这个时代出生的人，怀才不遇也好，生不逢时也好，按照自然生存法则已被淘汰大半，能够实现事业目标的多半是生命力特别顽强，意志特别坚强的一群，这强悍的另一面便是"不顾一切"的冷酷，是不被情感纠缠的无情。

现在，可以说李成已进入成功艺术家的行列，但心蝶想放弃了，放弃正在缩水的婚姻。虽然，从生命本质上心蝶和李成是一类人，但价值观却不同，她把情感生活视为生命意义，如果在丈夫身上得不到满足，她会毫不犹豫地转向他方。

单身来美国便是心蝶给自己寻找情感出路的方式，遗憾的是，还未真正踏上这趟旅行，便卷入已事过境迁的情感中，阿三的出现扰乱了她的计划。

她的思绪只要落到阿三身上，便如同纷乱的故事开了头，真有千头万绪涌上心的感觉，人生中有问题的页码，一张张地在她眼前掀翻。心蝶憋了两小时，终于忍不住给妹妹拨电话，蝶妹大吃一惊。

"这么晚了还不睡？"

"在机场旅馆和阿三过了一晚……"

没头没脑，她讲述起和阿三的秘密，也许已经不是秘密，想起海参的反应,有些悻悻然,她不知道她在他心里是什么形象,但这已不重要了,与此时的郁闷和寂寥相比,倾吐秘密会很爽。

机场夜晚仍是过渡,她是要告诉妹妹那一次她毁第一个婚约的真实的心理背景,当她向妹妹倾诉秘密时又回到了蝶来和蝶妹的关系,那是两个同谋者,为了从一个乏味的偏执的成人世界抢回一些快乐,她们不得不进行一些如今看起来十分可怜的"策反"。当年和今天都一样,即便今天已是成人队伍的一员,又能改变什么,和强悍的现实相比?

"阿三走之前到嘉定找过我!"

"去你学校找你吗?"心蝶非常吃惊,"为什么?"

"他先打电话来要我帮他把你约出来。"

"你没有答应!"

"你正在装修房子准备结婚。"

"他去找你,你就给他地址了?"

是责备还是赞同?心蝶自己都很模糊。

"我本来还要坚持,我真的很担心,你们见了面,之后的事情变得不能控制……"

"你都预料到了,为什么又改变主意?"

"他当时说了一番话让我感动……"

"……"她想听又很怕听。

"他拿到签证想来和你结婚,他知道你很想去美国。他说了,即使你看不上他,假结婚也要把你带去,因为他觉得你在当时的环境更压抑。他说你的性格本来是这么天然，这么不受拘束，你应该去更自由的地方。"

喉口似被哽塞，她拼命咽着口水，说出来的却是自嘲："可惜他没有告诉我，他看见一房间毛坯新家具吓坏了……"

"我告诉他你已领了证书，他不相信，以为我骗他，我给他你新房的地址是要他去面对现实。"

"……"

"他回去后，过了几天打电话告诉我，他通过他母亲打听过，你要结婚的事是真的，所以他不打算去找你了。"

"可他还是来了。"

"我猜想他是来过了，所以你那里就反悔了，我没有问你，是因为我相信你们已经说开了，你打算跟他走，所以我宁愿不说穿。"

"他没有说，他要带我走，他如果说了，我当时是会跟他走的……"

她流泪了，妹妹是看不见的，因为她的声音还带着笑。

她好像是一边流泪一边笑着描述，似乎是自我解嘲地讲述她如何和阿三离开正在装修的新房，他们原是想一起散散步，走着走着经过国泰电影院，他们一起抬头看见巨大的影片广告，是什么电影当时就没有看清，却记起七十年代《金姬银姬的命运》的电影广告牌，她和阿三曾等在广告牌下，等海参退到票一起进电影院，但是开场铃声响了，海参让他们先进去，他说他马上就会退到票，果然他们刚看了放在故事片前的新闻纪录片开头，海参便进来了。事情就是这么简单，她和阿三站在八十年代的国泰电影院门口聊起七十年代三人看电影的往事，于是阿三把她拉进电影院，之后的事情就失去控制……

"我并不后悔后来发生的那些变故，我是说，我一点不后悔，因为那个婚没有结成才有后面跟李成的婚姻，当年和李成结婚时觉得他是最匹配我的那个人，到现在我仍然觉得他和我旗鼓相当，换了阿三，不，不会，那时的我是不会甘心这一生只认识一个阿三的。"

心蝶这一个总结性的议论令蝶妹意外，那你又怎么解释这次和阿三邂逅，蝶妹似乎在犹豫提出这个问题的恰当性，心蝶已给出回答："我跟李成最大的问题是我们之间的感情已经淡去，我们把我们的日子过得越来越没趣，我们两人都不会满足这种关系，我想李成已经以他的生活方式获得补偿，可是我没有，我觉得不公平，我这次出来是给自己找出路，没想到刚离开家门便遇到阿三……"

心蝶的坦率正是她的性格中令人感到出其不意的地方。

"阿三总是在填补你的空虚，当年也是，你那时在和阿三好的时候还在向我辩白，说这不是谈恋爱，说，你想象中的恋爱不是这样的。"

心蝶一怔，她第一次意识到，也许她想象中的情感关系在现实中是永远无法实现的。

"现在的我不会再有想象中的恋爱对象，只要这个人能唤起我的热情，没想到看到阿三反而比过去更有感觉。"

"事情很简单,你可以问自己,你会不会为了阿三,和李成离婚?"

"可是阿三变得很难相处……"

她告诉蝶妹她和阿三在电话里动辄争吵的状况。

"不要隔着电话谈恋爱,容易有误会,有了误会也没办法化解,我和丈夫的离婚就是距离造成的……"

蝶妹现在才告诉蝶来,那时她的新婚丈夫大半时间在南方城市出差:"简直不敢打电话,一打电话就是吵架。"蝶妹终于能够让姐姐设身处地感受她当年的问题。

"我和阿三的问题是,我们已经是半个陌生人了,二十年在各自的世界,已经回不到过去了。"蝶来即刻又把话题转到自己身上,她对着蝶妹深深叹气。

"你和阿三的相处方式还是小时候的那一套,你们必须脸对脸,近距离接触。"

听起来,她和阿三似乎只会在现场用原始方法交流,然而,正是那种方式令她感到充实,尽管,这只是身体的充实。但在心蝶的经验里,爱的关系都是从身体开始,虽然,她年轻时理解的爱情应该更加精神化。

心蝶放下电话却心潮起伏,关于阿三当年打算和她结婚把她带到美国,即使假结婚他也愿意的一番话,这一个刚刚获知的真情,令她震撼,也许只有到了今天,在经历了岁月,经历了李成这样的丈夫之后,她才能感受阿三的一往情深。她躺进被窝,就像独自把旧电影重新看一遍一样,把和阿三相处的那些往事细细回忆了一遍，泪水湿润了她的回忆。

后来，她放任自己狠狠哭了一场。她是在号啕大哭中迎来人们所说的黎明。

仿佛突如其来的，春假就到了，她被邀去纽约参加一个华人举办的戏剧节，那个戏剧节上有她的剧本朗读。于是，她给阿三打电话，阿三住在新泽西，与纽约一河之隔，自从那次挂断电话，两人再也没有联系过，就像蝶妹说的，他们需要面对面的交往，现在，机会来了。

在和蝶妹痛聊与阿三的往事之后，阿三好像又进入她的内心，或者说是从内心的某一处扩张，渐渐地充满了整个心空。

但是联系阿三竟不容易，给他电话留言没有回电，手机总是关机，后来是海参告诉她，阿三又公差去了东京，他说写e-mail比较方便，阿三每天开电子信箱。

她便给阿三发电子信，很奇怪，她之前竟从未用这个方式和他交流，她费心思写了一封长信但又删了，最终是最简单的两句话，告诉他她要去东部，希望能见面。

可是阿三没有回信，这使心蝶气闷到愤懑，因为自从知道当年阿三的心情，对他聚集起的新的热情，燃起的重新开始的希望，却在阿三那里碰壁，心蝶的愤懑是这崭新的希望带来的失望，对于这个曾经对她言听计从的男孩，心蝶竟感到束手无措。

同时，从知道她要去纽约这一天开始，海参的电话就密集起来，一天中来了好几个电话，先是询问了她住的旅馆的地址，然后又告诉她已把她将要入住的旅馆照片都下载了。这是家没有评过星级的老旅馆，虽然贵得吓人，因为地段太好，紧靠五大道的五十三街，简直像在上海的南京路。接着又给她相关信息，比如，那里饭馆不多，但旅馆旁有一家日本小面馆，在曼哈顿享有盛誉。老旅馆盖了新楼，通过她的房间号码已经知道她住的是新楼，还告诉她最好自带电脑，那家旅馆的房间没有cable，上网要去楼下的商务中心……信息简直源源不断。

对于心蝶这是些虽然微不足道却也并非可有可无的information，旅馆是邀请她的机构预订的，旅馆的风格气氛地段都不是她能够决定，虽然寄居异地只有几天她并不想做什么决定，但预知细节到底令她产生宾至如归的安全感，比如旅馆旁的日本小面馆，在豪华昂贵的中城使她的诉求很低的中国胃不至于空虚。

这是她和海参之间的新话题，也填补了她得不到阿三回应的空虚，如今夜晚回到寂然无人影的公寓，她会等待阿三的电话，然而又知道她会失望，这使她不能原谅阿三强加于她的失望的夜晚。

这些夜晚海参电话进来，不用招呼语就进入具体话题，对于她正在整理的将带去纽约的旅行箱里该放哪些衣物他会有些建议，他叮嘱她带上裙子和配裙装的皮鞋，上装的颜色保守一些，她的纽约时间表上有个比较正式的酒会。

他偶尔在办公室给她挂电话，因为想起什么必须赶快叮嘱她，他的办公室据说就在比尔·盖茨那栋楼上，因此这些叮嘱在蝶来的耳朵听来便敷着特殊的色彩，甚至有点性感。

这些家人之间才交谈的琐事在蝶来的家却是很少听见，在一个不愿意进入衣食住行话题与日常生活抗拒的丈夫身边。然而，即便被打动也只是在细微之处，而且转瞬即逝，并没有留存在哪里。也许，她和海参认识时间太久，从来没有擦碰出火花，仔细回想起来，他们的往来并非畅通无阻，有很长一段时间，之间是有很深的沟壑。

然后，在她启程的前一天，他来电话告诉她，他可能去纽约出差，听到她惊喜的回应，他又补充说，已经在找旅馆，公司对旅馆住宿费有限制，他可能不会住太中心地段，偏出去几条马路，却要尽量离她近，坐出租车几分钟到的路程。

"不过，曼哈顿的出租车不容易叫到，尤其是在周末晚上。"他担心。

可以坐地铁也可以步行，每个 block 走一分钟，十几条横马路也就十几分钟。她告诉他，这是她的纽约经验。

于是他好像刚刚想起似的说到时代广场旁有家旅馆是公司长年包下的，可以住那里。

"当然住四十二街，夜晚好热闹，从我这里走着过去顶多十分钟。"她说道，俨然身在曼哈顿五十三街的旅馆，她不太明白他在顾虑什么，也许以前做过咨询公司，点点滴滴的细节失误都要为客户预设。

后来她才知道，他即使提早到达纽约也已经是她离开纽约前一天的黄昏，也就是说他们能够相处的时段是她在纽约最后一天的晚上，所以他要精打细算他们在纽约可以共享的时间，甚至相互走拢时路上消耗的时间也要尽可能不浪费。

土相星座的男人，节制、含蓄、内敛，未免有些算计，看他这样小心地把握时间，好像他们将要开始一个约会。心蝶拿着电话微微一笑，想着丈夫带些诋毁的评价——很上海的男人！如果这一刻李成也参加讨论，嘿，他会拒绝这类讨论，他恨不得人生的每个片刻都是轰轰烈烈的大事件，所以他几乎不跟女人聊天，所以他也不跟心蝶聊家务。心蝶有时候很焦虑，觉得和李成在一起就像在紧急状态，一切都带临时色彩，那种不安稳甚至影响到她的心脏。有一年她去心脏科就诊有十多次，心动过速，早搏，李成搬去北京后，这些症状都消失了。

"可惜你的旅馆已满，否则……否则我就住你的旅馆。"

海参突然说道，又戛然而止，似乎说了一句冒失话而不知所措似的，但心蝶并没有给予反应，她的思绪还在李成身上。即使不在李成身上，她也不会意识到海参有什么反常，海参的含蓄于她只是一种含混，她是个习惯性地不去探索任何含混的粗心人。

她到纽约后，与海参更有话聊，她向他汇报去过的地方见到的人，她有这么多的好奇要消化，要与人分享，海参是个最有耐心的倾听者，为此她暗暗感激他，因为，李成从来没有耐心和她聊，他总是着急地问，你五分钟讲得完吗？李成他急急忙忙要赶到哪里？甚至做爱都带着一股仓促的劲头！

心蝶入住的这间老式旅馆被称作大堂的狭窄的前厅，像一间俗丽暧昧的夜总会，灯光幽暗，闪闪烁烁，廊柱镶满镜子，墙上是色彩浓丽的热带风景的大尺寸商业画，拉低的天花板，灯光箱如网格嵌在廊柱、镜框和天花板上，猛地进入前厅，宛如被强光照花了眼睛，被光包围着却什么也看不清，也像走入海洋馆，在模拟的海底世界，努力睁大眸子，调整视觉，四周五光十色影影绰绰，隐约浮动在骤然笼罩的幽暗中。

旅馆的门旁和后墙站着剃平头的深目深肤色的南美汉子，手臂上的肌肉鼓得像两只打足气的皮球，随时会弹跳出来似的。墙上灯光的阴影落在他们颧骨突出的脸颊，有几分杀气。而前台的接待却是个年轻柔弱的南美男子，说着蹩脚的英语，笑起来妩媚得像朵交际花。前厅来来往往的客人似乎也是同一种类型，深肤色、强壮、阴沉、身份暧昧，第一天入住，蝶来心惊肉跳，宛如落入黑手党领地。

她到来的这一天是周六晚，没人接机，邀请她的机构把房间钥匙纽约地图地铁卡等留在前台，这是纽约风格，她并不见怪，却也无法踏实。

所以当晚海参来电话时，她简直喜出望外，少不得向他描绘她所见景象，甚至考虑要换旅馆。海参淡定答道："你住在中西部的大学城，整天只见读书人，风格不一样罢了，放心，这类旅馆中都是商务客人。"

次日，她坐地铁去下城，在西村东村逛了一大圈，在光头假发彩绘脸奇装异服中浸润了一整天,回到旅馆,那里的肌肉男和香艳男突然就不那么抢眼。到了星期一,旅馆果然多了不少西装革履的客人,商务中心两台电脑前总是被商务旅行者模样的人占着。

心蝶倒是安心许多,海参自嘲:"穿西装打领带的商务旅行者到哪里都带去办公气氛,很扫兴不是吗?不过我们给人安全感。"

在纽约,海参给予她的安全感倒是不可小视。

有一晚,海参没有来电话,她便打过去,也没有什么特别的事,到了晚上睡觉前想把白天遇到的事找他聊聊罢了。但海参的语气听起来情绪不高,她问他是否在忙,他踯躅片刻,道:"我想,我应该告诉你,阿三已回新泽西,但……我没有告诉他你在纽约……其实……我……应该告诉他的。"

"把他也叫到纽约,我们三人聚聚,你现在就给他挂电话!"

她不掩急切,那天阿三挂断电话后,再也没有联系。但海参并没有立刻呼应。

"海参?"她问道。

"好的,我现在打过去吧,把你的旅馆电话给他是吗?"

"当然!"她觉得奇怪,还有什么疑问呢?海参为何有些迟疑,"有什么不方便吗?"她忍不住问道。

"噢,没有,"海参的语气又爽朗起来,"我现在就打给他,说不定……他等会儿就会打给你。"

那天晚上,他们第一次没有多聊几句就挂了电话,可是她等阿三电话一等等到深夜,她的心情被这种等待弄得糟透了。她好几次举起电话又放下,想起蝶妹劝告她,永远不要主动给让你等待的男人拨电话,因为你不知道 timing(时机)是否对,如果对方在忙或心情不佳,一句话不对头就把你的情绪败坏了。

心蝶等电话到夜晚十二点,气愤和焦虑令她无法入睡,是谁说的,爱情是没有出路的,真够讽刺的,当她想要认真去爱他时,却让自己变成了一头困兽,在与阿三的关系中,从来没有像这一刻这般被动。

为了排解心中的郁闷,她便下楼去旅馆的酒吧。这间酒吧的风格也一样艳俗,四面是玻璃镜子之类闪闪发光的物质,顶上闪烁着小彩灯,坐着两三个似乎是谈生意的南美人,心蝶一进去,那几个男人包括吧台里的酒保都大睁双眼盯视她,深凹的漆黑的南美人的大眼睛在她看来简直是虎视眈眈,她有点悚然,虽然告诉自己不用害怕,酒吧门紧挨旅馆门,站在门口的保安已经认识她。

她对着酒水单发了一阵呆便又离去,发现隔壁的日本面店还亮着灯,突然就觉得肚子空落落的,这种时候似乎吃一碗面比喝一杯东西更实在。她推门进店,居然还有六七位客人,有一股其乐融融的明快的气氛,温润的灯光,质朴的面食,谦恭的男服务生以及年轻的亚裔客人组成的十分舒展明朗的场景。她来纽约前通过海参给予的资料便已知道这家面店,当时就为豪华中城竟有一家面店而感到几多踏实,却一直没有机会进去。

夜半时分的面店竟也不止于填饱肚子,她看到一二学生模样的亚裔男生喝着日本清酒戴着耳机,将面店坐成了酒吧,相信他们一定是从皇后区或布鲁克林开车过来的,而且是常客。心蝶与他们互相微微颔首招呼,坐到寿司台前心情已经很放松了。她要了一碗乌冬面,一小瓶日本产的三得利啤酒,朝着腼腆微笑的寿司师傅报答般地嫣然一笑,心里已经明白这里是聊解寂寞的地方。

可惜,还有三天就要离开纽约了。

是的,到了第二天晚上,就剩两天了,她终于还是给阿三拨了电话,等是等不到的,她明白他还在生气,或者说,这是他刻意不理她的表示。

既然有这家面店做退路,她就不用担心和阿三吵架后一个人在房间团团转郁闷得要疯。明天是在纽约的最后一天,明天晚上和海参见面,因此她已经放弃和阿三在纽约相见的愿望,或者说,等着与阿三相见而灼热起来的欲望已经冷却,她给他电话是要把憋在心里的不快向他发泄。

为了那次不明不白的 he,他居然一个多月不理她,有这么吃醋的吗?这不是偏执是什么?心蝶举起电话就是这么连讯带讽向阿三发难。

"蝶来,最近有人给我介绍一个女朋友,我觉得不错,我打算和她交往下去,所以,我不想和你见面了!"

"啪"的一声,心蝶挂断电话,眼睛顿时湿了。

难道,他们之间的通道已经变成泥淖,每每试图接近便被烂泥溅了一身？

她冲进浴室冲澡，找出最刺激眼球的衣服，宝蓝色闪着银光中式立领的衬衣，配黑紫色缎裤，缎裤的一条裤管后绣着彩色丝线凤凰，想象中这套妖里妖气的衣服是穿给阿三看的，含着挑逗和诱惑，后来曾打算送给妹妹，但蝶妹不肯接受这类奇装异服。这次来美国便又放进了轻便旅行箱，出门时只要在这套薄衣外再披一件鸭绒长大衣就能抵御纽约的料峭寒春。

去哪里泄愤呢？隔壁日本面店的温馨清淡无法承载她激愤的情绪，她必须去音乐狂野的地方，这套东方风的妖艳时装将是她猎艳的武器，她愤懑地想象着，简直是怀着怨恨洗澡更衣化妆。

而这些过程海参无法通过电话感知，当他的平静如一、有几分压抑的声音进来时，她甚至有些吃惊，好像他们三人是住在一幢楼里，这边吵架平息，那边就问平安，她一边讲电话，一边又把身上的衣服换了睡衣，然后把自己抛到床上，心情就平静下来了。海参的电话在这一刻成了镇静剂。

这个晚上，她举着电话和海参一讲讲了两个小时，在那种渴望"倾诉衷肠"的状态下，她突然就向他谈起多年前那一个险些成为现实的婚姻。

她被阿三提起的往事，以及他们之间的意气用事弄得心乱如麻，似乎需要通过与一个理性的人谈论另一些往事辨析真理？或者，她只是想就事论事诉说那些家具，那个已经面目模糊的未婚夫，那段一时偏离命运轨迹的情节？

整个夏天，她和那个未婚夫一起守着木匠打家具，家具的式样是他们俩参考了当年可以弄到手的不多几份杂志或画报，在资讯极其有限的状况下，怀着过多的热情和一时无处宣泄的创造力设计出来的。光是画这套图纸，就花费了一两个月的时间，为了让木匠能够按照图纸施工，前未婚夫每日早出晚归去施工现场"监工"，那时候他在读研究生，暑假里准备论文，那些参考书就是在施工现场读完的。每天赶来赶去，天又热，常常只喝冷饮忘记吃饭，家具打完时胃就不舒服了，然后闹出分手的事，他胃出血送医院急诊，她去探望他，他闭上眼睛不要见她。母亲林雯瑛几乎有一整年不愿和蝶来说话，她在上海待不下去才萌发考研究生离开上海的念头，她考到北京电影学院，读研期间东走西逛去了青海，邂逅李成，才有了后面的婚姻。

现在心蝶在纽约讲起这些往事，觉得就像在讲一段她写的电影情节，不太有真实感，但因为是自己创作的，便有些情感寄托在里面。当年大暑天的闷热劲是唯一有些质感的记忆，木匠们把活儿拿到弄堂口做，这条弄堂挤满了石库门房子，破败的没有抽水马桶沐浴设备的老房子，弄堂口还有个半敞开的男用小便池，许多没有卫生间的石库门房子弄堂口都有这样的小便池，男人站在那里小便半堵墙挡住他们的下半身，有些小便池连半堵墙都没有，男人小便站成排，尿骚臭熏满弄堂，在弄堂穿行的女人心怀憎恶和似被骚扰的不安。蝶来生平最厌恶进到有这种小便池的弄堂，没想到未来的婚房却是安放在这样的弄堂里,有时回想起来,她甚至认为第一个婚没有结成,弄堂口的小便池是至关重要的原因之一。

然而在炎热的夏天为了得到一些穿堂风,木匠们不得不搬到弄堂口做活,而她的前未婚夫便坐在离小便池不远的过街楼下一边读他的论文参考书,一边操心着木匠手艺。而在某个黄昏他去了五金店,假如那个黄昏他没有走开仍然坐在弄堂口的过街楼下看书,她后来的命运是多么不一样。她这么想象着,眼睑竟有些潮湿,当初义无反顾离去,竟没有一丁点慈悲心的蝶来,十多年后回顾,为自己为命运对那个男子的无情而有了类似于忏悔的悲悯。

"发生了什么突发事件?我是说你遇见了什么人?比如说遇见了你后来的丈夫了?"

她对海参的洞察力感到吃惊,甚至,有些害怕!

"遇李成是后一年,你可能不会想到,遇见阿三了,那年他拿到签证要出发。"

"哦……"

"他找到我的新房,我不正在装修房子嘛。"他没有作声,"他是来向我告别的。"她好像在自问自答。

"这是人之常情,阿三应该来告别的,你那位不乐意了?"

"他正好出门去配锁……"

"哦……"

又是长长的一声沉吟般的叹息。

"后来的事情就……就……有些不可控制……"

"我明白了……"当她变得期期艾艾的时候,他阻断地说道,"你们又好了,后来怎么又断了呢?"

声调竟是阴郁的,听起来有些不以为然。

"当然,那只是一时冲动,我是说,我们上床了,但是这并不证明什么,当时我们以为可以重新回到各自的生活,至少我是这么认为……"似乎他的声调刺激了她,她故意满不在乎地将事情说得更明白。

"这……我没有想到……"他很吃惊。

"是的,我以为我们只是一时冲动,我想他也是这么认为的,所以当时,我们的告别很理性,他说希望我婚后快乐,我希望他出国后的前程远大,我们甚至没有打算继续联系!"

"噢,这,我真的很难想象……"

"想象什么?"她有些挑衅地发问。

"不管怎么样,那是八十年代前期,那时候的男女关系是上了床就要结婚,你们却是上了床就分手……"

她不响,很多事只有当事人才能感受和明白,难道还要进一步告诉海参,那次上床不是第一次,但比起第一次,比起在苏州乡下的初夜,却要圆满得多。

天哪,上床这件事在当年竟像跨越障栏的赛跑,她和阿三是传送同一根接力棒的选手,之后呢,之后是越栏成功后的空虚,因为,后面的目标丧失了!

"既然已经分手,为什么你那里又不结婚了?"

"我和他是在大学毕业时相亲认识,可以说没有经过恋爱。"事实是,四年校园拿了一张学士证书情感却是一场空白,令心蝶心灰意懒而想找个归宿,"和阿三见面后,突然觉得将要结婚的那个人对于我差不多是个陌生人,我觉得很亏,怎么没有恋爱就随便结婚呢?至少应该再谈十次恋爱,我当时告诉自己。"

两人一起笑了,但他很快收起笑声:"那么李成是第十个恋人?"

"没有啦,哪有那么夸张!请不要把我的玩笑话当真。"

"也许,是想通过再一次的恋爱,把阿三忘记……"她笑着,却泪流满面。

似乎感染到她的伤心,海参无言。

她打破沉默告诉海参,昨天和阿三通电话,他告诉她他有了新女朋友,所以他不打算来纽约了!

"我不知道他已经有女朋友的事!"

海参显得很意外。心蝶没接腔。

"我本来以为这样一来就可以把时间和空间让给你们两个人!"

"你在说什么?"

于是,海参告诉心蝶他去纽约公差在今天下班前被老板取消了,海参的口吻不无惋惜:"自从知道阿三已经回来美国,我就一直在摇摆,到底我该不该去纽约,我很怕成为你们的'电灯泡'。今天老板取消我的公差时,我还松了一口气,想,这是天意,虽然其实我很希望和你们聚一聚,尽管有被你们俩嫌弃的危险……"

"来不来并不重要，讲电话也很开心，问题是阿三这个人，现在很喜怒无常，他要是这么气我，为什么到东京的机场找我呢？"她曾没完没了地自问，这一刻问出来，心里又堵得慌。

第四部

春假结束，离开纽约，心蝶和海参仍然夜夜通电话。

渐渐地，心蝶的过往，在这些深夜电话里发生了巨大的变化。心蝶通过海参的电话又一次走回往日，然而那已经不是她记忆中的过往，那是一个崭新的过往，它正次第包围住她，令她眩晕，缓缓地带着些微醉人的倦意。

从纽约回到中西部的大学城，心蝶变得消沉，与阿三关系的挫折，或者说，来自阿三的变故，使心蝶有一种一脚踏空的受挫感，因为这个男人给她初夜，也是最给她安全感的恋人。

她在纽约最后一晚接到阿三电话。

"我刚刚知道，八四年你没有结成婚的真实心情。"

"跟你没关系！"

她断然否定，心里其实是感激海参将她当时复杂的心情都告诉了阿三，前一晚把那些往事都向他倾倒的时候，是否已经隐约怀了这样一个希望？

"为什么我们不能好好谈谈？"

"谈不起来，我想谈的时候，你不想谈，谈了你也不相信，我不想谈了，你又要谈了。现在还有什么可谈的，你不是有女朋友了？"

她负气地把电话挂了，她知道不应该挂断这个电话，也许这是彼此开始沟通的一个机会，但她的个性就是要让她急于泄空堆积在心头的愤懑，明明知道自己会后悔也无法克制。

但是，阿三又挂通电话："你从来没有想过吗？我后来参加高考，拿了黑龙江大学的录取通知书照样去报到，很大部分原因是因为你，虽然我们已经分手了。"

又一次震动。那天她从蝶妹那里获知部分真相——他当年去嘉定找蝶妹时怀着要带蝶来离开中国的心愿，她也同样震动。

"阿三，你不要以为我没心没肺什么都不去明白，有些事我也是后来才知道，可是你当时没有给我机会，你先让我死了心……"

"我是男人，我有自尊心……"

"我是蝶来，我自尊心更强，你一直让我，为什么到了要紧关头不肯让步？"

"不是让不让的问题，我在你心里到底有多少分量？"

到底有多少分量？

心蝶从纽约坐上西北航空公司的飞机回到中西部，路上的心情满载着悔恨和忧伤，她在底特律转机时坐在休息大厅的沙发上回想那些往事，竟痛心得啜泣起来，以至有旅客上前问她需要什么帮助。她于是转移进了休息厅的咖啡吧，买了一杯咖啡一个人坐到面向玻璃墙的位子，除了服务生来收杯盘，不会再有什么人来打搅她。

她面对的玻璃墙外是机场跑道，不断看到飞机启航，它斜斜地朝空中冲去，眼看着它从现实的巨大交通工具，变得渺小，小得像一架玩具。

她对坐飞机总是怀着恐惧，当飞机启程时，心里充满无法主宰自我、一切都被命运掌控的无奈。然而，在地面，在现实中，难道可以主宰命运吗？在与阿三的关系中，她深深感受着人生中有着更强大的力量控制着个体的你我他。

然而，这并不能让自己释然，对自己所做的一切。

她想起自己在十六铺码头和阿三十指紧紧相扣互相感受的冰凉，她将扑向高考复习，她心里已经明白，为了进大学，她是可以放弃一切或者说摒弃一切包括阿三。问题就在这里，没有谁强迫她离开阿三，她也明白，如果自己不想离弃，没有任何外力可以让她离开他，连七十年代最禁欲的时代都过来了。

然而，恰恰是在这个时代结束的时候，他们分手了。

但，正是送旧迎新的时刻心里最乱。那时她想离开农场的愿望如此强烈，她以为进大学是救赎自己的唯一机会，如果救不了自己她也无法继续爱下去，她的心会死，她那时就是这样义无反顾，铁石心肠，原来，人在自救时是可以这么冷酷的。

因此在漫长的复习阶段，她从来没有给过他只言片语鼓励他等她，她没有也不愿意去体谅他当时的绝望，她心里已经没有他人了，是那种现实那种境遇让她无暇他顾。当阿三找回团支书时，她只晓得气愤他的背离，却不愿体谅他的脆弱，他需要有个人陪伴，需要有人和他一起抵御那种被抛弃的绝望。

而当时的她，甚至连气愤都变得非常微弱，与高考成功的巨大喜悦相比，阿三的离去竟变得那么次要。

她坐在只有十多个位子的小螺旋桨飞机上，飞机一直在云层下飞翔，已经是在美国腹地，被称为腹地的中西部仍被积雪覆盖，褐色的土地镶嵌着白色。积雪很薄，想象中更寒气逼人，上海的老一代人总是说，化雪的日子才是最冷的，那时候到处都是湿答答的，些微的暖意反令薄雪变成冰水流得到处都是，那种天脚趾像被针扎，脚后跟肿起了冻疮。

是不是，回忆就像化雪？

回到公寓的当晚，海参电话进来时，心蝶已睡进被窝，海参听出她声音中的倦意，想要挂电话，但是，心蝶说："虽然很倦，但一点睡不着，我在想，东京碰到阿三之前是怎么过的呢？为什么现在心里这么乱，说真的，我很感谢这些日子一直有你在。"在纽约最郁闷的那个夜晚，当阿三告诉她他已经有了女朋友，幸好有个海参为她排解。"我已经习惯睡觉前和你聊几句。"她又添上这么一句，颇有几分亲昵。

"……"海参不响。

"喂，喂……"心蝶以为电话断了。

"我在听呢!"他的声音低了几度,听起来有些抑郁。

"怎么呢?"心蝶不解。

"哦,没……没什么……我本来还担心……在打搅你……"

"怎么会?"她打断他,"我巴不得你多来电话,我从来没有像现在这么感到孤单……"

她突然想起自己的丈夫,他怎么这么遥远?在这些孤单的时刻,她没有想起过他,他已经跟她目前的痛苦或者欢乐没有关系了,她宁愿向远在西雅图的海参推心置腹。

"公差突然取消这件事让我对老板很恼火,退飞机票时还想过,索性请假自己去……"

她笑了:"不过还是挺远,要坐飞机呢,从西雅图到纽约,在中国,这算是一次长途旅行呢!"

对于心蝶,海参来不来纽约已经不重要,既然每天在交流、在讨论与纽约有关的所有细节,重要的是,他分担了她的郁闷和苦恼,曾与她一起度过和阿三冲突而变得晦暗的片刻的海参,来不来纽约又有什么关系?

"有些事情想做应该赶快做,只怕没有时间了!"

"怎么会?"心蝶笑起来,未免夸大其辞,这有点不是海参的风格。

"要见面还不容易吗?我不在美国吗?不在纽约见也可以在其他地方,比如到我们的大学城,离你母校才一个小时。"

"这……"他似乎有些意外,"在我总喜欢找个借口,"用他惯有的油滑语调,"比如借公差见个面比较自然,特意跑去,有点像……像约会。"

"约会有什么关系？"她问，用她特有的没心没肺的轻快语调。

他干笑一声，岔开话题："对了，昨天十二点的时候，突然有些不放心，打过电话，你不在旅馆。"

"我在楼下隔壁的日本面馆。"

昨晚，纽约最后一夜，她在面馆泡到深夜两点，吃了一碗乌冬面，又要了一小瓶日本清酒还有生鱼片。如果海参来，她也会请他吃同样的东西，然而，说真的，在昨天这样的心情下，在阿三对她讲述了过去那些心情之后，她宁愿一个人沉溺在日本面馆特有的小温暖小安宁中。那个单眼皮的清秀男生也来了，戴着耳机，坐在他经常坐的位子，隔着一张桌子，她能隐约听到他耳机里激烈的音乐，仿佛是他泄漏的心声，这令她有种说不出的窃喜。来纽约前，她曾经想去下城到西村或东村泡酒吧，但最终却泡了面馆，这也是始料未及的。

"不用为我担心，在纽约，怎么样都能排解自己，我其实很怕回到这里，我很怕太安静的地方。所以，你的电话来得很及时，至少让我觉得安心。"

她禁不住打了个呵欠，这是真心话，因为安心，反而困意顿浓。

"你累了，明天再谈。"海参顿了顿，又说道，"……等你精神更好的时候。"

"谈什么，听起来好像要谈判！"她禁不住开着玩笑，半张着嘴克制着又一个呵欠，多日的紧张和疲倦在这个片刻急速涌来。

电话一放下，她便跌入睡谷。

第二天晚上,大学城的电影院在放映王家卫的《阿飞正传》,心蝶晚饭都没有来得及吃就赶去电影院。从电影院走回家的路上，天又飘起了雪花，雪上加雪的街道，雪覆盖了一切也拒绝了一切，心蝶走投无路般退回到居所。

回到公寓，心蝶更有窒息感。她的公寓是单独立在街边的小小平房，侧面窗对着小花园，花园四周镶嵌着窄窄的砖砌走道，那条走道通向侧窗对面的公寓楼，即使白天也几乎见不到人影。心蝶起初甚至没有意识到对面楼房有人居住，直到有一个周末的白天，她捻开侧窗的百叶窗时，看到对面三楼有一张脸，那是一张难以辨别年龄的白人男子的脸，因为没有表情看上去就像墙上的浮雕。心蝶抬着脸与那张"浮雕"互相凝视了半晌，这凝视远不是蝶来式的含着年轻女孩自以为是的凌厉的眼神，这时候的她困惑而紧张，之后她把百叶窗关闭。后来她从百叶窗的缝隙偷望到对面的楼上，不过，她再也没有看到那张"浮雕"。

现在房间里所有的窗，一共四扇，都被铝合金百叶窗遮蔽而令她感到窒息，电话铃响时，心蝶立刻像从封闭的空间找到一个出口，深深地舒了一口气。

当听到电话里海参的声音时，某些镜头与她曾经熟悉的现实在联接,她必须和他谈谈电影里那个早已散淡而去建立在异地的故人们思念中的城市,也许,只是个虚幻的城市,是王家卫电影中一个已经流逝的世界的意象,一个流逝已去只存在于想象中的世界,一个存在过但在缅怀中被美化的世界,或者说,缅怀的情感赋予这个消失的世界以意义。

"你是不是要睡觉了?"海参总是过于敏感,如果她的语调不够明快,应接时声调不够高他便顾虑重重,"今晚我打了好多次电话……"

"我刚从电影院回来,正想跟你打电话……"她必须这么说才能打消他的顾虑,什么时候开始她要顾及他们的情绪,她同时想到阿三,他的多疑和焦虑。

但是今天晚上的海参对电影兴趣低落,他心事满腹的压力已经弥漫到她所处的空间。

"啊,对了,你好像说过有话要谈。"他的沉默,让她想起前一天他奇怪的态度。

他在电话里轻咳一声,她感染了他此时此刻的不自在,也跟着不自在了,电话里一片沉寂。

"没有什么,最近甚至想过停职,去做最想做的事……"

"这是白领精英的时髦心愿。"她开着玩笑。

他没有呼应。

"我打算带去纽约的轻便旅行箱还扔在办公室。"

"公差取消这件事让你这么耿耿于怀吗?"她不以为然问道,觉得这有点不像海参所为,他怎么啦?为这么点小事絮絮叨叨。

"你已经感觉到我很耿耿于怀吗？"

他问得奇怪，她不响。

"对了，今天上班时，"他似乎瞬间改变了心情，语调变得轻快，但又有点顾左右而言他，她带着几分疑惑倾听着，"和老板谈起取消的纽约公差，我告诉老板，为了去纽约我做了大量准备，包括烫好衬衣和西服，配好领带，剃了头修了脸，只差没有去美容院蒸脸……"她笑笑，他一向就有些油嘴滑舌，这正是她讨厌的，"老板以为我在开玩笑，我告诉他，这是真的，没有半点玩笑的意思，因为……"他喘了一口气，"这个星期我中学时代的 sweet heart（心上人）正好在纽约，二十多年来我们只见过两次。"

虽然"心上人"这个词他用了英语，但她的皮肤依然像被电棒一触，酥地麻了一层。

用这种话题开玩笑，她一点都不喜欢。

"那……老板怎么回答？"她问，装作不在意。

"用写作的语言：笑容从他脸上褪去，他的表情凝重起来，说，你应该早点告诉我。"

"你是不应该乱开玩笑，老板当真了。"

"我没有开玩笑，我不会用 first love（初恋）开玩笑。"她又一惊，这类词带着一种特殊的能量让她的心受到撞击，"老板有些不好受，他觉得对不住我，好像阻挠了一桩好事。"他一改油滑腔调，回到先前的低沉。

沉默。

"美国人通常对大学同学会并不起劲,却看重中学同学会,再成功的人也要西装领带小心地收拾自己,你知道,他们是去看心仪的人。"他停一停,似乎想听到她的反应,"中学时代,最青涩也可能是最灰暗最不能如意的时候,很少人有勇气有资本得到初恋。"

他谈说的经验既陌生又透彻,那正是她今晚看到的电影场景,一身不搭调的廉价花衫裙,难掩女孩纯真的美,张曼玉饰演的失恋女生,失魂落魄,夜夜等待在暗夜的街角。

爱,就要品尝屈辱吗?

心蝶捂住话筒,似乎要掩住起伏的心潮,小心地咽了一口唾沫,口干舌燥,想喝水,但手里的电话是老式的拖线电话。

"蝶来……"

"嗯?"

"你以为我说笑话?"很难辨别他声音里是否有调笑的意味。

"我怎么分辨你说的话哪些是真哪些是假?"她的确有难辨真假的不悦,拎着拖线的老式电话机到厨房,打开冰箱拿出果汁,一边道,"如果是真的,我怎么没有感觉!"她嘀咕着。

电话里没有声音,才发现搭在电话上的线已脱落,由于线上搭扣松了,这条线经常脱落,赶紧,几乎是手忙脚乱把线重新搭上,一边担心对方会认为她是故意搁电话。

电话接通,他仍在线上。"突然没有声音,可能是手机的问题。"他这么说。

"噢，为什么用手机？接听好不舒服！"

"家里的座机有分机，哦，手机……有安全感嘛！"自嘲的，真是处心积虑呢！

"刚才没听清……"他想把话题转回来。

"觉得突然，没有心理准备……"她尴尬，不知道如何回应。

"对不起，我……也没有准备，因为……我本来没有打算告诉你，知道你没有感觉。"他其实听到她刚才说的话，"这本来是我的秘密，以为只能带到棺材里……"那声音又明显地阴郁了。

"说出来有什么关系？"她想打破像雾一般弥漫过来的阴郁。

"那么，结果会有不同吗？"他问。

什么结果呢？

她困窘，惶恐更甚，因为他不会无缘无故说出这番话。

"我去纽约见你，最大的心愿是……"他戛然而止。

"说出来你不要骂我……"

"那就不要说了……"她欲阻止。

"想和你躺在一张床上！"

"睡在一张床，和你头挨头肩靠肩，什么都不做，也满足了。"

她没有作声，耸耸肩，听起来就像说笑话，只是这笑话一点不好笑。

"你不要生气！"

"生什么气？反正已经习惯你不真不假的！"

她好像要故意这么去理解。

"很可悲不是？好容易讲出真心话，倒让你听起来像笑话，我是不是连表白感情都不会呢？"

说这话时倒带着些玩笑的意味。她皱皱眉。

"蝶来，这个愿望放在心里三十年了，我是认真的，看在这么长时间的分上，不要跟我生气！"

她有些眩晕，在慌乱中努力回想三十年前的自己，坐在操场上，和十四岁的海参斗嘴，用她清亮的少女嗓子，念着毛泽东诗词，然后招来了工宣队长，真够丢人的。

"本来想到纽约，面对面告诉你，可是又担心中间有个阿三挡着……"

她不响，说不出话来，她需要时间消化所听到的这一切。

"对不起，就当我没有说过，如果你觉得不舒服……"

"没有不舒服！"她否认道，一边在慢慢地理清头绪，他不是应该恨她吗？在经历过操场的暴力后，她是他最不可能喜欢的女孩，连她自己回想起来都觉得非常讨厌。

"……"他沉默着，好像在等她回答，回答一个读起来绕口的应用题似的。

"我在回想，为什么这么多年，我是说，很久以前，我们相处的那段很长的时间里，我从来不知道呢？"

那种打破砂锅问到底的蝶来式的问题，非情感的讨论，你觉得跟这样一个无心无肺的十三岁的女孩谈思慕，就像在跟一个男孩讨论女孩的例假。

"你怎么会知道？你自我中心，从来不去体察别人，而且发育也好像比别人晚……"她被逗笑，"不过，后来者居上，毕业时，身体发育得比什么人都好。"

又渐渐滑向油滑，她收起笑。她宁愿被他的沉郁打动。

"心理上，你一直停留在前少女阶段，你不要生气，好像你的内分泌不正常，我是说你……怎么说呢，纯洁得让人害怕。"

她笑了，在她自己可笑的形象前稍稍放松下来。

"用可怕形容纯洁，第一次听到！"

"对一个满脑子邪念的少年，就是可怕。"

这种对话很有力量，一记一记敲击在称为肺腑的那些器官上。

"我很吃惊，近乎于休克，你在纽约旅馆那个晚上，告诉我的那些故事，你和阿三之间，以及那个被你作废的婚礼，我以为你应该一次恋爱便结婚。"

"为什么？"

"因为你是圣女贞德。"

这算是称赞还是嘲笑？

"拜托了，我最可怜圣女了！再说，你早就知道我和阿三好过。"

"我以为你只是和他玩玩。"

"当然不是！"她反应有些强烈，"你并不了解。"

"所以现在感觉完全不一样了，我很羡慕阿三，更多是嫉妒！"

至少这句话没有任何玩笑的意味。

沉默。

"关于圣女贞德的形象破灭了？"她用她惯用的听起来是爽朗的、有时让人觉得没心没肺的语调。

"很真实，其实那更像你，我把你想象成圣女是自欺欺人。"

这听起来更真诚一些，然而她的整个状态仍是将信将疑的。

"我只是不明白我为什么那么让你讨厌，那时你连正眼都不瞧我一下，我本来可以和阿三争一下的，但你一点信心都不给我。"

有时候讨厌一个人真是没有道理，她暗暗想道。她讨厌他好像就是从操场上工宣队向他抡起大巴掌开始，她本来应该对他充满内疚而不是讨厌。

"我总觉得我对你的感情强烈过阿三，因为，我……连……接近你都不敢，从进中学第一天见到你，就……蝶来我现在在喝酒所以说些过分的话你不要生气十四岁的我夜晚梦到你我遗精了是我的第一次……"

她拿话筒的手在战栗，这比任何抒情都真实。

那个晚上，他们放下电话已经凌晨四点，他们讲了整整八小时的电话。

上午她去一百公里之外另一个小城的图书馆作关于中国电影的讲座，每星期去周边不同小城作关于中国文化讲座是她此次拿访问学者奖学金必须履行的义务。由于心蝶不会驾车，星期旅行讲座便由做志愿者的外国留学生为她驾车。

这天为她驾车的是个叫海琳娜的德国柏林来的女硕士生，

一位目光锐利严肃得过分的三十五岁的金发女子,心蝶与她在其他场合已经遇见过好几次,但每次海琳娜都显得匆匆忙忙,没有机会交谈。

叶心蝶坐进海琳娜开来的大学的车,两人用一分钟的时间各自做了介绍,她六年前为读博士学位的丈夫陪读来到美国,在这里生养了第二个女儿,丈夫刚拿到学位,她便从家庭妇女身份变成学生,心蝶对一个需要照顾两个女儿还要读学位的母亲学生腾出时间做志愿者给自己开车表示歉意。但海琳娜告诉她,这是她喜欢做的事。

说话间海琳娜已拿出地图,把今天要走的路线与心蝶一起确认,接着便闭住嘴巴,那双目光如锥的绿色眸子专注地盯视着前方,车子两分钟便驶出城市,驶上高速公路。两边是被白雪覆盖望不到边际的玉米田,典型的中西部玉米田,那也是她看了整个冬季已经看倦了的景象,几乎一夜未睡的心蝶立刻被困倦裹住合上眼睛。

然后是一泓熟悉的音乐如温暖的泉水裹住她疲倦的身心,她的眼前是情浓蚀骨的慢镜头:在伴随着舞步节奏的电吉他音乐中,张国荣像踩在云上漂浮般走向南洋翠绿如海的林中……

这是王家卫哪一部电影的插曲?却让她立刻联想刚刚看过的《阿飞正传》,叶心蝶睁开幻景重叠的眸子,看一眼海琳娜。

"'The Mood in Love',Wan Ga Wei."

海琳娜把王家卫说成"万呷尾","花样年华"成了"爱的沉迷",好在心蝶听得懂,最近《花样年华》进入院线,是时毫话题，不过把王家卫的电影歌曲随身带着如海琳娜，倒也不多见。

"我想告诉你，我也是王家卫迷。"心蝶说道。

海琳娜总是微蹙的双眉舒展了，凝视前方的绿色双眸亮闪闪地瞥一眼叶心蝶，粲然一笑，那一脸严肃劲变成了孩子气，心蝶也笑了，就像两个年轻的大学女生因同是粉丝而走到一起，并为彼此找到知音而感动。

"昨天晚上大学的电影院在放王家卫的《阿飞正传》。"

"真的吗？可惜晚上我出不去，被孩子绑在家了，那是他的新电影吗？"

"是他的成名作，九十年代的电影。"

海琳娜点头，回眸给她专注的一瞥，周璇的歌曲正徐徐飘摇在小小车厢里。

"她是四十年代在上海最流行的歌手……"心蝶告诉海琳娜。

周璇特殊的歌声展开情绪浓郁的画面，在高速公路上，在这片漫无边际的第三国的玉米田边，这两个肤色不同的女人心动于同样的情境，穿着经典旗袍的张曼玉提着饭盒穿过窄小的门廊走廊，经过门挨门的人家，她窈窕的背影渐渐遮盖整个画面，心绪的强烈竟使充满尘屑的卑微的现实滋生出诗情，魅人的，也是虚幻的，眼看它转瞬即逝……

镜头跟着音乐在移动，站在窗前等着也许永远也不会归来的儿子的潘迪华，她身后是一间似曾相识的客厅，刘嘉玲进来了，她饰演的风尘女人想要看看这个抛弃她让她爱恨都刻骨的男人是从怎样一个家庭出来,她看到的就是这样一间充满上海旧家庭风格的客厅,面墙的梳妆台上的三面镜子就像三扇门,长沙发兜成大半圈,被四张软椅围起来的方台子安置在房间中央,台子上压着玻璃板,玻璃板下铺着镂空棉纱钩花台布。这镂空钩花棉纱,也铺在沙发扶手和梳妆台上,营造着一缕温馨和浪漫,那是大城小家的温馨浪漫,在革命年代却显得如此不协调,不协调得触目惊心,却令蝶来向往,那个站在七十年代海参家门口暗暗惊叹的女孩!那个家,便是在香港一角勉力维持住的旧日上海吗?

怀着身世恨的纨绔子弟,让张国荣演绎得如此颓废悲凉,他的"母亲",说一口糯软沪语叫潘迪华的女子,几乎出现在王家卫的每一部片子里,她携带的"上海"呼之欲出。她让心蝶想起海参母亲,想起她为他们煮上海咖啡的那个下午,她端着奶杯从厨房出来,不慌不忙给杯里的咖啡加煮热的牛奶。她又想起了另一个上海女人,她叫徐爱丽,她曾解开衬衣扣子给十三岁的蝶来窥探嵌着蕾丝花边的印花胸罩,那是七十年代的上海,是驱逐了潘迪华的上海。

"不要小看以前弄堂里那类喜欢打扮看上去漂漂亮亮的女人,她们比男人厉害多了,晓得人在最坏的情况下要活下去,还要活得好!我能够在美国坚持下去,我妈给我不少力,有时候觉得她坚强到冷酷。"

海参的洞察力便是海参的魅力,如果海参也有魅力。心蝶散漫的思绪又汇聚到他那里。

"我现在在喝酒所以说些过分的话你不要生气中学的第一个夜晚就梦到你十四岁的我遗精了是我的第一次……"即使已经成了回想,她的身体又一次热起来,称之为激动也不算过分。

她竟会为海参这个男生激动?

"整个中学时代是在单相思的郁闷中度过,为了接近你,我和阿三成为朋友,我有了可以去你弄堂的理由,和阿三他们闲站在弄堂口,这不是我喜欢的方式,但是为了看到你。可是你好像很少出门,他们说你在家里练毛笔字,我觉得好笑,你怎么会呆坐在家里练字,你这么活跃的身体怎么坐得住?后来看见你在教室抄写大字报,看你那么起劲地做那些没有意思的事,觉得很难理解,可是呢,连这都成了我喜欢你的理由,你的没有逻辑的行为,你的盲目的热情,眼看你的身体丰满起来,可是你看男生的目光却没有变,从来是没有好气的,凶巴巴的。好像你的心智发育远远落后于你的身体发育,这一点也让我喜欢,那时候的你又霸道又天真,十足一个被惯坏的女孩子,虽然他们都说你母亲很严格,但是你这样的女孩子不是普通的母亲可以制服住的。"

因为他刷新了她留在记忆里的自我形象,把她从自卑和自我谴责中解放出来?

心蝶微微一笑,海琳娜瞥见她的笑容,也笑了。

"那些歌经过你的解释,就成为电影情节的一部分,我更能感受了。"

海琳娜感激地告诉她,这一个海琳娜不再是嘴巴紧闭不苟言笑老是觉得时间不够用的母亲,心蝶苦于语辞不够,她想告诉海琳娜,那些歌和音乐已经很老,在许多场合被用了许多次,然而它们却在王家卫搭建的世界里重新焕发出魅力。

在歌声的高速公路上心蝶心旌摇荡,好像有一样看不到却是让全身心感受激烈的东西。

宛若新的恋情正在到来。

这天叶心蝶被安排了上下午两次讲座,因此中午便在小镇度过。午饭时图书馆负责安排讲座的朱迪,一个不化妆穿着落伍处事拘谨认真的年轻女子,请心蝶和海琳娜去小镇的意大利餐馆用午餐,对于彼此一面之交只有工作关系的美国人,这已是盛情款待了。

意大利餐馆永远情调十足,红砖墙面配着小幅略带现代风格的静物油画,铺着雪白台布的长餐桌上插着鲜花,这三个女人现在笑容轻快,交谈热烈。

她们坐在靠窗的沙发椅上一边享受小镇的主街景象,隔着窄窄的台硌路,看得到对面的巧克力店,镇中店龄最长的祖传老店,她们一路过来时已经被浓郁的甜香裹住了。

餐桌旁的海琳娜,健谈到饶舌,她向朱迪问东问西,打听着小镇历史,而朱迪更想和心蝶聊天,讲座上心蝶曾讲述自己当年如何坐在抽水马桶上读手抄本的故事,这是一个令朱迪惊奇好奇畏惧并给予她想象激情的世界。可此时的心蝶已心猿意马,事实上,她对这类讲座越来越厌倦,"文革"话题总是最受欢迎,而她常有表述的无力感。她的父亲早在五十年代便受到整治,从此病休在家,"文革"对于她家,只是一场让更多的人加入她父亲行列的运动,而对于她,革命运动就是她的生长环境,就像被污染的空气和水,她无法选择而浸润其间,从皮肤到头发丝到衣服的每根纤维,从早晨睁开眼睛看到的景象到晚上梦中的图景,无不是从革命中派生出来,那是一个无法述说的巨大存在。

然而每星期一两小时的讲座,心蝶只能避重就轻讲述一些可能是有趣的细节,唯有细节是可以清晰描述的,那也是发生在成长岁月她愿意记住的片断,她曾经顽强保持住的点点滴滴的快乐,是让她窒息的空气里稀少的氧气。

现在,她十分庆幸有个海琳娜与主人周旋,她已经疲惫,路途、讲课以及不充分的睡眠,舒适宜人的餐馆环境令她陡生倦意,心绪却无法平静。

她在回想海参的告白,他的总是有些阴郁的语调,还有些口吃,他的口吃会让她跟着紧张。海参的状态总是在两个极端,要么油嘴滑舌玩世不恭,尤其是在表述心意时,令你难以分辨哪些才是真心话;要么就是阴郁的,说话时突然口吃,这种状态已经很久不见,她还记得中学的某一天,教室突然剩下他们俩,他告诉她,他母亲很惦念她,希望她带妹妹去他家玩,她当时不太明白他说这些话的真实含义,对着她的瞠视,他口吃起来,这使她原谅了他的突兀。

她对他的戒备是根深蒂固的，就像他说的，她对他有着不可理喻的成见，因此，只有在他口吃时她才相信他，或者说，他告白时的口吃使他的告白显得生涩含混却真实。

十三岁的时候，她就想告诉他，工宣队长的那记耳光打在他脸上，感受屈辱和痛苦的是她，她一直以为他是鄙视她的，他为此而讨厌她吗？

午餐后有一小时的休息时间，她和海琳娜回到图书馆便各自扑向电脑上网，海琳娜忙着为她的论文查资料，而心蝶已迫不及待打开她的电子邮箱，果然，海参的邮件已在上面挂着。

"今天有个和客户双向沟通的会议，可我完全无法进入工作状态，我像坐上朝回开的车子，回到了我们的七十年代，我的心里都是过去的片断，片断里充满你的影像，无法排遣的欲念令我焦虑和苦恼。"

她的鼠标点在"回复"上，却写不出一个字，需要回答时脑和心是一大片空白，虽然之前一刻还被挤得满满的。她抬脸朝图书馆窗外望去，镇中心的教堂尖顶和衬托着尖顶的苍茫的天空构筑了小镇的异乡气氛，异乡气氛总给她非现实的虚幻感，这份虚幻令生活漂浮起一层诗意，给了她梦想的机会，也是她逃开现实的机会。

现在，在这个她连名字都记不住在街上看不到一个亚裔人的中部小镇的图书馆，她在这样的地方与七十年代初的上海男生互诉衷肠，就像隔着各自的梦境在交流梦话。

"我在自己的青春时代对自己的青春形象感觉糟透了，可是昨天晚上的八小时改变了我的记忆,我很感激你,但同时也感到虚幻和苦恼,为了我们的青春,不管好或坏,都已经流逝而去了。"

叶心蝶关掉信箱回转身,在大厅的另一角,那几排成人坐的浅褐色木质靠背椅子已换成低矮的儿童彩色塑料椅子。演讲区域被一张长桌隔离,桌上摆满色彩斑斓的图画书、玩具和马克笔,这个下午,心蝶的听众将是一群孩子。她带来了她在上海拍摄的关于上海某一天日常生活的纪录片,那是些随手拈来的生活片断和马路场景组成的没有任何主题的浮光掠影的上海。

心蝶的听课对象可谓形形色色,有一次是一群特殊学校的小学生,他们的父母多被扣押在监狱,这是一群连五分钟的耐心都没有的孩子,她往往才讲一句话就被十几只高高举起的小手和七嘴八舌的提问打断。她干脆停止演讲直接放映这盘纪录片,虽然只放映了十五分钟,但却是那个下午最安静的十五分钟,期间他们发出的阵阵惊呼形成了观看时的一个个小高潮,当看到商厦云集顾客拥挤的商业街,上海高密度人口对于在人烟稀少的美国中西部出生的孩子便是个奇迹,而麦当劳和必胜客连锁店的出现也令孩子们兴奋不已,那是他们在遥远陌生的东方城市可予认同的景观。

之后她让孩子们把观后感想写在纸上,于是他们便趴在桌上椅上和地上,黑黑的小屁股撅得高高的,其中95%是黑人孩子,他们的横条练习纸上写满了歪歪扭扭的粗铅笔字:nice(美好),

beautiful（美丽），great（了不起），wonderful（奇妙的）等等。当然这类词并没有真实的意义，它们是美国人的口头禅，无心无肺地赞扬着一切，这是美国文化的一部分，然而，其中一个黑肤色女孩子竟在下课后还缠着她，她要心蝶把她带到上海。

这天是周末下午，来听讲座的孩子从学龄前儿童到小学生年龄不等，家长们坐在最后一排，孩子们排着队到讲台前，要心蝶把他们写在小纸条上的名字译成中国汉字用他们带来的彩色马克笔签写在他们亲手绘制的卡纸上，这个简单的有点像在打发时间的游戏般的课堂内容竟也吸引了坐在后排的成人，他们拿出随身携带的各种可以留字的书或地址本之类，等在孩子们的身后让心蝶签写。

成人中有一对未生育孩子的夫妇，笑容诚恳的男士伸出胳膊轻轻揽过身边的妻子。"玛丽在学写作，出版过一个儿童科幻故事，她希望认识你。"玛丽瘦弱苍白满脸雀斑金发柔软鼻子尖削，与她的肩膀宽厚鼻翼肥大的丈夫形成鲜明反差，她更像欧洲电影里的神经质角色，或者说，有点接近心蝶想象中的美国中西部女作家的形象，她们瘦弱的身体置身在空旷却又封闭的玉米田的世界，被遏制的激情和想象力以反弹的力在文字的间距中澎湃。

讲座结束后，这对夫妇坚持邀请心蝶和海琳娜一起去喝杯咖啡，那时已经四点钟，即使不停留回到自己寓所也要六点钟，心蝶心绪复杂头昏脑涨希望立刻回家睡觉。海参已在信箱留言，晚上会来电话，无疑的，这也是她盼望的，所以她希望之前有个休息，希望状态良好接听他的电话，在这一刻她再次发现，海参的电话成了这一天的重要期盼，在昨晚八小时的通话后，现在的海参对于她，就像刚刚邂逅的新人，她对他有了探索的愿望。

"只耽搁你十分钟。"见心蝶犹豫，汤姆带几分恳求，玛丽则微微红了脸。

"没关系，回去时我稍稍提速，时间就追回来了。"海琳娜在她耳边说，她今天表现得积极和配合，完全一改平日的焦虑。

于是他们坐进了巧克力老店，那也正是白天朱迪做过导说、也许这也是其他镇民最乐意招待客人的地方。不肯在黄昏喝咖啡的心蝶和海琳娜便被招待了一杯巧克力，对于时时在担忧体重的成年女人，这杯巧克力简直像一杯毒药，虽然当它与你隔着距离会产生强烈的类似于恋爱般的吸引力，而汤姆和玛丽却只喝清咖啡。

他们一坐坐了四十分钟而不是十分钟，被巧克力包围的心蝶心潮起伏，她想起了她的洋娃娃，有着一头金红色的鬈发和雪白的蓬蓬裙的小新娘，她的美就跟这巧克力香味一般馥郁，而她曾被长年秘密隐藏，被搁置在某处的空洞内。

而汤姆就像玛丽的经纪人，他滔滔不绝介绍玛丽的写作，同时流露的迷恋，又宛若她的fan，他告诉她们，他和玛丽是高中同学，从十六岁相恋，到今天的三十九岁，竟从未分离，连大学上的都是同一所本地公立大学，虽然是不一样的学科。

二十三年的形影相随，还能以迷恋的目光看着已经成了家庭成员的女人,心蝶羡慕吗?好像更多的是困惑。她和自己丈夫是唱忠字歌跳忠字舞长大的一代,却对"忠"这个词充满反感,因为它曾经是巨大的谎言。

坐在海琳娜驾驶的车里,才几分钟就离开了小镇,回头望一眼辉映着教堂尖顶的小镇天空,叶心蝶长长地吐出一口气,一辈子不离开这个小镇,一辈子形影相随,这样的人生她能接受吗?

"很宁静很美好,不是吗?"海琳娜笑瞥一眼心蝶。

"你说这个镇吗?"

"当然,还有这对夫妇,你不觉得他们很幸福吗?"

心蝶笑笑,不置可否,任何事和人,不深究都有一种简单美,比如她的泛泛而谈的讲座,她随手拍摄的浮光掠影的纪录片,她的这些美国听众,以及她和他们之间的关系,问题是,真理却在表象之后。你无法通过四十分钟的相处判断这一对夫妻是否幸福,无法在小镇的主街走一圈,在她的呈现一派浪漫情调的意式餐馆用午餐、在馨香馥郁的巧克力老店喝一杯杏仁巧克力,就来判断这个小镇是否美好。经过十年革命运动的致幻和更加漫长的苏醒过程,心蝶对一目了然的美产生了抗体,然而要向海琳娜讲清她的想法,却不那么容易。

心蝶突然就被弥漫的来自于肌体深处的疲倦摄住,她似乎睁着眼睛便沉入意识模糊的浅睡眠状态,接着,隐隐约约,从远处悄然涌来的音乐像暖被一样裹住她,是让她和海琳娜共同迷恋的电影音乐。恍然间,她好像又坐回电影院,伫立窗前的潘迪华的背影，刘嘉玲的画外音，能不能让我看看你的家？女人转过脸，竟是海参母亲的脸，她眺望的窗口竟对着上海的淮海路，路上挤满人，头顶上挂满红彤彤的大横幅，是七十年代嘉年华会般的大游行。

"好像你母亲给你的衣服总是来不及跟上你长得飞快的个子，冬天，还记得吗？我们穿棉毛裤时通常都是脚上的弹力袜压住棉毛裤脚管，但是你长长的腿从桌子底下伸出时，你的弹力袜总是脱离你的棉毛裤管，露出你的一段脚踝。知道吗？在冰冷的教室，你的赤裸的脚踝让我很热，这些细节我不说，你大概永远不会知道……

"现在说这些已经没有关系了，我是从你身上第一次感受男人的冲动，这也是我无法把你忘记的原因之一，可是你自己却懵懂愚钝解事比谁都晚似的，连这都变成你的特殊的吸引力……"

夜晚，无论有多晚，海参的电话会进来，他向她描述那个她毫无所知的自己，这比什么话题都更吸引她。

"其实作为女孩子你有那么多的不足之处，首先你讨厌男生，好像和我们有仇，你对我们说话凶巴巴的，看我们的目光也总是斜视的，好像女孩子的腼腆温柔乖巧都与你无关。更要命的是，你还特别激进，你把宝贵的时光都浪费在写那些无聊的宣传栏，好像你为自己有这方面的特长而骄傲。奇怪的是，虽然我并不喜欢那些大批判专栏，但是你的骄傲，你的好感觉，感染着我，不止是我，男生们通常喜欢出风头的女孩子，那些无聊的大批判宣传栏让你出了不少风头……"

他的表白，因为种种细节的描绘变得越来越有分量，也越来越真实，这真实是指她相信和受感动的程度，以及他们互相接近的距离。

"搬到新房子后，客厅用餐的一角窗口是对着一片树林，我在那里放了张长餐桌，我会想，也许你会喜欢坐在餐桌这一边，抬头就看到树林。这里如果放台电脑，你就可以坐在这里写剧本，不知为何，在装修和布置这套房子时，我常常想象你的感受，会假设这样或那样摆设你会不会喜欢。现在的我养得起不用工作的老婆，我会想家里有个在写作的老婆很不错。不过，我想象不出你写剧本的状态，我看得到的景象仍然是你在教室用毛笔抄写大字报的样子，你的衣袖卷得高高的，额头的刘海被黑夹钗夹到额顶，墨汁仍然神不知鬼不觉地弄脏了你的衣襟和脸颊，我在问自己，这么一个武头劈啪的女孩子怎么会让我迷恋？"

她笑了，"武头劈啪"这个词真是栩栩如生，那些在今天的时代已经濒临死亡的词语重新又在海参的讲述中复活，包括她的褪色的蝶来形象。

"我是说，你好像不是从同一块土壤长起来的植物，简直健康得过分。人们都说做艺术家要有天赋，其实做女人也是有天赋的，十四岁那年的天空阴沉沉的，我走进教室看到一个阳光明媚的女生，那片明媚阳光就是天赋。"

他的吟唱般的语调把心蝶逗笑。她褪色的形象在他的描摹下变得活色生香。

他的描绘给了她很深的安慰，甚至影响了她对短暂寄居的中西部小城的感觉，她所面对的自然发出别样的吸引力，盖上积雪的无际的玉米田，刺着脸颊的冻骨的风，薄薄的阳光转瞬即逝，都是新鲜的，是新的过往的延续。

心蝶的内心又饱满起来，虽然她不能确认自己对海参的心情到底归属于哪一类，这是一个十分特殊的对象，既不是那个旧人，也不算真正的新人，然而心蝶是贪心的女人，她需要获得被爱被渴望被珍视的感受，没完没了地需要。

更实际的需要是，夜晚她不再畏惧回到一个人的公寓，与阿三重逢而升起的新期待和即刻又失望的沮丧空虚，所有因为情感关系带来的负面情绪，以及身处异乡被强化的寂寞孤独和渴念，在这样一场漫长的不无甜蜜宛如催眠的谈话中沉静下来。

"我母亲一直在关注你，报上有关于你的消息，她便剪下来，给我寄来，却从不做任何说明。"

她是电影电视剧编剧，随着影视剧发行，她的名字也会跟着见报，但这并不是什么光荣记载，通常是连院线都未进入的电影或夜晚九点档的电视剧，她的故事制成成品早已面目全非，再换笔名晚矣。

她把这份工作当作一个谋生的职业，然而，心碟，她必须有一份能让她憧憬和激动的追求。很久以前，恋爱是她生活核心，它赋予她生命的意义，当然那只是她个人认定的意义，那时候的时代，乃至现在，都在要求人们为更大的更空洞的更社会化的目标奋斗，或者说，你树立的理想必须让社会认同。在遇到李成之前，心碟报考电影学院研究生，这证明她曾想在事业上有所造就，然而，她选择了一个极具风险也极容易堕落的职业，她在应付家庭生活的时候渐渐放弃挑战，在行业里随波逐流是更为轻松的谋生方式。

她告诉海参，嫁给李成，与生命力更为强壮的配偶共同生活，也是处在一种竞技状态，当情感平静后孩子出生了，成人生活多的是烦恼，她一直在忙于应付。

她没有告诉他的是，她的精神一度在这种忙碌中休眠，直到家庭这个单元在热情的光照黯淡后，开始在日常生活的昏暗里陈旧斑驳，潜藏在身体里的活力便开始挣扎了，短暂的单身生活令她的欲念苏醒，她又要去寻找能让她激动的生活了。

"这么多年来，她从来没有和我谈起你，我也没有告诉她我和你又联系上了，好像关于你，关于我对你的心情，是我和母亲之间一个无法交谈的秘密。"

"哪天你母亲回上海，我要去拜访她。"她向海参表示，她被他讲述的往日那些心情感动，还有些不知所措，似乎他母亲的好感更令她受宠若惊。可是她凭什么受到这个母亲的肯定？她一直被母亲们排斥，不仅是阿三的母亲，丈夫的母亲也不接受她，甚至她自己的母亲都说过，假如你是我儿子要找的对象我也会反对，因为你不安分，心野，喜欢看野眼——上海人说看野眼，是指东张西望——人家大人怎么对你放心？

有个晚上，突然没有接到海参的电话，就是这种"突然"感，令她意识到，他的电话成了她的夜晚生活不可或缺的情感需求，虽然这是一份难以确认的情感，然而她竟没有考虑过这于他的生活是非正常的，于一个已婚有职业的男人，她克制住要给他拨电话的愿望。

她才意识到，海参的电话在这个特殊时期，在异乡寂静的夜晚，给予她激励，这个从未进入她内心的男生的心情表白令她此时此刻——正在日渐枯萎的生命丰盈起来。他好像不再是她熟悉的那个海参，海参这个形象已经模糊，替代的是更为抽象的也更能给她想象空间的另一个新人。时光在电话两端流逝时派生出了新的意义吗？

这晚心蝶独自重温一遍特吕弗的电影《朱尔和吉姆》。

战后吉姆找到朱尔，他讲述了一段战地恋情，一位战士在火车上邂逅女孩，他们连手都未曾拉过，之后上了前线的战士给远在后方的她写信倾诉衷肠，随着战事的延续，他们的信从表达爱意到商定订婚日期。吉姆说，这位战士在战争的同时要越过绵长的炮火线，去征服远方的姑娘，每天他就在战壕里的暴力、集体的疯狂和死神随时降临的边上书写他的情书，迫击炮越激烈，战士的信越性感，从情意绵绵的"亲爱的"，到火辣辣的"我的小亲亲"，战士似乎在与死神赛跑，在越来越密集的炮火声里他写道"把你的乳房握在手,把你的身体紧紧贴着我",战士要把他不可遏制的欲望和激情急切地传递到远方。

而战士最终牺牲在战争结束前夕。

这是电影中的吉姆要表述的战争之外的个人战争。

心蝶在回想属于她的"炮火线旁的情书",她跪伏在自己的三尺床上,在叠起的被褥上给阿三写信,挂在床上的蚊帐是她与"炮火世界"——那个如监狱般的农场相隔的屏障,薄薄的纱幔阻隔了窥探的眼睛也隐藏了她的秘密战线,她已经不记得她给阿三写了什么,但圆珠笔划在信纸上——从上海文具店买来的信纸,千篇一律印着红色双横线、纸张薄成半透明,书写时信纸下要垫着书,书里夹着塑料垫板,这样笔尖才不会划破信纸——那种缓慢书写夹杂的快意的感觉还能记得,然后便换来阿三的情书,同样的信纸,笔画粗放有力得多,因为阿三是坐在自己家里结实的书桌前书写,他的信就像电报。"想你了!""要见你!""要你!"这么直接简短却又透彻,就像强心针,注入她的在囚禁中正变得冰凉的体内。

她曾经像失忆一般把这些往事忘得一干二净,如果没有和阿三重逢。阿三,此刻她想起他来,心里又激荡起类似于恋爱般的思念,她又冲动得要给他挂电话,手放在电话机上却踟蹰起来,她想起妹妹的忠告,不要主动给你等待的男人打电话。

这时电话铃响,她听到李成的声音,把她吓了一跳。"家里发生什么事?"她对已在情感上放弃的丈夫突然充满罪疚感。

"我在奇怪你那里发生什么事,已经好些日子没有你的消息!"

李成从上海挂给她电话这样的事几乎不会发生。"你不要骇我,没有事打什么电话?"她不由得责怪他。

"你没事吧?怎么好几天都没来电话?"

他问道。她心一动:"我打回去的时候,你都不在家,我跟儿子说话了。"

"噢,"做丈夫的松了一口气,"我还在担心,怎么你出了门就变成另一个人,连母亲的角色感都被替换了!"

她没有接丈夫的话,他对她的了解令她吃惊,确实是,旅行使她的自我强烈凸现,母性却在微弱,只有在和儿子通话一刻她才充满牵挂,母性复苏。

却又马上听到丈夫在问:"五月一日回来的计划不会更改吧?"

"怎么会更改呢?"想到儿子便归心似箭的她告诉丈夫,"一天都不会拖延。"

"那就好,因为我五月二日要去爱丁堡,参加展览!"

原来是在做衔接联系。

"担心我不按时回家是因为你有事,哼!"她又没好气起来。

"我们老夫老妻了,抒情就免了,啊?"

"已经不是老夫老妻,是前夫前妻。"

他先是一愣,继而哈哈大笑。"你就是有这点本事,经常会给我一些 surprise,这是你最性感的时候,啊,蝶蝶!"他开着玩笑,听到妻子准时回家,心情陡然轻松,隔着电话对妻子有了欲念。

过去在床上,他要挑逗她便称她"蝶蝶",带着些揶揄,她觉得肉麻就用脚去踢他，他便叫唤得更肉麻，她常常一边笑一边拳脚相加欲制止他，他不得不使更大的力去制服。无疑的，这类"打闹"很容易演变成"肉搏"，成了他们做爱的前戏。

当然，这也是多年前的欢爱了。

此刻隔着电话感受到的欲念反让心蝶内心失望更甚，想到回家将是空巢等待，儿子九点入睡后，仍是无人相伴的夜晚，不仅仅是无人相伴，而是她又将回到出发前的境遇，回到她已经厌倦的生活方式，如果相夫教子也算是一种生活方式。她的情绪立刻跌到低谷，可以预想的某种绝望将重新笼罩她，她没有心情和李成聊下去，号称有事便匆匆忙忙挂断电话。

接着，未加思索，心蝶便接通了阿三的电话，事实上，从纽约回来，他们还没有通过电话。现在心蝶突如其来没有过渡地讲起他们相处的那些时光：

他送她去崇明的船，在十六铺码头，边上拥挤着棚户房，嘈杂的人流几乎把码头淹得看不见，送客乞讨坐船的乘客，这群人和那群人难以区分，都衣衫褴褛，至少是不整洁的，是自暴自弃的，他们蹲、坐、或躺，吃饭睡觉喂奶把尿一起进行，每个人的周围都是大捆行李，那些行李本身便是一堆堆破烂，用塑料布和棉布条胡乱捆扎起来的被褥铺盖，放在粗麻袋里的米、蔬菜，从上海带去乡下也可能是从乡下带来上海。拉链锁起来的人造革旅行袋则珍藏着紧俏物品，无非是毛巾肥皂和更加昂贵的绒线之类，角角落落塞了些云片糕苏打饼干水果糖等当作礼物送给乡下亲戚的吃食，这一大堆人和行李要多乱就有多乱，人生到了这种地方只有卑贱。她那时痛心地发现，她的青春就要在这般卑贱的乱世中蹉跎而去，身边幸亏有个阿三，她像抓住稻草一样紧紧抓住阿三的手，抓得那么紧，手心里都渗出汗来了，好像她将乘上一艘正在沉沦的船，阿三的手臂是她唯一抓得住的支撑。

她现在才发现，她那时有多幸运，竟有一条可以抓住的臂膀。

那些突然清晰起来的细节在心蝶的描述下栩栩如生，可是心蝶不知道，她的描述却让阿三想到完全迥异的画面。那是七十年代末的冬天，是个潮湿的阴天，江上灰蒙蒙的，好像有一层薄雾，他和她的手抓在一起，她的手是冰凉的，眼神却是坚定的，那是找到新目标的眸子，她看着他，更像是看着远方，她的眸子里已经没有他的影像。当轮船汽笛鸣响时，她的眼睛湿润了，那是诀别的泪花，薄薄的泪花后是更加深邃的无情，她和阿三挥手告别："考完试我会来找你。"

但他已经明白考完试是他们真正分手的时刻。

"怎么想起说这些陈年百古的事？"阿三冷冷地问道，那些往事不提也罢。

他的语调令她有表错情的感觉，她一愣，似乎努力调适另一种节奏，然后继续道："如果这次来美国没有半路上遇见你，也都想不起来了。"转而语调犹豫了："还有六七个礼拜就要回中国了，不想来看看我吗？"说出这句话就明白失口了，她怎么可以乞求阿三来看自己？

"我马上又要去亚洲，这一次要待三五个月，你什么时候回中国？"口气仍是冷冰冰的。

"五月初吧！"

"那我们在上海见！五月我可能会去上海。"

"不是说过不再见了吗？"

她受不了阿三的冷，忍不住要刺他一下，他不作声。

"什么时候结婚？"

她想好不问，还是忍不住问了。

"说不定五月回上海就把这件事办了。"

她觉得心脏好像滑了一跤。

"她是哪里人？"

"上海人，相亲认识！"

她差点从鼻子哼出一声冷笑。

"很年轻吧，我猜。"

"是的，很年轻。"在她听来好像要故意强调，"比我年轻十五岁！"

就像被痛击一拳，心蝶一阵胸闷。

"噢，是处女吗？听说有一类海归是要回国找处女！"心蝶不掩尖刻。

他不响。

"你让我倒胃口，不要让我见到你。"她终于发脾气地挂断电话，眼泪便掉出来，立刻又拿起电话，对着话筒大喊大叫，"为什么要来找我！不要脸！"在声嘶力竭中心蝶把电话筒狠狠砸到座机上，却没有意识到电话已经断线，她只是在对一件没有生命的物体发泄。

她用袖子擦干眼泪，打开电脑，点击到自己的电子信箱，她寻找着柯瑞的名字，在他的某一封电子信里留了他的电话，如果要找个"陌生的水手"上床，柯瑞是第一人选，然而，电脑死机了。

这时候电话铃响，她直等到铃声转到录音档，听见克里斯托的声音，才举起电话。

"终于打通你的电话……"克里斯托欣喜的声音。

她刚刚答应一声，便哽咽起来。

"我就在附近，我来看你。"

十分钟后，克里斯托便按响了门铃。

她去开门时朝墙上的钟看了一眼，显示钟点的短针指向9。

"我们很久不见了！"克里斯托向她展开双臂。

他们拥抱，但克里斯托没有立刻放手，渐渐地，礼节性的拥抱有了肉体的欲念。他吻住她，她推开他，并非拒绝，而是发现房门没有关紧。

她锁门时他仍然拥着她，她才发现他的急迫，克里斯托远非看起来那般文弱。他舔开她的嘴，舌头淫荡，几乎塞满了她的嘴，她的手被按在他的下体，那里坚硬如铁，在这严丝密合温度高达华氏六十度的空间，她感到窒息，和窒息般的快感。

他已经把她放倒在床上，他脱去套头衫，解开裤子扣子，褪去内裤，阳具巨大，她一惊，恐惧和厌恶，就像初夜第一次面对这件东西时的反应。

当他顺手拉开床罩要把他们都裹入被子时,她止住了他,那是个比她的身体更私秘的地方,她可以和他做爱,但不能让他进她的被窝,就是这一刻,当她说"NO"的时候,他停止下来。

"对不起,我没带安全套……"安全套!她一惊,她居然忘了这么重要的警戒!"但我刚刚做过全身体检,我有艾滋检查的阴性证明,就在车里,我去拿。"他已经起身,穿上裤子,"为了公平起见,你也给我看好吗?"

"你说什么?"心蝶一头雾水。

"你有体检健康证书吗?"

心蝶已经把自己裹进被子,她摇摇头耸耸肩,用着她以前经常会用的恶作剧的口吻道:"体检证书有什么用?要是你昨天刚感染艾滋?"

"你的意思是……"他一愣,看着她,她也在看他,嘴角撇着一抹讥笑,讥笑对方也是讥笑自己。

"没有关系,我可以去买安全套。"

他把她的沉默当作某种回答,他开门出去,回转身朝她招招手才把门碰拢。

她跳下床,冲进浴间洗澡漱口,凡是被他触摸的地方她都洗了又洗,就好像他已经携带了艾滋病毒,然后突然想起来似的,从浴缸里跳出来湿淋淋地奔到门口将门锁上,并把司别灵也别上了。

回进来时朝墙上的钟看了一眼,才九点二十分,整件事从发生到结束才二十分钟,然而,她有一种曾被置换时空的感觉,好像刚才打了个盹,熟悉的标示在睡梦里发生了变异。

她把自己浸泡在浴缸里,透过水面检视自己的身体,现在它又变得冷静乃至冷漠。她听到门铃响,真快,那个叫克里斯托有个大阳具的男人将安全套都买回来了,他大概要用特大号吧?呵,安全套是个原则,是健康底线,和"陌生水手"做爱并非想象的那般浪漫,不仅不浪漫,还有吞食了不洁物的感觉。

门铃声终于平静下来。

接着是电话铃声,她泡在水里,一动不动,听着铃声跳到录音,但是这个打电话人在听到"嘟"的一声后改变了主意,"他"或"她"没有留言便挂断了电话。

心蝶恨恨拔起浴缸塞子,涌向下水道的水,发出"咕噜噜"的巨大响声,就像口渴的人,在粗鲁地饮水。

连着三天,心蝶都很晚回家,现在只要她愿意,她可以每晚在不同朋友家消磨时间,在小城生活稍久便会发现这里的人情要比大城市深厚得多,她已经从校方或教授举办的社交性的派对转向同胞的家庭小聚会。这里的中国人多有高学位,住在中上社区,修剪过的草坪衬托着他们异域生活的流畅,这也曾是心蝶多年前向往过的生活图景,然而这图景在今天已无法引起她的关注,她的需要获得缓解的充满焦虑的寂寞,恰恰被这图景衬托得更加清晰。

这三天她没有接听任何电话。

克里斯托留了两次言,他焦切地要求心蝶听他解释,而心蝶未听完录音便迫不及待地洗去他的声音。和克里斯托之间发生的尴尬，于她是全然陌生的经验，就像毫无准备地咀嚼到一粒怪味豆，她第一秒钟的反应就是呕吐，把它全部吐出来，并需要时间清除留在舌腔里的怪异感。

奇怪的是海参并没有来电话，三天没有他的声音，她觉得有点蹊跷，也许来过电话但没有留言，然而，海参从来就有留言习惯。三天不来电话的他发生什么事了呢？

她的思绪并没有在海参身上停留太久，第三天回家时看到电话答录机留言信号闪烁，按下键听到的是阿三的声音。"蝶来……"他呼唤道，却欲言又止。经过三个夜晚泡在人群的生活，她对阿三的激烈情绪已经平淡，剩下的是黯然神伤。

也许成田机场再相遇是一次错误，不是也许，已确信无疑，心蝶在一次次的反省中后悔着，他们之间本来没有继续伤害的可能，本来他们只是怀着一些遗憾思念对方，甚至连思念的情绪都很淡薄，如果没有任何契机，她已经把他尘封在记忆深处。她很少回顾过去，过去并不令人怀念，尤其是和阿三的恋情，因为初夜的阴暗而变得不堪回首。

所以，她从未有阿三是可以伤害她的意识，那时候，很年轻的时候，她觉得自己要比阿三强大得多，她几乎可以对他为所欲为，她从来没有把阿三作为对手，"爱"也需要对手，她只把他当作走向真正恋爱的一次练兵，是对于眼看它蹉跎而去的青春岁月的一次慰藉。直至八十年代阿三离去前的重逢，他们一起走入黄昏前拥挤成兵荒马乱的街市，一路去到曾让他们牵住手的电影院,又从那里到他的家,他们上床了,做爱了,是感受到"我们在做爱"的做爱,因为外面没有狗吠、不用担心警察查房,而不安和担忧并没有消除,隔了一条马路,他的家人在大饭店为阿三的远行宴请,他们担心他的家人因为主角缺席而找到家里,虽然门已经反锁。

总是在担惊受怕。

在禁欲时代长大的他们,就是在各种担惊受怕的境遇中寻觅生命的意义,在被阴影遮蔽中感受些微的幸福,是否,他们感受幸福的能力比其他时代的人们更强呢?

无论如何,一九八四年夏天的黄昏,她和这个熟稔得像兄弟一样的青梅竹马的恋人有了一次真正的身体爱,他们第一次看清彼此的身体,虽然黄昏时拉上窗帘光线昏朦,那正是一生中最丰盛的年华,他的胸臂结实有力,而她腰身苗条乳房丰满,他握住她乳房的手指有力得似要把它们捏碎在手中而把她弄痛了,她欲推开他,他却更紧地抱住她不放手,这时候他们都意识到,他们已经不属于彼此不管是之前还是之后,虽然他们是对方的初夜。他们想起了那个伴随着狗吠和惊恐的夜晚,她甚至连毛衣都不肯脱去,对他的滚烫的裸体有着惧怕,在挣扎中他抚摸她,可是她在恐惧中感受不到快感,然后在疲惫中昏睡,直到清晨在他真正进入她身体的疼痛中惊醒,那时候,爱只给她痛楚的体验。

关于初夜的记忆使他们的欲念高涨,欢悦中有着伤感和绝望,为了没有抓住的那些"过去",和不得不放手的"以后"。

而于蝶来，这种欢悦更多是心理上的，她的身体仍然有些游离欲念本身，但当时她甚至还没有来得及意识到，因为桌上闹钟的滴答声简直振聋发聩，时间没有了，她必须在阿三家人回来之前离去，什么都是有限的，尤其是幸福。

正是在重逢之后，创伤出现了，在她撕毁婚约时。

然后，是二十年的空白。

在成田机场遇见阿三，之后在机场旅馆他们做爱，这是第三次，也是最无忧虑的一次，现在还有什么可担心的呢？不仅没有狗吠和警察，也不用顾虑家人，连时间都是充裕的，当然那是相对于一次性爱。于是隐约在时间长河下的创口裸露了，在机场酒店大堂，当她突如其来告诉阿三她的第一个婚约变故。

后来，在床上，阿三抚摸她的乳房深深地叹息，我常常想你的乳房，真是丰满啊，想到它，我就会勃起！可是，蝶来无法和阿三进入纯粹的性爱激情，那不是她期待的爱，那种干柴烈焰的身体爱。蝶来是要找回谈恋爱的感觉，她要和阿三纠缠，争吵，和好，再争吵，谈情说爱的真谛是互相折磨，然后她才能蜷缩在阿三怀里，在绵长的温情细流里暖身，她要吞噬多量爱的甜酒，直至半中毒的眩晕，那是她追求的爱的迷幻状态。可是，阿三已经迫不及待了，对于一场恋爱，时间当然远远不够。

无论如何，在一起全力以赴去抓住命运给予的机会这一点上他们是一致的，只是他们对时间和节奏的感觉已经不太一样，遗憾的是，阿三先感受到这种不一致，他突然就问她，告诉我你和多少男人睡过觉？阿三的妒意就是从那一刻弥漫开来，使他变得粗鲁蛮不讲理的嫉妒,就从那一刻一直笼罩到后来的相处中,创口腐烂了。

是的,冷藏了多年的爱和爱的关系又复苏了,然而他们不再是单纯的少男少女,时光荏苒,没有什么东西是不经过时间侵蚀磨损的,命运留给爱的缺憾并没有修弥,岁月的阻隔无法通过一次性爱跨越,却向他们彰显某种无法填补的空虚,为了拾取丢失的幸福,却感到更加痛苦,于是伤害无处不在,以致他们无法按照他们期待的那般通过各种方式让关系持久下去。

不仅无法正常交往,甚至还在继续伤害,和受到伤害。这一次阿三告诉她,他将和一位比他年轻十五岁的女子结婚,这件事大大伤到了心蝶的自尊心。心蝶在阿三面前长久的优越感,刹那荡然无存。

她忍不住给海参发短信,问他何时可以谈话,她需要他不间断的关怀,却从没有想到去问候他,因为海参那头恒定的平静,即便在诉说自己的情感,听起来也像在诉说他人的事?

海参给予她的安全感是当你求助时他绝不会让你失望,果然,短信过去几分钟后便打来电话。他首先告诉她,他最近有些事,令他顾不上关心她。

"阿三说他要结婚了,是上海相亲认识的。"

心蝶性急地告知阿三的新情况,甚至都等不及问一下海参那头发生了什么事,她以后将要为自己的"自我""自私"痛心疾首的。

海参好似愣了一下才答："阿三好像并不急着结婚,离婚时他说过不再结婚！"

"那么他是为了气我吗？"

海参不响,这时她才意识自己对电话那端人的心绪的丝毫不顾及,补充道："其实他结不结婚跟我什么相干,我只是受不了他对我的态度,他说到那个对象年轻他十五岁时好像很有点占我上风的意思……"

海参笑起来。"蝶来蝶来,你一点没有变,要占上风,要赢所有的人。"她被他逗笑,他却语重心长起来,"蝶来,以我的经验,学会认输才不会受重伤。"那语调竟有几分沉痛,"人最终是输的,生命原本是无法掌控的过程,所以年龄越大越要学会接受输,到底还有多少机会呢？情感也好,健康也好,成功的机会也好,说到底,生命的终点不就是坟墓吗？"

她被震撼,说不出话来。

"我从十四岁起就把自己放在输的位置,初恋就失败的我,一生都不自信。"他又用上了惯用的"油滑语调"。

他的"油滑"第一次令她想哭。

他们又恢复了夜夜通电话的习惯,虽然海参的声音听起来有些疲倦,但现在他的电话是心蝶空虚的内心需要的填充物,她毫不掩饰获得需求时的喜悦。

后来几天他把话题又转回到阿三："阿三未必想结婚,他妈妈着急,他们家好像三代单传,所以他的父母希望他担起传宗接代的重任。"

她对阿三"再婚"这件事已经心平气和了。

可她仍然需要某种追述，海参是她和阿三的过往唯一知情者，她需要通过海参的视角去回顾那些往事，需要在回顾中追究潜藏在她身体深处的焦虑，抑或，她的性爱高潮从来不曾来临的原因。

她开始讲述那个被阴霾笼罩的初夜。以及初夜记忆对她后来情感路线的影响，包括和李成的关系。

蝶来，那个撒起谎来也显得无心无肺的女孩子，在水乡的清晨毫无羞耻心地——是无暇顾及羞耻——把有处女血的床单团成一团扔进了招待所门外的垃圾箱，她为当时的自己如此慌张却又不失镇静地做出这一举动而感到惊诧。她和如同同案犯的男孩坐在码头等头班船时居然渴望吃一块糍饭糕，当时在清晨的毛毛细雨中似乎闻得到炸糍饭糕的香味，那一刻她觉得最大的幸福居然是能够吃上一块还在滋滋冒油烫舌头的糍饭糕，那时他们已经离开招待所两条街，像逃犯一般躲藏在码头旁的凹进去的屋檐下，没有任何羞耻感，不，是没有来得及去感受羞耻而已。唯一的，最强烈的感觉是，已经逃离"作案"地点——租过九个床的招待所的侥幸，现在不用再害怕谁来查房，小火轮已"突突突"地朝着码头开来，他们将永远离开这个小镇，永远不用为自己的初夜遭受任何羞辱了。

奇怪的是，在恐惧还没有完全消失之前，饥饿已经等不及了，它争先恐后于小火轮之前了，面对着远远奔来的小火轮，饥饿正扑向那块还在滋滋冒油烫舌头的糙饭糕。

她拿着电话在空无一人的公寓房走来走去,自从与海参每晚通话,为了说话方便,她把公寓的老式座机换成数码无绳电话,讲电话时她把房间所有的台灯都打开了——写字台、壁炉架上和床边各有一盏台灯,其中一盏灯是她搬入这所大学公寓时自己添置的,现在暖色调的台灯光照亮不同的角落,使房间的空间有着舞台般明暗错落的深邃和梦幻,因为此时已是深夜,窗外雪片飘飞,院子、街道以及整座城都被白雪覆盖,甚至盖住了人影和声音,望出去的世界一片空寂,公寓的暖气和暖色调将她与这广漠的空寂隔绝。

与海参的通话是此时此刻与外部世界唯一的通道,也是最深邃的通道。

她描述细节时那一刻的场景以及从那些个场景里滋生出来的情绪又浮上心头。她不知道,海参已打开第四罐啤酒,他从心蝶开始讲故事的晚上,又喝上了酒,在他已经戒酒两年以后。

"的确很危险,如果,那天晚上来查夜,你知道吗?"海参顿了顿,"那是要送去劳教的!"海参声调刚刚上扬,立刻又闷住了,他在克制涌上喉口的酒嗝,"但是,我很羡慕你们,要我说啊,这是属于你们两人的光荣历史,在那个时代,是你们可以走到的最远的路了,我是说自我解放的道路,讲得再坦率一些,你们总算做了一件对得起你们青春的事了。"

顿时,心蝶泪流满面!

呵,自我解放!对得起青春!

他刷新了她的初夜记忆。

她曾经试图将初夜从记忆中 delete（删除），她曾经以为与李成的第一夜，才是她性爱史上应该的初夜。曾经，在李成点燃的爱的熊熊烈火中，她的眼前闪现苏州水乡招待所，她穿着毛衣战战兢兢躺在阿三身边，真正的初夜已经那么遥远模糊，模糊得好像发生在某个梦境里，但痛楚的感觉却让她泪水盈盈，她就是在那一刻用力 delete 了她的初夜，像浓郁的阴影一样伴随着初夜的恐惧羞耻，被明亮灿烂的爱的烈火覆盖，她努力将自己置身于火焰中，深深地沉溺，完完全全地舒展，展开属于自己的一切，自己的心和身体，包括蕴含在身体隐秘处仍然保留着处女膜破碎时剧痛记忆的阴道，以及子宫，那一巢痛苦和快乐的源发处。

所以，她的欢乐是和伤痛一起到来的，她终于哭开来，那么多的眼泪从双眸涌出，似乎它也正同时源源不断从阴道里涌出，李成竟把她的泪水看作高潮到来的反应，她的哭泣令他更加狂热。她因此感谢李成还给她失落的幸福。

这幸福因为夹杂着回忆的苦涩而更加强烈，并且如此短暂，与漫长的人生相比，与李成第一夜获得的幸福感只是一个瞬间，它成了结合他们的动力，这幸福的瞬间在以后的婚姻夜晚再也没有出现。

关于她的初夜，海参给予的是她能够获得的最受鼓舞的评价，它一扫笼罩在初夜的阴霾，那样一种恐惧混合着羞耻的阴霾，这使她的心绪发生了根本性的变化，假如怀着珍惜回顾那一切，是否她和阿三之间的怨恨就会淡然？

无疑的，这比海参自己的情感表白更能拨动她的心弦。

可心蝶不知道，这些属于她和阿三的秘密，讲述得越坦率对于海参则越像折磨。这些夜晚，他不仅开了酒戒，而且酒越喝越多，虽然是啤酒，但一罐两罐三罐四罐，到了一定数量醉起来也和烈酒一样可以摧毁人的意志，于是海参年轻时已经围拦起来的感情堤坝在这些夜晚产生意想不到的缺口，当她的故事终于说完，他告诉她说："现在我有些后悔，放弃你太早！"他停顿了一下，见她没有吱声，继续道："本来，我和阿三有同样的机会，但我会比他更有耐力，和你交往，是要有耐力的。"那时，他已经喝完四罐啤酒。

听到她自我解嘲的一声轻笑，他便补充道："离开中国时和谁都告别了，就是没有和你说再见，因为我不知道我是不是会失去控制，我是说我也许就在那时候向你表露心迹，但那时候如果你拒绝我，等于给了我最坏的结束，我是指在国内的生活……"

"现在我终于明白为什么你对我不告而别……"她如释重负，深深舒出一口气，"为了你的不告而别，我可是郁闷了很久，不信去问蝶妹。"

他一愣，有些意外："这么说，我还没有被你忽视到完全没有想法。"

"从来没有忽视。"她坦陈，"只是对你的感觉很复杂，到现在都没有现成的语词来说明。"

他不响，而后轻声问道："如果……我告诉你，想……和你生个孩子……你会……骂我吗？"

她怦然心动，这比第一次听到他告诉她，她曾是他的 first love 还令她心跳。她说不出话来。

"蝶来，你回答我……"他执拗地问道。

"不可能的，我现在怎么还能生孩子？"

她的回答令他失声笑了。

"就看作是我的梦想吧！"

这已经不是对过去的抒怀了，仿佛他们一起搭乘着一部慢车，开开停停，但终究是朝着某个地方去，待心蝶惊觉时，已经情不自禁。无论如何，海参的电话通过改变过去而改变了现实感，终究，这不是一个晚上而是持续了几个月的电话！

就是从这晚开始，她产生了想要回报他的冲动，有一种试着去"爱"他的愿望。

也许他是我后半生的情感寄托也说不定，心蝶想道，她的心绪却因此更加紊乱。

"我会很珍惜这么多夜晚你给我的电话，还有几个星期就要回去了，我知道，以后这样的机会不会多的。"那晚挂电话时，她直率告知她的失落。

"我会去上海看你，秋天回去。"他说。

夜深，她辗转难眠。

她又开始惦念着给蝶妹打电话。这些日子,蝶妹在忙着盘下一家夜礼服店,这家礼服店开在墨尔本的闹市区,租金很高,心蝶很怀疑妹妹是否能经营下来。蝶妹去澳洲后改学服装,双手被赋予天赋的蝶妹能裁剪制作一件真正的如同徐爱丽的娃娃穿的那种西方传统晚礼服,但设计制作一件服装和经营一家服装店完全是两码事,不过,心蝶并不想给什么主意,因为她在这方面的智商,按照妹妹的说法,是负数。

两人已多天不通电话,妹妹在思虑生意上的事,做姐姐的却纠缠在情感关系中,那些情感纠葛从一个忙人角度看去,无聊,无意义。但心蝶怎么也不甘心独自平息那样一股崭新的热情,她等到下半夜,计算到妹妹正好回家吃中饭。

"又碰到什么事了?"她问道,"我们可以说十分钟。"

好像妹妹很少有这么不耐烦的时候,心蝶对自己将要谈论的话题本来就有些心虚,这一来就有些恼羞成怒。

"还没有做老板就已经老板娘样子十足……"

这一来,哪有气氛说出自己的心事?

"你现在有海参陪你,所以我可以不管你了!"

她吃惊。她和海参晚晚通电话妹妹也知道了?

"我跟你打电话一直不通,跟海参打也一样,而且这段时间你也不骚扰我了……"

蝶妹很少这么话头带刺。

"海参都跟你说了?"

"说什么?"

"今年秋天海参回上海我会和他见面。"她像下了什么大决心似的告诉妹妹，潜台词是，我们之间会发生什么，我已做了准备。"这些夜晚的电话改变了我。"

蝶妹不响，心蝶暗暗生疑，为妹妹的沉默，更是为自己的想象，因为她还不曾相信自己有过这个想象。

"蝶妹，我对海参本来没有想法，你可是给我不少劝告。"当她心里发虚时，就要把妹妹当作"同谋"。

"噢，我需要消化一下，我本来以为你只是把他当作这几个月的解闷对象，没想到要去上海约会。"

"约会谈不上，见个面而已，又不会改变事情实质！"

"事情实质是什么呢？"

为什么今天蝶妹的话句句听起来有刺？心蝶觉得不舒服，却又不便发作，也许她急着出门。

"我自己也搞不清，反正心里有些紧张，想象不出这次见面两人将怎么相处？算了，你忙去吧，等你下午空一些，我再跟你打。"

"你发什么疯，不睡觉了？你那里都快十二点了！"蝶妹急了，这时候又回到过去老是做妹妹的为姐姐担忧的时代。

"最近就是睡不好，不要说十二点，到下半夜三点都没有一点睡意。"眼里就冒出了泪水，"觉得半辈子都快过了，好像最基本的问题都没有解决。"不等向妹妹道声再见就把电话挂了。心蝶盘腿坐在床上，腮上挂了一滴泪。

这时电话铃响，拿起电话，竟是柯瑞，已经两个月没有他的声音。经过克里斯托的安全套事件,她再也不想和任何西方男子有瓜葛。

她冷淡的回应令电话那端有两秒钟的沉寂,然后他说:"我想告诉你,我下星期要搬去西部,旧金山附近一个城市……"

那一带有不少卫星城市,心蝶懒得问他是哪一城,说了,也记不住。

"可是,你说过搬到这里是有故事的,你还没有讲你的故事。"

她放下戒备,既然对方要离开。

"离开"成了人们同情、宽容甚至认同的最好理由。但是柯瑞语锋不失尖锐:"你自己的故事够复杂了,还有心情听我的吗?"

她一愣,不待回答,他那边已经道别挂了电话。然后妹妹电话进来,她告诉她,她会在下午四点以前赶回家,也就是中西部的凌晨二点后,如果那时她还不想睡可以给她电话。

蝶妹,蝶来永远的盟友,可是蝶来又做了什么把她伤害了?蝶妹从来不出示伤口,蝶来必须自己去检点。

回上海第一个星期的周末仍在劳动节的长假期间,心蝶带着儿子逛淮海路,经过一家大型食品店,不顾儿子反对,心蝶走进拥挤的店堂,浏览着柜台里的食品,光是蜜饯就有几十种,但就是没有她小时候最爱吃的"咸橄榄"、"香草桃板"这些被妈妈视为"脏东西"的零食。偌大的食品店密集排列的食品柜,儿子看都不要看,直奔薯片架,如果没有他喜爱的番茄味薯片他便宁可什么都不吃。

她跟着儿子从店里退出,店旁是一条弄堂,蝶来站下来告诉儿子说,在他这样的年龄,她经常在这条弄堂进进出出。

"你小时候是住在这个地方?"儿子夸张地用着升调,他朝弄堂深处看去,嫌弃地皱起了眉头。

她笑笑,现在的淮海路越来越华美,使这条弄堂更加黯淡狭仄,就像一个正在老去的人,皮肤皱起来了,个子也在矮下去,经过岁月的压缩风干,从水果变成蜜饯。她告诉儿子,她那时住的弄堂在淮海路后面一条马路,这条弄堂通后马路,淮海路上有不少可通后马路的弄堂。

儿子居然要求进弄堂看看。他十二岁了,长得和她一般高,终于有点耐心陪伴妈妈去哪里走走,而不是哭闹着要去"好玩的地方"。

不过,一路进到弄堂他啧啧有声,有不少的抗议和议论:"啧啧啧,很邋遢的地方呢,很挤的,很脏的。"

他已经看到了狭窄的横弄堂的后门口淌着污水的阴沟,不仅蹙起眉头连肩膀都皱拢来,儿子好像要缩小身体与外部世界接触的面积。

"啧啧啧,衣服怎么都晾在弄堂?还有内裤?"

那些晾满衣服的竹竿仍然横跨弄堂搭在两栋楼之间,淡色内衣裤尤其刺眼,市井的彩旗,蝶来和儿子必须从这些"彩旗"底下行走,假如要穿越弄堂。

"嗨嗨,这么老这么胖还敢赤膊,一点不怕难为情,扇子还摇得自在,哼!"

坐在竹椅子上的老头子,发胖的胸脯,挂着女人般的乳房,儿子大惊小怪地惊叹着,满脸厌恶和不可思议的表情。

心蝶笑观儿子的夸张反应,五月天的风袭来感觉是凉爽的,已经不能用"温暖"这个词,在阳光里行走,热烘烘的连薄外套都穿不住了,走到树荫下,贪婪地吮吸凉风,春天好像才来,便有了初夏的气息。

是呀,五月刚到,女孩已穿起了夏天的短裙,短袖针织棉套衫勾勒出窈窕的体形,蝶来看着迎面走来穿夏装的女孩子,看着凉爽的五月风拂去女孩脸上的发丝,甚至风的气味都是多少年前的,夹带着垃圾箱和阴沟里菜叶子腐烂的酸臭味的弄堂风,她几乎能触摸这沾染了市井卑微日常的五月风吹拂在当年年轻的脸上时不可言传的欣悦和更多的若有所失,叶心蝶不由地去抓住儿子的手,她更愿意确认现实。

但是儿子挣脱了她的手,他已经到了追求酷的年龄,崇拜周杰伦,手里拿了一本在报摊上买的"鞋"杂志,他有足够丰富的资讯来辨别盗版名牌鞋诸多拙劣细节,妈妈从美国带来的打折的 Nike 运动鞋也已落后了两个季而被他丢弃在鞋盒里。此刻他真是怜悯母亲居然是从这么黑漆漆的洞里出来,在少年被阳光照花的视线中,这旧弄堂天井的黑铁大门就像一个个黑洞。

这么多年来,很多次走在淮海路,走过这条弄堂,心蝶从来没有停留过,她从不想回到过去,泛滥的怀旧潮流更凸现了集体记忆的虚假和自我欺骗,也加深了她对自己的过去的厌倦。然而这次,唯独这一次,她的心情很不同,这弄堂、这街区是她和海参夜夜电话的背景,是安置青春的场景。

现在她刚回上海两天,和海参分享的夜晚已在二十小时航程的另一端了,空间给时间造成了幻觉,当飞机在上海浦东机场降落时,那一个个被电话填满的中西部的深夜立刻就成了一去不复返的过往。

秋天,海参要回上海,她就像他的先遣部队,先来这些场景走一遭,晚上,她将在 e-mail 里向他描绘她现如今看到的一切,她将在描绘这一切时再一次缅怀他们有过的一次次长谈,她在那些夜晚就已经明白,她将在很长一段时间为他们在寂寞长夜的交谈,为这些交谈的结束而怅然。

此刻,她已经在怀念刚过去的那些夜晚。

"这次回上海是专程去看你的。"他半开玩笑道,他的父母和妹妹一家都已移居美国,他已经没有回上海探亲一说了。"你会给我什么让我带走呢?"

她走进自己弄堂时那些夜晚的对话就像画外音。

当时她没有接他的话,虽然之间有过这深切的交流,她也有过报答他的冲动,但她仍然拒绝更多的想象。

"开玩笑,不要认真。"他的安慰的口吻使她的犹豫变成了歉疚,"至少,我们应该一起去看看中学的班主任。"

"除了班主任,还想去看卫生老师。"

"为什么?"

那是个冗长的故事，与他不无关系。

"见了面告诉你！"她说，扯开话题，"对了，我要你陪我把我们过去的弄堂街区都走一遍。"阿三会同行吗？她更希望他们三人一起逛这趟街，在与海参讨论上海的时间表时，对阿三的思念又强烈起来，但她把这个愿望掩盖住了。

"不过，你看见我不要吓一跳，跟以前是不能比了。"他说。

"怎么会呢？才三年多，二十年没见都不觉得有多大变化。"

"就是这三年变了许多，真的，反正你要有准备。"

"这就多虑了，难道做女人的我不比你更担心？"

"你怎么会老？你到七十岁还是鲜龙活跳，还有人追求，这，我是能够预见的。"

她笑，就为这句话，他就是知己了。"如果还有人追求那就是你了。"她一点不想掩饰被奉承的窝心。

"我嘛，到九十岁还痴心不改，只怕活不到那一天。"

心蝶不笑了。

她拉着儿子从这条弄堂退出来，她没有走进那条曾属于她和阿三的弄堂，等海参回来吧，只有他能给她一条回到过往的新途径，他成了她的心灵守护者，她还从未像今天这般盼望他回来。

他到上海时，秋天正结束，那是比真正的深冬显得更加凛冽更加令人畏惧的第一个寒流，上海的住宅没有美国中西部或中国北方那样的暖气设备，窗外呼啸的寒风似乎能穿透四墙，房间内壁挂空调的热力远不能抵御如此强悍的寒流。这样的夜晚他来了电话。

"没想到上海这么冷,这种天一点不适合情人见面,手脚冰凉,脸颊像冻肉……"知道他在开玩笑,但她笑不出来,她一向不喜欢他的玩笑,当他开玩笑时就成了另一个海参,油嘴滑舌玩世不恭。

她一直无法理解,这种时候恰恰是他最怯弱的时候。

尽管海参预先警告过,但她猛然面对他,仍然因他样貌的巨大变化而惊骇不已,不仅仅一头黑发变成灰色,脸上的肌肉组织也发生一些变异,那五官和表情似乎跟着产生了轻微的扭曲。她不相信岁月在三年半的时间就有这么大的腐蚀力,即便人们都已经明白时间是以加速度的方式夺取我们的生命力,心蝶完全委顿了,被这种变异,就像突然面对一个完全陌生的熟人,因为叫不出名字而处在失语状态。

他向她歉意地笑笑,伸手接过她的黑色羊绒大衣仔细挂好,然后给她泡茶,一边寒暄着,这时他的声音清晰着,形象却模糊了,因为忙来忙去时常常是背影对着她,他便又回到了那个电话里的海参,一个更接近她的男生。是的,荒唐的是,为了找回和他通电话时的感觉,她的视线必须躲开他的身影,只有他的声音能帮她找回在中西部夜晚接听他电话时的心情。

"两年半前,从上海回去不久,我便生了一场大病,所以……我,一下子老了十年……"隔着茶几他坐在她对面,把茶端给她。

生了一场大病?她怎么毫无所知,几乎天天和他交谈,她竟愚笨到对他人生的巨变毫无感应？她自责，只觉得茶重得端不住，手指颤抖，便把茶杯放回茶几。她硬着头皮看住他，既然无法躲避面对面。

"我……一点都……没有……感觉，为什么……不告诉？"她躲闪着眸子，心脏一路下滑着。

"爱面子啊，不想把弱点缺陷告诉你。"

"生病很正常……"

"不是一般的病。"他打断她，他几乎没有打断过她，"到了中年就被疾病打垮觉得丢脸。"

"生病是天意，不丢脸。"想起那些夜晚他的谈笑风生，"你是不会垮的……"她说到一半便咽下了，是咽下涌上来的哽咽。

"是硬撑的！"他开着玩笑，"反正输定了，但要输得有点风度！"现在她宁愿他油嘴滑舌，宁愿他讨她厌，也不要令她为他消沉。

他不是早就说过，人最终是输的，说到底，生命的终点不就是坟墓吗？

那种带着异样的镇静的感悟，好像是从灾难里生发出来的，当时就让她心头发冷。

他似乎已经触碰到她发凉的腑脏，眼睛里的一抹笑意转瞬即逝，他凝望她，她躲开视线，朝窗外看去，但视野被窗外更高的高楼挡住。这是在二十层，窗外一簇一群的高楼错落耸立，高处并非不胜寒，现在的城市高处更热闹了。然而，对于海参和心蝶，高楼叠嶂的城市已经面目全非，他们念念不忘的时代，是高楼下的废墟，只活在他们彼此谈论的一刻，而这些片刻却发生在异国他乡，连谈论过去的片刻都成了回忆。

她想知道他生什么病，但也不想为难他，如果他不想说，事实上，她更怕知道真相。中西部深夜的那些对话一大段一大段地涌出来，在脑中回响，那是一个和现实无关，和疾病无关，只和内心和情感有关的声音，伤感如潮水一般涌来。

"本来决心不和你见，不想让你看到我现在的样子，但是，你一问我什么时候回来，这个决心就……"他的嘴角就挂上了自嘲的讥笑，"人就是禁不住地要去做梦。"他向她伸出手，"你还没有和我握过手，我们从来没有握过手。"

她向他伸出手，他握住时，她突然起身到他面前将他的头拥在怀里，那么突然和不可预料，是在一股巨大的热烈的情感推动下，不像爱，更像怜悯，她从来没有意识到怜悯比爱更温柔更有爱意。

他仍然坐在位子上，她站在他面前，他的头被她拥在怀里，那是个更具有母爱的形态。他试图起身吻她，但她制止着，然后她跪下来。现在是她的头靠在他的怀里，他双手用力捧起她的脸吻住她，然而，这是一个半途中改变了意义的吻，是一个象征的吻，他的唇在她的唇上轻轻滑过，仅停留了半秒钟，然后重新把她的头拥进他的怀里，就像最初她把他拥在怀里。这个姿态维持了很长时间，这个姿态就像一对经过情感激流的颠沛而进入温情依赖时期的爱人。

他说："我本来可以给你幸福，我相信那时候我有这个能力，如果五年前在曼哈顿我们有这个机会,因为我比阿三有耐力,比他懂得你多一些,但是现在说这些已经没有意义。"

"现在你……不能有性生活了?"

"可以有,但是,不如过去了。"

"你想和我有一次吗?"她抬起头看着他的眼睛,此时此刻他的形象又变得不重要了,她好像要通过这个有些扭曲的形象去追寻比之更加抽象的那个人,那个想象中的精神恋人。

他点点头:"想,在梦里有过许多次!"

她慢慢站起身欲将他拉到床边,可是他没有动,温和地扯住她,又将她拉回到他的怀里:"让我这样抱着你就已经满足了,蝶来,你听我说……"

"不,你听我说,我一直要跟你道歉……"

她也没有料到她的憋了很多年的道歉此时此刻倾泻而出,真他妈的 stupid。

"道歉?"

"那年在操场上听拉线广播,好像是文化广场在开审判大会,我和你斗嘴,姓王的工宣队长过来,我向他告状,他,他打了你!这件事让我不好受了很多年……"

"有吗?我怎么不记得了?哪个姓王的工宣队长?"

"单眼皮,脸很清秀,特喜欢打人,听说是从一个叫采矿机械厂的工厂来的……"

"是,好像是有这么一个队长,打人很凶,不过他打的是别人,你记错了吧?"

"怎么可能？"心蝶的脑海瞬时一片空白。

电话铃响了，酒店的电话，他们一起朝电话看去。"是阿三的电话。"他告诉她。

她不响，好像在等他解释。

"他已经到上海，昨天晚上我告诉他今天你会过来。"

"你不要接，让他去！"她心里很乱，已经没有任何思考，只能听凭本能的反应。

"蝶来！"他的手轻轻拍拍她的后脑勺，就像在安慰一个孩子。

"你为什么要他过来。"

"没有我，你和他就僵持下去了。"他起身朝电话去，"我们三人早该聚一聚了，蝶来，我比你还懂你。"

他拿起电话。

他们三人坐在饭店的小包间里，这是间新开张的饭店，室内装潢用的是玻璃、镜子等透明材质。玻璃台面的小圆桌，玻璃面的椅子，四墙是镜子，通向包间的走廊走道也是透明的，到处亮闪闪，幻觉得很，却是廉价的幻觉，令心蝶想起她在纽约时住的饭店，那个用灯箱镜子霓虹灯营造了相似效果的饭店。

坐上透明椅面的心蝶连大衣都不想脱。她疏远地打量着簇新的令她稍稍眩晕的透明空间，冬季置身其中，只感觉冷冽生硬脆弱，但在纽约时并没有特别的冷冽感，也许那里的暖气很足？还是因为刚刚经历与面目全非的海参重逢的刺激？阿三在一旁说,只有这家店有三四位的小包间。这里的菜式也很上海。

很上海!心蝶一笑,不无压抑,想到李成说"很上海"时讥诮的语调,这两个男生本是情敌,因为"很上海",令他们不失风度平静相对,甚而,他们似乎在分享这种风度。今天的阿三看见她也是平和的,客气地打招呼,嘘寒问暖了一番,只要一回到这个城市,所有的情感旋风都成了现实之外的传奇。

他们俩对着菜单商量着点出了一桌几乎是七十年代春节家庭饭桌上请客的菜肴,开胃凉菜是糖醋银丝芥菜,配菜有冬笋丝香菇丝胡萝卜丝。红烧烤麸配菜是金针木耳。海蜇丝配萝卜丝麻油葱花凉拌。凉菜里唯一的荤菜是油爆虾,个子小小却虾身饱满的河虾,但在七十年代用海虾将就了,那时候的虾们头大壳松须髯乱糟糟的,但经过克俭的主妇仔细修身,端上盆来照样虾红葱青十分有型。热炒便有红烧肉百叶结、松鼠黄鱼、塌棵菜炒冬笋片、炒蹄筋,一锅黄黄的草鸡汤⋯⋯你难道不记得七十年代过一个春节要省下数月的鱼票肉票加上节假票,才能买上两到三条黄鱼,一两斤虾若干蹄筋,至少需用两斤以上猪肉,一斤笋干泡出一脸盆的水笋,便可以煮出满满大号砂锅红烧肉笋干,如果其他菜是花架子,几筷子下去就见底,这红烧肉水笋是许多人家垫底的春节主菜,可以一顿又一顿,连着吃上整个春节。过年还要另发家禽票,五口以上人家算大户,可买三四斤重的活母鸡,就有一锅整鸡汤,春节一定要煮整鸡整鸭以图吉利。那些蔬菜则要起早一个星期,一点点累积,冬笋百叶结都要凭票的,你有没有四点钟天未亮便去菜场排队,一人排几条队,便要带上小凳子、菜篮子,放在队列里,不够东西放,便去拾砖头代替。再萧条的春节,也不能阻止亲眷们互相轮流请一次客,一个家族相同的籍贯连菜式都是相同的,你觉得每天做客是去不同的人家吃同一桌菜,满满一桌正迅速吃腻的菜肴,主人在桌上布菜热闹请吃声喧嚣,杯盏交错互相安慰时年的冷峻,一年里所有生的乐趣都透支浓缩在这一刻。

心蝶早就想望拍一部陈英雄(留法的越南导演)风格的片子,把七十年代市井小民迎接新年的过程拍下来,在一个匮乏的、禁欲的、衣食多忧的、万马齐喑的时代,一个"年"却过得如此热烈、激越、富于形式感,在厨房、天井、弄堂房子的后门口,家人邻居三五成堆聚在一起杀鸡斩肉挑拣菜叶里的野草。那时候,她却害怕过年,她在那种日子感受到的是生命在被浪掷的恐慌,可过完年更可怕,日子加倍的灰暗无聊绝望。

那些往事随着菜肴摆满桌子而拥挤在心蝶的心头,但她什么都没有说,关于回忆的话题也已经陈旧了。她的手机响了,见是李成打来,她不想接,便把电话关了。他知道她今天是来和老同学聚会的,但直到今天,他仍不知道她的生活中曾有阿三这个人,对于她的初夜他毫无所知。

向往很久的三人聚会,远不是她曾经想象的那般快乐和轻松,这已经不是七十年代相聚的继续,而是另外三个成年人,因为偶然的原因凑到一起,心蝶的思绪仍然处在混乱中,海参的变化令她碰撞人生的无常,在这无常面前,那些情感纠葛变得无足轻重了,这是另一种空虚。而海参对操场暴力的否认令她对自己整个青春的记忆产生动摇，意想不到的空白感使她感到虚弱。

然而，不管能否带来快乐抑或痛苦，三人聚餐刚刚开始就要结束了，海参要赶到北京郊区一名世传中医的诊所，在那里住两周给老中医号脉试一个周期的药，如果有用，海参可能会常去北京。

"这世道还有祖传的东西吗？"海参笑问。但这一切是丈人安排，他不想拂逆他们的好意。

"看中医就像信教，信才有用！"

心蝶郑重劝道，坐在副驾座上的海参回头看她："我简直不相信这话是从你蝶来口中出来。"

她看到正在开车的阿三从后视镜给了她深深的一瞥，这时候他们正在去机场的路上，这辆车是阿三姐姐的，他两位姐姐插队回来就做小生意然后发展成公司，组建公司是阿三母亲一手促成，当年的里弄支部书记与时俱进，进入市场经济一点没有障碍。

"为什么，这话不该我说吗？"

她躲开阿三的目光转过脸看着窗外，她坚持一个人坐在后排，大半原因是不想和阿三并排，尤其是在海参面前。

"更像是我说的，因为我比你世故比你狡猾！"

她笑了，脸仍然对着窗外，也许年少时她对他用过"狡猾"这个词，她曾经对他用过许多不敬的词，难道他都记得吗？她转回脸，瞥一眼海参，再一次与后视镜里阿三的目光相触。

海参的那班飞机起飞延迟，于是他们三人得以在机场的咖啡座又坐了一会儿。

"上一次我们一起吃东西是在淮海药房对面的点心店……"海参说。

心蝶吃了一惊，"上一次"听起来就像在不久前，海参笑笑，朝阿三眨眨眼，那揶揄的神态令她立刻回到他们三人相处的某个片刻，他们坐在点心店，吃着冰冻绿豆汤和生煎馒头。

"你要我在农场帮你照顾蝶来。"海参正在继续同样的记忆，他看着阿三，"那时候，我才明白你们已经'开始'了！"

阿三笑了，海参的虚弱衬得他过分健壮，充足的暖气令他脱去大衣和大衣里的西装。只穿一件全棉套头衫的阿三，薄薄的棉布衣后是鼓鼓的胸肌，他比两个月前更壮实了。在"虚弱"前，"强壮"是一种可耻而高调的存在，心蝶不自在地垂下目光，端起咖啡。

"阿三又开始练俯卧撑了吗？"海参问道。心蝶一惊，就好像他是在她的视角看画面，"他一谈恋爱就要练身体，那次吃完生煎馒头回他家他立刻就开练了！"

海参又用上他"油滑"的语调，心蝶笑开来。

"阿三现在有个年轻十五岁的女朋友，更要练了。"她到底忍不住要开涮阿三。

"那就难说了，他自己明白到底为谁练！"

阿三却被海参这句话逗笑，提着咖啡壶的服务生过来，他下意识地拿起心蝶的咖啡杯让服务生续杯，把她的咖啡放回时他的手微微抖动眼里却含着温情,就是在这几秒钟里心蝶的心情阴转晴,她好像又握住了那个暖意融融的邻家男孩的手。

"等我吃完中药回来,我们一起去找生煎包吃。"

她和阿三在安检处与海参道别,他笑说,那一刻有种错觉,好像他吃完几帖药便能痊愈,他们三人真的会有一个更加愉快的相聚。

至少这是个重要的错觉,它使他们的道别变得轻快。

也许,恋爱也是一场错觉,是生命中更灿烂的错觉。这是心蝶后来的醒悟。

现在她坐着阿三的车子离开机场。

"要紧吗?"沉默了一阵,她突然问道,"海参得了什么病?"

"我想是要紧的,所以他闭口不谈。"

就像他对她的感情,最浓烈时却要显得若无其事,当他可以谈论时他已经从这段情里走出来了,她突然想到,她今天早晨是出于什么样的冲动要和他上床呢?现在却对他心生感激,因为他没有让她出于怜悯而和他上床。

然而他的病似乎把他们三人都打击了,车里弥漫着郁闷消沉。

"那段时间他经常打电话给你,海参都告诉我了,我能理解,他做了一些我做不到的事。"

"他给了我很多的安慰,可是我笨到竟没有察觉他那里发生的事。"

"到了今天这一步,你会报答他吗?"

"怎么报答？"她问得尖锐。

"你应该知道！"

"我要知道就好了！"她转过脸狠狠盯视阿三，只有用这种方式才能让自己虚弱的心坚硬起来。

"我没有见过比海参更聪明的人了，你年轻时怎么没有跟他走？"

她瞥他一眼，没有作声，或者说，在蓄积力量，和他进行新一轮的战争。但她吃惊地听到自己在说："阿三，我们应该先了断身边的人再来结婚！"

他难以置信，转过脸去看她，她正目光清澈地看住他。他转回脸，车已被他开上高架桥。

"你是个很可怕的女人，这么大的事你当玩笑一样。"

可怕的女人。

当年被她解除婚约的未婚夫就是这么指责她的。

一阵热血涌上她的头颅。

"很可悲阿三，你一点都不了解我，我会让你知道我不是开玩笑！"

不可预料突如其来的疯狂的冲动，她伸出手去扳阿三手里的方向盘，车子朝着高架桥上的水泥隔离带冲去。

车子猛烈摇摆扭扭歪歪，贴着隔离带滑行了一阵终于停下了，奋力挣扎后的阿三满头大汗手还在微微颤抖。后面的车子疾驰着从他们身边擦过，车窗里探出破口大骂的司机的头。

"侬在寻死吗，侬要死也不让阿拉活啦，戆卵，侬就直接开到火葬场去吧……"

这辆车恰恰刚从火葬场出来,车身上还围着黑纱,挂孝车在阿三车前面十公尺的地方猛然刹住车也迫使阿三刹车,车上跳下两个手臂上戴黑纱的男子,他们怒气冲冲奔向阿三的车子,对着已关上车窗处于全封闭的阿三车子又踢又砸嘴里粗话连篇。这时候心蝶又冷静了,拨打110请警察来解救,却是这个行动激怒了阿三,他好像是报复心蝶一般打开车门冲出去与那两个已喝得半醉失去亲人也失去理智的男人打架,眼见得阿三要吃亏了,心蝶也不顾一切从车里冲出去,以比阿三更加猛烈的气势加入这场武打。当年的蝶来虽在暴力年代长大,却也没有真正地打过架,她刚虚张声势去推开对手,头上便挨了一拳,不由惊叫一声,阿三不得不分心来拉她的架因此失去战斗力而被吃了一个冷拳,半边脸颊立刻肿起来,阿三因此更加气恼。

"你给我滚回车里去,这里没你的事!"他朝她大声叫嚷。

"你有什么用,不如你滚!我不怕,有种把我打死!"

"你去死吧,我不要跟你死!"阿三更气愤。

"阿三,你再说一遍。"心蝶瞬时忘记对手,拳头朝阿三砸去,阿三便去抓住她的手。

情势的急转直下令对手们停下手,车子上拥下一帮人要来拉架,此时也糊涂起来。

警车来了,把两个半醉男人和阿三心蝶一起带到派出所。

警察要求做笔录并让他们出示身份证,但是心蝶的身份证因为前些天李成帮她去邮局领过邮包还留在他身上,心蝶打开手机欲找李成,竟看到手机上有八个未接电话,都是从李成手机上来的。

李成正躺在医院的急诊室,他胃出血四只"+",医生帮他使劲打电话找心蝶签字开刀。医生找不到她,便叫来李成同一小区的朋友,病情不容耽搁,朋友被说服跑来为他签字。待心蝶赶到医院,李成已经进手术室。

李成因胃溃疡大出血而被切除了五分之二的胃,手术后他需要长时间的修养,他告诉心蝶,他决定放弃北京,从今往后将一直待在上海的家。

心蝶每天开菜单让保姆买菜,自己掌勺给李成煲汤,李成说,找个上海女人做老婆真不错,做住家男人很舒服。

心蝶笑笑,她并不认为李成的话有什么不真诚,然而这也是此一时彼一时的心得,康复后的李成还会继续待在上海的家吗?她已经不再相信男人一时冲动说的话。虽然至今她没有告诉李成,那次如果他不进医院,她已向他提出离婚。

自那天冲进医院,心蝶就没有再见阿三,他回美国时他们通过电话,她对阿三说的第一句话是:"阿三,我们又输了!"

"我要去找他离婚,他却进医院了,这是天意。李成这个人太强悍了,他不会让我离开他,除非他想离开我。"

一年后,海参病逝,阿三和心蝶都没有去参加追悼会,因为没有受到邀请。却是,蝶妹去了,受海参嘱托,她帮助海参妻子料理后事,并陪伴她度过最难受的一个月。直到这时,心蝶才明白，蝶妹，她的妹妹，年轻时内心标准好丈夫便是海参，可是姐姐庞大的身影遮住了海参的目光，蝶妹是应该恨姐姐的，但是，姐姐又是那般无辜，无辜得天真，无辜得没心没肺，妹妹崇拜姐姐，向往她，也想反抗她，蝶妹从未向海参表露自己的心情，她懂他，只有她能感同身受海参爱蝶来的心情，他们是知己，在情感上注定是怀才不遇的一对难友。

临终前，海参寄给心蝶一封写在纸上的信，他写道：

我知道你很困惑，因为我否认了，我很懦弱，连承认自己曾被侮辱的勇气都没有，那记耳光——在你目睹下——给了我青春期最糟糕的开头，我想忘记，后来忘记了，可是你又提起了，而且是在那种时刻，我出于本能的自卫否认了，可是我后来问自己我要自卫什么呢？我的可怜的自尊心吗？

其实我们都在为难自己，坐在操场上的我们还是孩子，但也正因为是孩子，才有更多的羞耻心。

我很感激你那天拉住我要把我带到我向往了几十年的地方，虽然你……你是为了还我情，所以我克制了——既然已经克制许多年，差不多是一生的时间。我曾经希望等你长大，等你懂得爱，我会来找你，当然那只是梦想，甚至我自己都不想去实现的梦想。

遗憾的是，我这一辈子的爱是灵肉分离的，我已经走到岔道上，只和不爱的女人有性关系，当然那也是婚前的往事了。我在结婚时还想过，如果以后有机会，我们能够相爱，我还是可以离婚的，这个念头竟然发生在婚礼上，真是对不住妻子了。

我应该满足，因为有部分愿望得到实现，你看，我们不是在电话里谈了几个月的恋爱？你可能不承认，但那时候，我知道，你等过我的电话，如果后来有足够的时间，我还是有机会的，我仍然相信。但人生最不够的就是时间，年轻时，我就被这种焦虑折磨，难道潜意识里已经预感自己的生命不长？

亲爱的，我还是后悔没有吻你，不敢，放弃了，因为自不量力，终究不是健康的人了。

保重！保重！不管是继续你的婚姻，还是和阿三再续旧缘，或者找一份新鲜的爱，都为你祝福。

爱你！

关于海参，心蝶唯一能够收藏的就是这封信了，但突然发现家虽然不小，要放置一份属于她秘密的物件竟然没有这样的地方。为了这封信她去银行租了保险箱，她在银行填写有关文件时泪流满面，她觉得自己很蠢，连哭泣都是在一个错误的地方。

因为海参的事，阿三和心蝶通过几次电话。阿三告诉心蝶，他和年轻十五岁的女子分手了，他表示也许他们真的可以考虑重新结合，阿三承认，海参的走让他感到虚弱。

心蝶用 e-mail 告诉他：

"那天在高架桥上,我是发神经了,怎么会发神经我也想过很多次,一定不是偶然的,年轻时我们受了很多伤害,青春是伤残的,但当时却感觉不到,等明白的时候,许多委屈愤懑苦涩不知如何处置。那天在你的车上,我已经失去理智,我的心很痛,为了海参,也为我们自己,我要和你吵很多次,才能真正和好,或者再也好不起来。但现在连吵架的机会也没有了,李成还在恢复身体,他从来没有像现在这么需要我,他整天在家,每天晚饭后我陪他散步,他在积极品尝普通夫妻过日子的滋味,虽然这可能是他对日常人生暂时的妥协,谁知道呢?

"可是,你一直拖到现在才来和我谈这件事,我们的timing(时机)总是不对,现在海参都不在了,没有他在中间平衡,我和你沟沟坎坎,好像每一分钟都有翻船的可能,我们分开来还是朋友,在一起就可能成冤家,到那时候,还有什么好东西为我们的青春留下?"

叶心蝶希望心无旁骛和李成过好日常生活,可是半夜突然醒转,她会想海参,想着那天她冲动地要和他做爱,她问自己,那一刻她拉着他朝床上去,她感受到的那股冲动就是激情了,那激情到底代表了什么?从怜悯能生发出激情吗?她突然怀疑!

应该问海参,她从床上坐起来,几乎要去拨电话,想跟海参讨论。这时候,她才又想起,他不在了,她又一次真正感受到她已经失去他了,泪水慢慢地濡湿了她的眼睑,接着,一滴一滴掉落,她没有出声,静静地坐在黑夜的床上,偶尔,她吸一下塞住的鼻子,李成宛如在梦中发问:

"你又感冒了?"

跋

一

我从小长大的街区是过去的法租界，与淮海路相邻。我住的那条弄堂，曾经住满旧俄人家，然后陆续回国。与我家住同一层楼的旧俄女子，我们叫她丽丽，他的丈夫是犹太人，叫"马甲"（沪语发音，也许是迈克的译音？），他曾在淮海路开着一家只有一个门面的珠宝店。但我的父母和邻居一概把他们称为罗宋人。

经过"文革"，这些人或事，有一种隔世的遥远。

白俄当年穷困潦倒，上海人把他们称为罗宋人其实带有歧视。弄堂对面有一家卖油盐酱醋廉价酒的小店，上海人称糟坊，这糟坊每个街区都有。糟坊有高高的木制柜台，很像今日酒吧间的吧台。罗宋男人在糟坊买一两（50克）廉价白酒，斜倚在高高的柜台旁，一条腿是弯曲的，手肘搁在油迹斑斑的台面上，手里握着酒杯,就像靠在吧台旁。这就是罗宋人,喝着劣质酒穿着破西装,有时还小偷小摸,却把糟坊柜台站成了酒吧吧台。那条充满往昔回忆正在衰败的街道,衬着旧俄贵族浪迹天涯的身影,有一股伤感的浪漫,我要到很多年以后才知道,他们正是时代变迁时被放逐的一群,身世故事都是生离死别的大悲哀。

后来上海开了多少间酒吧,好像从来没有看到一个上海男人可以像罗宋男人那般帅气地斜倚在吧台旁喝酒。

因为罗宋人家,我们的走廊终日漂浮着很异国的气味,那是羊牛肉夹杂洋葱和狐臭及香水味。生活困窘的白俄邻居,仍不放弃周末派对。来的多是同胞,他们喝酒放唱片跳舞,然后摔酒瓶打架,歌声变成哭声,一些人互相搀扶着离去。妈妈全部的努力是把我和妹妹阻止在她家房门外一公尺,她不要我们看到这些情景,那样一种放浪形骸跟整个时代的严峻是多么不相称。不过,我也是现在回想当年,才有这样一种惊异,比起那些落魄的白俄流浪者,我父母那一代上海人,才是那个年代更不快乐的人群。

在八〇年代的出国潮中,我那条街区走了太多人。然后,直到二〇〇〇年,我第一次到纽约,几乎每天晚上有电话进来,他们是这十多年来陆续去海外留学或移民的故人,在我那条街区多年不露面的邻居,却在纽约地下铁甚至长岛的小镇上邂逅,其中有一些,家族全部成员都已出来,上海的房子都被没收了。他们已很多年未回去,那一口上海话,有些词语上海已经不用,却让我感受道地的上海气氛,那种在今天的上海正在稀薄的气氛。

多年的美国奋斗，现在的他们都有一份高学历，住在东部或西部郊区的 House，周末时在自己的花园修剪草坪。他们费尽周折远离家园时就希望过这样一种生活，有自己的房子和花园，还要有尊严隐私，不再被暴力威胁并且可以以自己的意愿说"不"的人生。很多人与家人一别十年，甚至失去家庭，就是为了从这样一个人生开始。

以今天上海人的价值观，他们不可谓不成功，但在与他们邂逅的瞬间，我怎么突然记起很久以前的旧俄邻居来？令我感慨的是，比起苏维埃时代的流亡者，今天寄居他乡的上海人的生活，是要优渥稳定得多，可快乐的感觉为何仍然握不住？他们脸上那样一种落寞，是我在美国的任何地区都能辨别的我的同乡特有的神情。

说起上海，他们脸上有一种遥远的憧憬，和一些迫切的小愿望，回忆着只有我们自己懂得，住在同一街区经历过同一时代的人才会有的往事。但我知道他们是不会回去了，他们宁愿一边回忆着自己的城市，一边在他乡漂泊，过去的记忆太深刻了，深刻到成了生命的全部真实，眼前这一个急速变化的上海，却更像个梦幻。

二

约翰·厄普代克曾说："我真的不觉得我是唯一一个会关心

自己前十八年生命体验的作家,海明威珍视那些密歇根故事的程度甚至到了有些夸张的地步。"他认为,作家的生活分成了两半,在你决定以写作为职业的那一刻,你就减弱了对体验的感受力。写作的能力变成了一种盾牌,一种躲藏的方式,可以立时把痛苦转化为甜蜜——而当你年轻时,你是如此无能为力,只能苦苦挣扎,去观察,去感受。

这多少解释了为何我故事里的人物总是带着年少岁月的刻痕。

我的"双城系列"小说《阿飞街女生》《初夜》《另一座城》再版之际,我去走了一趟从小生活的街区,在我住过的弄堂用手机拍了一些照片。奇怪的是,离开这条街区很多年,我竟然没有要去拍一下旧居的念头,事实上,我总是下意识地远离它。

我的这三部长篇,便是以我年少成长的街区为重要场景,更准确地说,是在创作过程中作为虚构世界的背景,在记忆和想象中,它已经从真实世界抽离。因此,在漫长的写作过程中,我曾经试图通过肉身的远离获得精神世界的空间。

我出生时就住的这条弄堂叫"环龙里",在南昌路上,南昌路从前就叫"环龙路"。"环龙"是法国飞行员的名字,上个世纪初,这位法国飞机员因为飞行表演摔死在上海,这条马路为纪念他而命名。

环龙里的房子建筑风格属新式里弄,有煤气和卫生间,安装了抽水马桶和浴缸(当时上海人称抽水马桶为小卫生,浴缸是大卫生），每层一套，这煤卫设备很具有租界特色，因为传统的上海石库门房子并不安装煤气和卫生设备。

一九四九年前整条弄堂住着白俄人。他们在相邻的淮海路开了一些小商铺，五十年代后逐渐搬迁回欧洲，最后离开应该在六十年代前期，但七十年代仍能在南昌路上看到一位衣裙褴褛的白俄老太太。也有白俄和上海人通婚，我朋友中便有中俄混血的女生。

南昌路曾经不通机动车，马路窄房子矮，法国梧桐站在两边，夏天，便是一条绿色的林荫道，它象征了今日上海渐渐消匿的街区，有最典型的上海市民生活图景。我一位弄堂邻居，八十年代去美国嫁了华人医生，住在山林边高尚社区，夜晚通向她家的车路漆黑一片，路灯开关由她家掌控。她不习惯只见动物不见人的环境，怀念弄堂旺盛的人气，婚后多次换房，从独栋房搬到排屋，再从排屋搬到城中心的公寓房，当然社区的阶层也越来越低，但她并不在乎，后来索性搬回上海。

无疑的，弄堂承载了许多故事，留在记忆里的欢乐多在童年。前些年在美国时，我曾向一位美国医生太太描述弄堂场景：如同公共大客厅的空间，紧密的人际关系，日常里的热闹。她那般羡慕向往，她家住树林边，美景是真，但没有人影。事实上，弄堂这个场景早已远离我自己的生活。

当然，弄堂热闹是表象，童年欢乐很短暂，许多故事渐渐从弄堂深处浮现，或正在发生。

南昌路在七十年代便被本街区人自傲为引领淮海路时尚。

当时的美女没有时装和化妆品,但留在记忆里翩若惊鸿的身姿却让我追怀了很多年,遇上一起长大的旧邻居总要互相打听一番。相近的几条弄堂都有自己的佳丽,风情各异,似乎个个完胜当时电影上的女主角。现在想起来,那时候洗尽铅华的美貌是多么赏心悦目。

群星拱月,可以称为月亮的那一位住在隔壁弄堂,喜欢穿一身蓝,藏蓝棉布裤和罩衫,脚上是黑布鞋,走起路来十分缓慢并盈盈摇摆,有人说她的脚微跛,可女生们却在人背后学她的行姿。她并非一直穿蓝,偶尔也会一套白色,当然是舶来品的白,那份华贵雍容令路人驻足赞叹,那已经是"文革"后,亲戚可以从香港寄来衣物。她是幸运的,没有离开过家,可她的大弟却在黑龙江农场伐木时被倒下的大树当场砸死,她的小弟与我同班。

美女们渐次消失。有一位皮肤雪白性情孤傲,也去了黑龙江。听说她后来是直接从东北坐火车去香港和早已定居在港的母亲会面,初夏她还穿着臃肿的黑棉裤,母亲在罗湖桥抱住她大哭。她弟弟也是我同学,高考恢复后曾报考大学英语系,政审未通过。他不久去了香港,却在那里跳楼自杀。

那些年的某一天我们在上学路上,看见一家屋前簇拥着行人。在临街天井,一位美丽的中年妇人穿着有折痕的旧旗袍,抱着枕头当作舞伴在跳交谊舞。天井留着大字报的残骸,天井的雕花铁栏隔开的窗内,有一位青年的侧影,他正对着墙呆滞地笑着。人们说,这家人家只剩两个疯子了,男主人早已在"文革"初期自杀,接着老婆错乱,后来儿子也傻了。妇人穿着色彩鲜艳的羊毛衫裙子、高跟鞋,手肘上挽着精巧的手袋,在她的已被卸去铁门的天井抱着枕头跳舞。我们不明白的是,她怎么敢穿得这么漂亮?她怎么敢跳舞厅舞?然后又突然意识到她只是个疯子。

那时候,我们常常无聊却无比耐心地站在她的天井前,像观剧一般看着她从房间里换出一套又一套衣服,那些陈旧的也是摩登的衣服。她从房间走出来的时候,就像现在的模特儿从后台出来,而我们的神情却渐渐呆滞,我们比她更像梦游人。

这些年常常离开上海,当我在异国,在另一座城回望自己的城市,感受的并非仅仅是物理上的距离,同时也是生命回望。我正是在彼岸城市,在他乡文化冲击下,获得崭新的视角去眺望自己的城市。故城街区是遥远的过往,是年少岁月的场景,是你曾经渴望逃离的地方,所有的故事都从这里出发。

我在阅读和写作中感悟,唯有通过文学人物,去打捞被时代洪流淹没的个体生命。马塞尔·普鲁斯特早就指出:"真正的生活,最终澄清和发现的生活,为此被充分体验的唯一生活,就是文学。"

二〇一七年三月

图书在版编目（CIP）数据

初夜 / 唐颖著 .— 杭州：浙江文艺出版社，2017.6
 ISBN 978-7-5339-4895-5

Ⅰ.①初… Ⅱ.①唐… Ⅲ.①长篇小说－中国－当代
Ⅳ.① I247.5

中国版本图书馆 CIP 数据核字（2017）第 109562 号

策划统筹：曹元勇
责任编辑：周　语　王丽荣
封面设计：人马艺术设计·储平
责任印制：吴春娟

初　夜

唐颖　著

出版：浙江文艺出版社
地址：杭州市体育场路 347 号　邮编：310006
网址：www.zjwycbs.cn
经销：浙江省新华书店集团有限公司
印刷：浙江新华数码印务有限公司
开本：880 毫米 ×1230 毫米　1/32
字数：220 千字
印张：11
插页：2
版次：2017 年 6 月第 1 版　2017 年 6 月第 1 次印刷
书号：ISBN 978-7-5339-4895-5
定价：35.00 元

版权所有　侵权必究
（如有印、装质量问题，请寄承印单位调换）